公元787年，唐封疆大吏马总集诸子精华，编著成《意林》一书6卷，流传至今
意林： 始于公元787年，距今1200余年

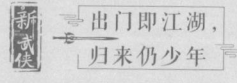

月光萧苎

① 夜阑时

巫山／著

吉林摄影出版社
·长春·

图书在版编目（CIP）数据

月光蒲苇①，夜阑时 / 巫山著. -- 长春：吉林摄影出版社，2017.12
（意林新武侠）
ISBN 978-7-5498-3053-4

Ⅰ.①月… Ⅱ.①巫… Ⅲ.①长篇小说-中国-当代 Ⅳ.①I247.5

中国版本图书馆CIP数据核字(2017)第315897号

月光蒲苇①·夜阑时
YUEGUANG PUWEI ①·YELANSHI

出 版 人	孙洪军
主　　编	顾　平　杜普洲
责任编辑	施　岚　孙　瑜
总 策 划	蔡　燕
丛书统筹	黄　磊
策划编辑	黄　磊
特约编辑	廉荣臻
设计总监	资　源
封面设计	资　源
美术编辑	孔凡雷　张　迪
发行总监	王俊杰
开　　本	880mm×1230mm 1/32
字　　数	200千字
印　　张	8
版　　次	2017年12月第1版
印　　次	2017年12月第1次印刷

出　　版	吉林摄影出版社
发　　行	吉林摄影出版社
地　　址	长春市泰来街1825号
	邮　编　130062
电　　话	总编办　0431-86012616
	发行科　0431-86012602
网　　址	www.jlsycbs.net
经　　销	全国各地新华书店
印　　刷	北京嘉业印刷厂
书　　号	ISBN 978-7-5498-3053-4　　定　价：32.80元

版权所有　翻印必究
如发现印装质量问题，请与承印厂联系退换

楔子 ○ 001

第一章
良辰纵尽,夜阑时归 ○ 013

第二章
他是诗客,也是僧家 ○ 035

第三章
她知深浅,囿于月夜 ○ 059

第四章
烈酒咽喉,消磨眉寿 ○ 079

第五章 浅爱深谋,绿肥红瘦 ○ 099

第六章 江湖夜雨,十年灯迹 ○ 125

第七章 冬日烈焰,夏日初雪 ○ 163

第八章 云心水心,你信我信 ○ 191

第九章 天下只应我爱,世间唯有君知 ○ 219

尾声 ○ 243

楔子

一个时代的远去,总伴随着另一个时代的兴起。

属于"七政之上三垣之巅"的四神之岁——酒神代,从平定上古,收服千妖万魔,纵览五湖四海,上入苍穹星月之地,下至蛮荒虚无之境,到细沙浮于沧海之间,逆流而上,翻过沙岭丘壑,途经荒漠绿洲,在数亿万年的红尘间零落成泥,温柔地随风而去,完整地演绎了一个空前绝后的时代。

从今往后,天地间的诸多人事都不能再以任何形式碑拓于那个时代。

无法依附,难以留存,四神之岁终究湮没。

几千年后,一个全盛的羲和时代披荆斩棘朝后世走来……

九重蓬莱地处三垣六合之间,以天渊河为界,以南辟出三千六百座大小各异的岛屿,凌空眺望宛如汪洋中心的礁石群岛。

丰禾城便在这群岛的中心位置,酒肆繁盛,歌舞升平。只是在城南地界有几座摇摇欲坠的老宅子,蜘蛛网结得如城墙般厚,委实影响丰禾城的整体面貌,于是城主上驷大人一道口令下达,诸位小仙忙不迭地拎着糯米浆马尾刷去修理旧宅。

其中有一座废弃的刺文楼,经营刺青绘图的生意,宅子像是

被人洗劫过一般,空荡荡的,只剩下金丝楠木的脊梁架子和简单的屋内陈设。墙垣处倒着两三支断裂的毛笔和一卷刚从梁上掉下来的画。

几位小仙左看看右转转,头凑到一块儿去。

"这刺文楼少说也得有五千岁了,那时能使上金丝楠木来盖整间房子的可不多,我瞧着这些摆设虽说老旧了,但破损的极少,一口气吹过覆在上面的灰尘,底下还光洁如镜!可见用料之金贵,想来这里原先的主人很是不俗。"头顶一簇绿毛的小仙捋着八角长须说。

"五千岁?比我年纪还大些,只是单看这几件物品,着实普通了些,瞧不出什么金贵之处。"矮冬瓜小仙抬起小短腿,将墙脚的画卷搬过来,"整间屋子就只有这卷画瞧着还值点儿钱,不过怎么会突然从梁上掉下来?也不知道这里面画的是什么。"

"哎,你别乱动……"

绿毛小仙话没说完,矮冬瓜已经解开了卷轴上的金色系绳,画卷顺势展开来,长达数米的画铺陈在众人面前。

三山四水,遍野蒲苇。
零零散散十几幅场景,所绘的都是蒲苇丛。

年长的狐狸仙者夹住毛发精致的尾巴,踮着脚凑过去望了两眼,又嗅了嗅,耸着鼻子左右一通深闻,突然一声尖叫,抱着胸弹跳开来,徒留那条毛发水亮的尾巴在空中凌乱。

绿毛小仙眼底精光闪现,凑过去问道:"您这是怎的?"

狐狸仙者也不搭理他,自顾自对画卷福了福身子:"小仙失礼,小仙失礼,上神莫怪。"

"……上神?这是谁的画?佩方仙君,您是不是瞧出画里的玄机了?倒是给我们说道说道呀。"绿毛小仙不死心,朝佩方抛了个眼神。

佩方斜了他一眼："既是玄机，岂能随意说道？"

"那你认真说一说？"

"……好吧，看你诚意拳拳，本仙就跟你透个底。这画许是寻常，但画的主人委实不寻常，你可听说过酒神代？想当年……喂喂，你做什么？"

这边两个人正说着话，那边矮冬瓜又闯了祸，爬上爬下地张望，一不小心就将整桶糯米浆都倒在了画卷之上。

只见那幅画卷突然凌空升起，悬于他们正前方。

一时间，整座楼都静了几分。

画中浮现虚像，一双男女枕卧在长榻上，堪堪显露出模糊背影，不见具体轮廓，唯独交握在一起的手异常清晰，从纹路到经脉，从手肘到臂弯内侧全是蒲苇图样的刺青。

绘图者功底深厚，蒲苇丛栩栩如生，好似只需要给一阵风，那蒲苇就能随风摇摆起来。

几位小仙都被眼前的画面唬住了，不由自主地屏住呼吸。

这时，一缕风从老宅的破窗户里缓缓吹过，将飘在半空中的画卷卷起一角。顷刻间，画中男女的手臂换了个姿势，却交握更紧，那遍地的蒲苇好像一瞬绽出了清晨的水汽，带着一丝残存的香魂扭了扭纤细的腰肢。

与此同时，一股无形的压力朝他们涌过来。

矮冬瓜吓得屁滚尿流，直接钻进了桌肚里。绿毛小仙也揉揉眼睛，瘫坐在地上。佩方瞧这二人没见过世面的样子，鄙夷地撇撇嘴，可不管面上有多镇定，都还是禁不住往后退了几步。

直到画卷自动拢到一起，按照原先的模样缠上细丝，重新躺在毛笔旁边，刺文楼又变得沉寂安然，好像什么都没有发生过一般，这几个人方才如梦初醒。

楔子

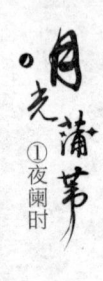

佩方老狐狸眯了眯眼，忽地上前抄起东西抱在怀中，疾步而去。

长庚岛地处蓬莱极南之地，阴冷湿寒，人迹罕至。岛主星宿君——长元仙君年事已高，不喜热闹，平日里除了与三两好友下棋饮茶外，一向不见外客。经年之后大伙也都有了默契，除非天塌下来，否则断不去叨扰他，谁料今日却有人一连三张急帖递到树洞，要求拜访。

长元仙君喝了两盏热茶，方才点头。

来人随即大步而入，人影一闪便进了内宅，惊得庭院中的茶梅树纷纷挺直腰板，扎住根基，唯恐被这急性子带起的风给吹倒了。

这些茶梅平日里被伺候得好，娇弱得很，脾气也不小，此番被吹得连枝摇晃，养尊处优多年的矜贵性子就显现出来了，自是要对佩方仙君一阵说道的。

"秦皇陵山的老狐狸，想是吸取了帝王之气，才能修炼成仙。可他当长庚岛是什么地方，来去竟这般随意？"茶梅精一号说。

"瞧他这屁股着火的模样，莫不是遇见了大事？哎，你等说说，长元仙君都多少年没见过客了？今日怎会……"茶梅精二号问道。

"嘘——你小点儿声。"茶梅精三号指指旁边阁楼的窗户，压低声音，"方才我看见蓬莱中心，大约是丰禾城的位置出现了一道奇异的光，那光色彩炫目，难以直视。长元仙君看到后脸色大变，随之便在门口张望，及至佩方老狐狸到来，他才回到廊下。"

茶梅精一号瞪大眼睛："这么说长元仙君早知道有人要来，那两盏茶的时间是故意晾着他？这又是为何？"

"这个嘛，我猜定然和那道异光脱不了干系。"

"我难道不知？你怎么净说些没用的？"

……

茶梅之间的友情约莫就是这般薄如鸡卵,两句不合就要打架,很快吵嚷起来,声音越来越大,最后还是搅扰了阁楼上那位休息。

窗户被推开,一本书直接飞出来,砸在一棵茶梅树上。这些骄纵的茶梅精魂立即没了脾气,挨个换上笑脸,齐齐恭敬地喊道:

"小主人好。"

"哼,吵得人心烦。"

小主人不耐烦地嘟哝了声,随即爬出窗户,装模作样地对茶梅点点头。

"你你你……小主人,你……"

"我什么?"小主人摸摸脸,又摸摸胸口,上下打量自己,在原地转了个圈,弯着唇说,"嘘,别出声,我要给阿爹一个惊喜。"

说罢,她跟着那阵未完的风,一路小跑进了内宅。

正屋里,老狐狸佩方和长元仙君寒暄了几句,正将画卷和毛笔摆在他面前,说道来由。

"今日在丰禾城修葺旧宅,突然从刺文楼的房梁上掉下来的,纤尘不染,完好无损。只是底下小仙不懂事,擅自将画卷摊开过,惊扰了里面的尊者。"

长元仙君头顶紫霞冠,冠帽上两只小角一顿一顿地抽动了起来,许久都未能平静下来。他抚摸着毛笔上的金丝纹路,沉声道:"丰禾城刺文楼?"

佩方点头。

长元仙君又道:"怎么不送往上驷大人那里?"

"上驷大人平时只好饮酒作乐,两耳不闻窗外事,这些旧物送往他处也只是留着落灰罢了,倒不如给上仙做个顺水人情。我知道上仙曾和刺文楼那位是旧识,她的遗物应当能入上仙的眼。"

"刺文楼那位?哪位?"长元仙君将毛笔放下,露出淡淡的

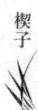
楔子

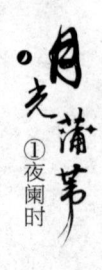

笑意，不动声色地看向他，"我不记得是哪位故人了，你可否提醒一二？"

佩方仙君一惊，立即跪地朝他行了一个大礼："后辈僭越了，还望上仙恕罪。"

长元仙君在九重蓬莱称得上是德高望重的上上仙者，主持过多届蓬莱帝君的大选，经历过几度重大变革。再加上出身尊贵，已经羽化的爹娘皆是上古大神，就更让人望而生畏了。底下诸多小仙见着他都须三叩九拜，这礼节不仅要恭谨周到，还得虔诚有加，原因不外乎有二。

其一，九千年前蓬莱曾遭遇前所未有的危难，上古四神为化解其困境，于北荒之地自毁五灵。长元仙君临危受命，平息余难稳定人心，功不可没，是整个蓬莱的中流砥柱。

其二，据传长元仙君是这世间唯一还知道现如今酒神代四神下落的人。

只是他多年不问世事，世人皆当他早已糊涂，疏忽礼节也就罢了，连最起码的规矩都不懂了。老狐狸仗着自己年长，在当今一众小辈中颇有威望，平日里就十分得意，如今又凑巧勘破了一些妙不可传的天机，一时忘形，便对当年那些人那些事生出了窥探之意，未承想一把摸到了老虎屁股。

长元仙君慈眉善目冲他一笑，他就吓得把家底都抖出来了。

"九千年前蓬莱发生那场危难时，我还只是丰禾城下一只初出茅庐的小狐妖，只是听人说起剌文楼里住着一位传奇的大人物，而那位大人物一向幽居不见外客，只唯独见过上仙……这些年来蓬莱无战，日子久了就容易怠慢，无意生出窥神之心，还请上仙莫怪。"

丰禾城是个享乐欢愉的好地方，平日里多的是香艳旖旎的传说。

九州大地何等风流？若这风流再被添上些传奇色彩，别说这大人物留下的是一卷画了，哪怕只是一只落了灰的破痰盂，也多的是说书故事，绮丽艳影。

这人哪，都是贱骨头，越得不到的越想要，越不知道的越想探究。单凭"窥神之心"四字，长元仙君就知道那里面透着股什么酸腐味了。

然而，他并不想多做计较。

长元凝视画卷中的蒲苇，眼底激流涌动，许久之后双目一敛，挥了挥衣袖："我避世这么多年了，哪里还能指点你们这些后辈？你走吧，不要再来，也不要再对任何人提起这些旧物。"

他虽不肯提及往事，却默认了物品的归属，确是故人的。

佩方见状，哆嗦着拎起衣摆，从眼角余光中瞄了又瞄案几上的物品，暗自咬牙，心下有些懊悔，白跑一趟，可是他也不敢同长元叫板，只能干巴巴地咽下这口窝囊气。

刚转身，长元仙君又唤住他，递过去一颗药丸。

佩方脸色发白："长元上仙这是何意？"

"吃了它，足以保你性命。"

"保……保命？"

长元背手，望了望丰禾城的方向，徐徐说道："蓬莱要起风了。"

佩方走后，一只莲藕般白皙且胖嘟嘟的手臂从屏风后伸出来，先是点了香，将空气中残留的狐臊味熏了熏，又看向垂坐在袅袅青烟中一动不动的人，软声嗫嚅："阿爹，我站这儿半天了，你都看不见我吗？"

长元仙君被唤醒了神，回头一看，愣在原地。

面前这小娃娃初来长庚岛时还只是一缕清魂，他用莲藕为她嫁

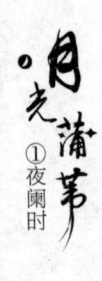

接身体，精心养了多年，到昨日还只是莲藕身，未想今日却……却突然血肉相融，长出人形。虽然四肢都还短小，并未完全长开，但已如寻常少女。

约莫再过百年，就能长成大姑娘了。

"阿爹，你看傻啦？"小娃娃转了个圈，捂着嘴冲他笑，一双眼睛很清亮，嘴巴又小又红，和春日里的樱桃一般。

长元仙君眼底浮起柔光，连忙几步过去将她揽在怀中："我的小藕长大了。"

"那阿爹可否同我讲讲那位大人物的事？我很好奇。"

长元揉揉她的头顶："为何好奇？"

"阿爹同我讲九天大地的奇闻异录，百战千劫，星宿晨光，却从未提起过以前的事，以前的人。"

"我以为你生在羲和代，便无须了解上个时代那些老掉牙的事。战争已离你远去，风月情事又尚早，阿爹不愿提起，你可还要追问？"

小娃娃嘟哝了声，虎头虎脑地眨了下眼，见长元仙君神色严肃，纵然有十分好奇也得忍下来，于是乖巧地点点头："阿爹不愿意提起，小藕自然就不问了。"

"你呀……脸上的失望这么明显，嘴上却说着反话。"

长元仙君捏了捏她的手，和糯米团一般柔软，不自觉地心房一软，叹口气道："也罢，你既是好奇，我就权当故事给你说道说道，听完就忘了吧。"

长元仙君端正坐姿，遥想昔年种种，忽然如少年生出华发，如老翁迫近羽化，无形中显露出一抹沉重悲痛的神色。

"你可知酒神代有哪四神？"

小娃娃掰着手指头，声音清脆地说："之前在卷册上看到过，四神分别为帝将奚肃、南珠侯爵微、燕鬼歌青昼、月光神姮贞。阿爹,我说得对吗?"

"你倒是记得清楚,可那事发生得太早了,我却已经忘了许多。"

当年九天无战,四神皆寂寞,于是搭起伙来在明月光过日子。

四神之家安平和乐,帝将与妻子晨光有相偕白首之约,南珠侯与月光神有数十万年默契相守的鸿蒙师恩,四神有家国大义,亦有寻常百姓家的炊米之愿。

谁料想一群宵小之辈闹事,还闹了一场不小的事,引发"酒神之战",导致明月光被毁,四神陷入数千年的颠沛流离中。

再聚首时,过去种种都已物是人非。

南珠侯爱上帝将之妻,伤及兄弟之义,有负月光神倾慕之情,寒了一家子人的心。

"九千年前那场蓬莱大劫就是酒神之战,当时如果没有四神出手,蓬莱如今怕是一座死城了。"长元仙君泪眼蒙眬,声音越发哽咽,"只可惜世事无常,无常矣。"

这世间老掉牙的糊涂事,不外乎男男女女那些事,他爱她,她却爱着他,剪不断理还乱。

月光神对南珠侯情有独钟数十万年,他一直揣着明白装糊涂,好似无情之人,谁承想在人间走了一遭,便有了情根,懂了情,还对兄友之妻动了不可动的念头,吃了那样的苦头,犹望不见月光神一往情深。

"上古之神又如何,谁又不是血肉之躯?情爱之事动辄伤筋动骨,命运之事难言道当是寻常。人生不相见,动如参与商。"

故人终要归来,可那"豪饮三千场,梦醒华夏前"的炊米之愿终究覆水难收了。之后月光神更是一头栽进沧江,不生不死地沉睡下去。

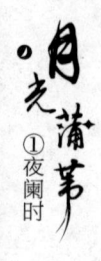

说到此处,长元仙君的目光沉重中乍现温柔,温柔中泪水涟涟。

他背过身,不让任何人窥见他此刻的狼狈,只余沉厚之声从指间传来:"没有多久沧江爆发了一场地心火,月光神不幸殁了。沧海成枯田,四神之家终究难圆,帝将将明月光封印于昆仑之巅,连同自己也封印其中,再不过问人间事了。"

这场结局三言两语实在难以说清,长元仙君的总结又过分仓促。

小娃娃嚼着樱桃小嘴,支着下巴想了想,问:"那南珠侯呢?"

长元仙君一愣,声音顿时冷了:"南珠侯?我猜他应该在某个不为人知的角落,忏悔自己曾对月光神的疏忽怠慢,为他数次无情的放手而夜夜醉梦,不休不止。"

……

这等强烈敌意纵是方方成人的小娃娃都感受到了,铜铃般的眼珠转了转,将前因后果又想了一遍,阿爹讨厌南珠侯,南珠侯不爱月光神……噫?她顿时有了猜测,嗫嚅道:"阿爹,当年在刺文楼的旧相识应当就是月光神吧?这两件旧物也是她的?你对她……"

"望舒。"长元仙君突然沉声打断。

小娃娃愣了半天才反应过来这是在叫她,平日里他只管唤她小名,极少正儿八经唤她大名,一时间倒让她怔住了。

她思索了片刻,随即了然于胸。

望舒望舒,寓意月光。

这名字取得当真是刻意。

长元仙君怅然若失,如梦初醒,随后缓慢地抚了抚小娃娃的手臂:"明月光不在了,酒神代也已远去了,那些故人往事该埋在土里,不再提起了。"

小娃娃眼泪汪汪地低下头,挣脱他的怀抱。

长元知道刚刚过于严厉了,吓着了小娃娃,想好生赔个不是,奈何心里隐隐作痛,情难自控,嘴巴一阵干涩,粗粗解释了句:"酒神之战后,四神于北荒自毁五灵,又重生于九州大地。当时月光神曾在刺文楼小住过一段时日,我只见过她两面,对她……又能有什么妄想?我只是略微气愤南珠侯对她的绝情罢了,若无那等绝情,她离世时应当会少几分遗憾吧?也许根本就不会……不会发生那样的意外了。"

"是吗?"小娃娃绷着脸看他。

她的身体虽是莲藕养成的,心脏却是机缘巧合得来的七窍玲珑心,可聆听万物心声,最是聪慧通透。可聪明过头也不好,心思敏感得很。

她轻轻哼了声:"阿爹,你又何苦对我说谎?"

长元仙君张了张嘴,喉头哽咽,发不出一个字。

他忽然想起那个在北荒扭转乾坤的男子,那个三千世界唯他独尊之人,竟然在月光神羽化后猝然衰老,一夕之间风华尽失。

他一瞬间心念大痛,连忙拽住小娃娃的手,急急说道:"小藕,你……"顿了顿,又往后踉跄退了两步,神色慌张,不等她回应便摆摆手道:"没……没什么,故事听完了,你还是看书去吧。"

小娃娃心里有气,也不想搭理长元,扭过头大步朝里屋走去,走到一半又回头,趁长元不注意,将那两件属于月光神的旧物快速地拖回了书房中。

她双目圆溜溜地盯着画卷,伸手在上面点了点,刚碰到又缩回来,谁料那原本系得好好的画卷却突然在她面前摊开来,萤火猝亮。

小娃娃吓得一屁股坐在地上。

过了会儿,她壮着胆子凑过去。只见蒲苇刺青栩栩如生,在豆

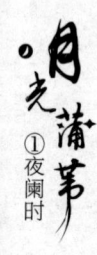

粒大小的萤火映照下,显得格外茂密幽静。

她蹲下身,小心抚摸虚像中那交缠在一起的手。

不知是受何驱使,她小心翼翼地将自己的手附上去,比对着女子手臂的摆放姿势,凌空套进男子的手臂间。"肌肤相贴"的一瞬间,她感觉到一股温热,似乎真的与人挽住了手臂!仓促间往后退,却又被那双大手反握,十指一松一合间紧密相缠,好像练习过无数次,自然而熟悉。

男人的手臂修长坚硬,似被削修过的翠竹,线条优美,泛着露水的凉意,挽住了她的手。各自臂弯下的蒲苇丛也贴合到一起,仿佛血肉交融,势必要将她永久地留在这只布满萤子的手掌中。

她顿时惊醒,好像被烧到屁股般,连滚带爬地跑出几米远。待她醒过神来,定睛去看,那上面分明无火,分明无风无波,一切如常。

小娃娃心慌慌地抽噎了声,无名的情绪在胸口扩张。她赶紧将旧物都锁进红漆盒子中,置于书架顶上,谨慎安放。

等她弄好这一切,再从书架缝里去寻长元仙君的身影,却见他身体佝偻着,靠在窗边似被厚重的蚕丝包裹的蛹,蜷缩着,颤抖着,喃喃自语着:"由爱故生怖,由爱故生忧,若离于爱者,无忧亦无怖……南珠侯,他日若再重逢,你可会恨我?"

第一章 良辰纵乐,夜阑时归

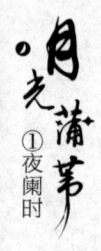

　　羲和原为太阳之意,这个时代被赋予"阳光"的深意,寄予了先人渴慕和平,不愿战事重蹈覆辙的愿望。事实上,这几千年间,羲和代也是一派祥和。

　　九重蓬莱阔别远久之战,休养生息,积极而丰,发展了一个全新的太平盛世。

　　要说这盛世如何,首先还得归功于雾都、冰城、沙漠、绿洲、莲花海、地狱之门、蓝洞、南珠流光和石棋门这九种因为风沙水流不断迁徙而形成的罕见地质风貌,让无数贤圣向而往之。

　　其次便要归功于蓬莱帝君——周臣。

　　周臣是个闲散之人,一向不过问战事以外的大小事务,时日一久,便纵容了九重蓬莱的自由发展与壮大——牛鬼蛇神四下皆是,魑魅魍魉遍地奔跑,大妖小仙三五成群,日日斗赌滋事,精灵游魂结队出游,年年赏山看水。当真是六合之内唯一极品之地,无奇不有。

　　关键是他们还都守着一种说不出道不明的规矩和界限,意外相处得非常和谐。

　　正所谓天时、地利、人和都拥有,便造就了如今蓬莱的盛世繁华。

　　但这繁华也只是肉眼看到的繁华,常言道,天下大势,分久必合，合久必分。太平久矣，必将生出不太平。

蓬莱盛世的静水之下，其实早就被强风吹得波澜四起了。

若要细说当世这几股强风，便不得不提一嘴丰禾城的幕后掌城之人王邢笑了。这是位出了名的毒娘子，玩弄人心最是手到擒来，极擅媚术，耍得一手好杂技，不仅把丰禾城明面上的主簿上驷大人拿得紧紧的，据传还富甲三国，网罗了无数天下至珍至宝。

与她齐名的是澄云岛的萧演，因两百年前与她争夺冰城，险胜一筹，被唤作雪山君。其人通晓日月间事，擅以阴阳五行推演蓬莱格局，掌控世人命运，门生趋之若鹜，数之不清。

这两股强风之后，还有一股后起的劲风，不显山不露水，却真实长久地搅和在九重蓬莱牵一发而动全身的静流中，那便是莲花海的岛主——梭罗子。

其人长相英俊，风流成性，收揽六合之内无数绝色女子。她们皆来自江湖深处，且都心甘情愿为之卖命。而他除了一副格外惹桃花的好皮囊外，还能下一手好棋。

老话常道棋如人生，他所走之棋，亦是这江湖，亦是这人生。

有这三股飓风互相掣肘，蓬莱短时间内也乱不起来。可说到底，静水微澜难，一石激起千层浪却很容易。

蓬莱若战，不也就是眨眼间的事吗？

往早了不说，就说上个月，三股飓风之一，也就是莲花海那位十分俊俏的岛主梭罗子，突然在天渊河上搭了座木桥，径直通往河对岸的南珠流光，还大摇大摆地过去采了几只南珠回来，说是要研磨成粉后酿制莲花果酱。

这事一出，顿时四下哗然，纷纷揣测那位岛主是对南珠流光动了歹心。

要说其他领地也就算了，问题关键就在于偏偏不是其他领地，而是南珠流光——蓬莱九大奇迹之最，酒神代四神之一南珠侯的故

地。

　　这几千年间，任由那几股强风斗得你死我活，为分割领地财产抢得头破血流，却没有一个敢将手伸到南珠流光去的。

　　说来也稀奇，大伙明知南珠侯已消失得无影无踪了，却对他的故地依旧充满敬畏之情。许是念着他是开天之战时就已经存在的神，又许是记挂他曾救九重蓬莱于水火之中，总之蓬莱众人对他异常恭谨，说不准是在忌惮着什么，还是在畏惧着什么。

　　当然以上种种都是从丰禾城的大乞丐青草精和小乞丐黄土妖嘴里听来的，真真假假孰是孰非，难以论断。

　　一页书许久未翻，望舒又生出几许困意，刚要从树洞里钻出来，就听见头顶的树梢上传来一阵说话声。

　　"哎，前儿个被派去做任务，从南珠流光上方掠过，瞧见底下那些南珠长得又大又圆，晶莹透亮，差点儿没忍住下去摘一颗。"

　　"你疯啦？莫不是被梭罗子大仙下了降头？那千顷南珠都是吸取天地精华而生的战灵，是九州最具灵气的宝贝，连王邢笑都不敢收，你这方方能翻个筋斗的小仙也敢惦记？"

　　"我也就那么一想，哪里真敢去动那些宝贝。我瞧着梭罗子大仙也是吃了熊心豹子胆，难道他没有听说那些南珠日复一日地辉耀九天，其实是在等南珠侯归来？"

　　"那几位斗得这般厉害，哪里还顾得上这些？悄悄同你说，昨日我师父夜夜观天象，突生癫狂，怅然若失地喝了三坛桃花酿，酒气熏天地喊着蓬莱要变天了，不日将有灾祸降临。"

　　说话之人猫着身子，用树叶挡住全身，嘴唇一张一合，弧度微小："今早起身，师父还盘问了我一番，我哪敢说他酒后失言道破天机？同他扯了半天皮才能溜出来。我看他这般紧张，此事必不可小觑。"

　　另一个人担忧道："蓬莱能出什么大事？莫非真要开战了？不

会就是因为梭罗子大仙突然往南珠流光架了座桥吧？要……要真打起来，波及南珠流光，那南珠侯就该回来了吧？"

"不会吧？酒神代的大神啊，当世唯一还有踪迹可寻的上古尊者南珠侯啊！如果他真的回来，那我们岂不是有机会亲眼见到上仙？我听其他小仙说，录事君的藏阁里有卷画轴，上面就有南珠侯的肖像。可录事君为人性情难辨，不好相与，所以能进他藏阁的人少之又少，知晓南珠侯大人长相的就更是凤毛麟角了。"

"……这样啊，我只知道师父曾在多年前那场大劫中，远远地见过四神。他将南珠侯形容为深山老林里化不开的雪，带着股艰涩，并不好亲近。"

"是吗？那他与梭罗子大仙谁长得更俊一些？"

"这我怎知？哎，咱们不是在说生死攸关的大事吗？怎么跑题了……"

……

望舒眼睛里最后一丝睡意都走干净了，想来女子间的话题不管起源于何处，最后都会绕到美男子身上，这是一门硬学问。

她瞄了眼已经飘到桃花树上的两个身影，一青一蓝服饰简单，看样子都是才会翻筋斗，还踩不出祥云的小仙。

懂得夜观天象又好饮桃花酒的，想来是紫华君了。

这老毛病怎么总是不改？一有烦心事必喝醉，一喝醉必泄露天机。许多年前她同长元仙君经紫华君门口，见他敞着衣襟睡在天井边上，嘴巴里还在嘟哝着当年西海龙宫的一桩秘闻。长元仙君吓了一跳，赶紧将紫华君弄屋里去了。

事后紫华君痛定思痛，寻了名弟子入府，说好听些是来继承他衣钵的，说难听些就是来帮他擦屁股的，尤其是帮他收拾醉酒后的烂摊子。

可谁想他这弟子也是个好八卦之人，昨日的事，今日便说给关系要好的小仙听了。

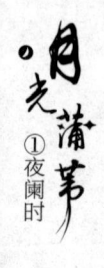

好在这弟子也是个人才,连猜带想又一阵天马行空地发挥,便将这件不得了的事给整没了。

望舒看了下时辰,索性抱着书从树洞里爬出来。

长庚岛荒僻,飞禽走兽稀少,本来就人气不足,自长元仙君病后,连往日那些老朋友都不怎么过来串门了,此处就更显安静,寂寂如沉睡在蓬莱边境的孤岛。

她走了几步,被盘踞在长庚岛入门处的千年苍梧树拦住。

老树翁黔公在树中幻化出人的面孔,一头褐色的长卷发,远看似狮面,满是凶恶状,近看笑容和蔼,密密麻麻的眼角纹路包裹着一双坚定黑沉的眸子。

为人忠厚者,方才能数千年如一日坚定向前,守住长庚岛这方苦寒之地。

黔公的树藤随意缠绕便搭出一架秋千,望舒坐上去,挤眉弄眼地抱怨:"今日本是好时光,谁料飞客一堆,平白扰人兴致。"

"老奴瞧着小主人听得很是细致有味。"

望舒不置可否,晃了晃秋千,抿着唇淡淡一笑。

黔公又道:"丰禾城城墙下尽是些无家可归的游灵,原以为他们颠沛流离惯了,性子也就凉薄了,没想到骨子里倒还淳朴,深知得人恩果千年记的道理,日日把你曾送他们糯米糖糍粑的事挂在嘴边上,有事没事就来给你传些蓬莱的小道消息。老奴也跟着听一耳朵,权当消遣,却万万没想到有朝一日长庚岛的热闹,需要靠这些四面八方涌来的消息充门面,而我们这些生活在岛上的人聊以慰藉也就罢了,还真仰赖上这不知真假的消息来明辨蓬莱大局了。"

望舒听他这意思多有自嘲,沉吟片刻后说道:"黔公是想离开长庚岛了?"

"小主人说笑了,老奴只是有些担心。倘若九重蓬莱真乱了,恐怕会殃及池鱼。"

望舒又想到刚刚那小弟子说的话，蓬莱若当真要乱，那人若当真要归来……一切不可扭转之势，即将扭转了。

她思索片刻，口吻平静道："阿爹清醒时曾说过，羲和代还有很远的路要走。即便蓬莱起风，也决计吹不走长庚岛的连年湿寒。"

"希望如此吧。"黔公捋了把胡须，又道，"说起飞客，我这里也有一位。早前长元仙君的生辰帖都已经发出去了，这几日回帖也陆续递到我这边。在记录回帖之人名单时，我发现了这张特别的拜帖。"

望舒接过树洞里递出的帖子。

黔公继续说："此帖材质是红绫，撒赤金为字，这一类的拜帖是位分极高的仙者才能用的，且有往述友人远游归来之意，蓬莱之上与长元仙君同辈的仙者，除了那几位已经回帖的老朋友，倒真没有其他人了。"

黔公皱皱眉，狮面更显狰狞，说："而且，这张拜帖无名无姓，只有一句话。"

赤金染得整个红绫帖贵气逼人，这般看去，竟是将天边绚烂霞光折射的光线都碾压成一道扁平的折痕，令人不得不将所有视线都凝在金粉落下的那行字上面：

依稀还记得当年对坐豪饮三千场的情景，不知故去的还能否重演？

落笔飘逸卓绝，墨迹入木三分。

黔公说："九重蓬莱说大不大，能用这口吻同长元仙君说话的，我实在想不起来会是谁。再者你瞧那字迹，看似随意，锋角又极尽凌厉，足见此人内力深厚，修为浩大，非比寻常。"

望舒盯着上面的字看了会儿，随后将拜帖仔细夹在书中，点点

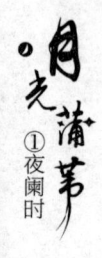

头说:"那可能就是蓬莱以外的人了,黔公心中可有想法?"

"若方才那小弟子道破的天机属实,若蓬莱当真要出大事,这人便不难猜了。"

"那这事就先搁着吧,暂且不要告诉我阿爹。"她草草说完,拎起衣角朝屋里走。瘦长的身影被夕阳的余晖拉长,如同剪刀裁过的衣料,规矩而厚重。

黔公张嘴,想说什么终究还是放弃。

这厢望舒进了院子,便将拜帖丢在茶梅树下,踢了两抔土盖上。

那茶梅树的老大方槐是个人精,惯会察言观色,随即抖了抖精瘦的树干,落下一堆青黄的树叶,将拜帖彻底掩埋。

望舒拍拍手,取出两罐糖藕浆淋在树干上,顿时叫那茶梅树精神抖擞,谄媚地讨好了几声。她也不理会,将书放下,见长元仙君还在睡,便没有出声,关上院门朝后山走去。

长庚岛四面环水,遍植千顷莲藕。约莫是担心她这身子不结实,又恐她长不大,长元仙君早早做了许多准备,撷取最好的莲藕为她嫁接身体。谁料她一夕之间就长成了大姑娘,那遍地莲藕不好浪费,于是就变成各种好吃的玩意到她肚子里去了。

眼下她兜里还揣着两罐沉沉的糖藕浆,酿制许久,比给茶梅树的多了千年芳香,是要给后山上那位送去的。

长元仙君常说那位身份举足轻重,择了长庚岛这鸟不拉屎的小地方定居,是他的十万分荣幸以及十一万分小心,往日里是决计不许她去叨扰的。

可那位闲散之人,既能纵容蓬莱三股飓风肆意壮大,难道还会斤斤计较她一个小丫头上山看星星吗?

也是了,长庚岛虽无什么可取之处,但是星光独绝,与九大奇迹之一的蓝洞遥相呼应，非常令人惊艳。

幼时她身体还没长全，爬山着实费力，可也总是背着长元仙君三天两头往山上跑。跑个十趟能有一趟见着那位就不错了，更何况那位脾性随和，委实温柔，见她爬山吃力，还特地为她铺了天梯……

于是她就更频繁地去后山了。

望舒一路顺着天梯爬上山顶，推开禅居的竹扉，左右看了眼，不见那位，反见消失许久的天鹤。她一直没有太多表情的眉眼忽然柔和了几分，唇角一弯，露出笑容来。

她轻手轻脚地走过去，把半道上摘的果子放在酣睡的天鹤鼻间打转。没一会儿，通体雪白的天鹤扑棱了下羽翼，长嘴使力叼走了果子，没好气地睁开眼。

"他今日在闭关，你怎么还过来了？"雪骊吧唧下嘴，待意识清醒，化作人形。

望舒看着面前这素衣胜雪的女子，面孔带着股英气，多年不见眉眼间的锋利更显，想来这次出行所为必是大事。

她亲昵地靠过去蹭了蹭她的手臂："有些年没瞧见姐姐了，想念得紧，特地过来看你的。再者，难道帝君闭关，我就不能上来看星星了？这话说得好生奇怪。"

她捏着颗果子嗅了嗅，拿在手中把玩。

雪骊用眼角余光瞥她，带着一丝探究和逗弄："我还不知道你那点儿小心思？在长庚岛几千年了，除了同你阿爹最为亲近外，整个九重蓬莱就数帝君最得你看重了。我嘛，勉强在你心中排第三？"

望舒哭笑不得，倒也没有反驳。

不错，她心中所想的那位的确就是蓬莱帝君周臣。

因她总往后山跑，这一来二去，就渐渐与那位相熟，而后才慢

慢知晓他的身份,知晓他对蓬莱诸事睁只眼闭只眼的态度,他损耗至深需要时常闭关的孱弱身子,他一双包裹万千慈悲的柔目,以及她似封顶加冠、久旱甘霖的每一次攀爬……

想到此处,她垂下眼眸,藏住所有情绪,低声浅笑:"姐姐一回来便要逗我。"

"多年不见,你这脸皮还变薄了?来,让我瞧瞧小姑娘有没有变好看?"雪骊拉着她左右看了看,微微蹙眉,"看你眼睛一周的黑圈,就知道昨日又熬夜看书了吧?你呀,有时间也出去玩玩,结交些朋友,好生修炼修炼,别整日闷着头钻书堆里。九州无战亦无趣,看那些有什么意思?"

虽是这么说着,可雪骊的眼睛却一直盯着望舒手中那果子,训完话了顺势将果子捞进嘴里,又嘟哝了声:"这性子也不知跟谁学的,死气沉沉的,一点儿也不像个小丫头。"

望舒乖顺地蹭她手臂:"还不是怪你?帝君怕热闹,你又总念叨个没完,那我就只能安静了。"

"行行,都是我的错行了吧?"雪骊宠溺地捏捏她的脸,两个人抱在一起打闹了一阵。

雪骊原本就是爽朗健谈之人,又拿望舒当小妹,两个人一阵子没见,话自然就多了。不知怎的,说起蓬莱近来的风向,雪骊拿眼睛斜瞄她:"方才从丰禾城经过,听到一件趣事,想必你的信鸽脚程没我快,这事你大概还不知。"

望舒晓得她故弄玄虚,抱着她的胳膊一阵示好,才让她重启金口。

"梭罗子建了座桥,直通南珠流光,此事一出,到底惹得一些人坐不住了。王邢笑摆了一场鉴宝大会,声称这次大会所出皆是九州罕见珍稀宝物,更传出压轴珍品乃是当年参与过开天之战的南珠泰斗。你可知道,泰斗之名的由来并不是因为其灵力有多深厚,战力有多强大,而是因为其个头硕大,但情智方面就有些可怜了,是个十分憨实的大壮汉子，数万年来只听命南珠侯一人，只等待南珠侯一人。此番王邢笑强取豪夺，想来还不知道南珠泰斗的真性情。"

话说到这里，望舒已经有几分猜测："萧演必然是知晓的？"

雪骊随即饱含赞赏地看她一眼，轻笑道："小丫头如此聪慧，不枉我一番教导。萧演和王邢笑是死对头，这样大好的机会，他怎可能不好好利用？如今他已经包揽瓠犀酒楼前排金座十数，豪递名帖邀请诸位岛主共襄盛举，就等着看王邢笑笑话了。"

顿了顿，她又拎了拎望舒胸前的衣裳，蹙起眉头，问："这衣裳怎么又厚了？你到底穿了几件？"

望舒一把抱住她的手臂，躲开了她更深一步的察看。

"王邢笑对南珠泰斗动手，梭罗子建桥通南珠流光，难道他们真的有什么想法？"

"不管有什么想法，最终结果都只会是未遂。"雪骊边说边不放弃地扒她襟口，一扯一松间数了数，那厚厚的青衣足有七件。

她不免咂嘴，想说什么，还是打住了。

望舒悄悄松了口气，拢起衣领细细追问："为什么注定未遂？"

"南珠流光和冰城雾都不一样，它不是经过数十万年的风沙水流迁徙而慢慢形成的，而是从很早以前，甚至可以说是开天之时就存在了，故而它不是简单的地质风貌，而是一个难以磨灭的存在。"

雪骊眉眼舒展，故作高深道："它扎根于数万年间的风声里，听过无数宵小的诡计惦念，和染过血的刀枪剑影比肩而行，攀爬过深渊高地，足涉过流沙泥石，于夜深人静的苍穹腹地高声狂笑，低头啜泣，过一切无人之境，与酒神代同寿。"

如同那些故去的人无法拓印一般，它亦无法归属于任何人。

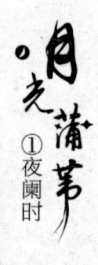

久远的过去，对望舒而言只是单薄的片面之词，但许多人在提及这段过往时都会不经意间肃然起敬，包括与她相交至深的雪骊，亦对南珠流光又或者并不只是那片领地，更是领地身后的主人，心存敬意。

她没来由地堵了口气，闷闷道："未见得将来的变数，又怎知一切可能？"

"这些年的变数还不够多吗？"雪骊上前一步，轻拍望舒的肩，"小藕，不要心存侥幸，你要清楚有些人是避无可避的，哪怕你从头再来几辈子。"

地平线的最后一丝霞光被吞没，如今这道扁平的折痕更像是那封拜帖上一道浅浅的印记了。

浅入深出，百爪挠心。

望舒长长呼了口气，担心长元仙君醒来寻她不得，没敢多留，同雪骊约了改日再见。

雪骊送她到山口，撑起斗篷，拢着她被风吹得凌乱的头发说："待到鉴宝大会当日，带你去瓠犀酒楼喝百年佳酿。"

"姐姐总想着法儿要让我长胖。"

"谁叫你那小身板扁平至此，毫无看头。"

望舒恼她一眼，却也无话，瘦瘦小小的身子包裹在宽大累赘的青衣里，背风而行，最终变成一个黑点。

雪骊长久凝视着那个黑点，心中顿时升起一阵烦闷。两三下抓挠胳肢窝，又卷起长翼拍走长廊的灰尘，将果核一扫而空，这才平静了些。

"这次回来看她好像又瘦了些，那背影怎么这么弱不禁风？也不知道她这些日子是怎么过的。"

雪骊素来知道她的性子，一直以来才没有细细追究。

好在长庚岛常年湿寒，她整日套着七八件厚袍子也没觉得有多奇怪。只是整个人的感觉都太不像一个才活了几千年的藕仙，倒像是活了万年一般，无欲无求，喜怒哀乐都似蒙着一层纱，令人看不透彻。

雪骊站在门外像是自言自语，又像是对里面闭关的人说话，微皱着眉头，停顿了片刻终究还是止住了，转移话题。

"近日来南珠地频现极光，我瞧着他们兴奋的样子，大概南珠侯是真的回来了。梭罗子搭桥之举，应当是个微妙的开端，蓬莱的风终究要乱了。"她把身子伏低，贴着回廊恭敬地磕头，"帝君，雪骊请命前去察看。"

"不必了。"

雕花木门忽然从里面拉开，洞开的门窗进了风，一瞬吹起屋里人的衣角。暗纹为云，墨黑底色，规规矩矩好比晨钟暮鼓一日三省的佛门中人。

周臣慈眉善目地扶起雪骊，轻声说："不必再去察看了，前几日我便知晓，他已归来。"

望舒从后山归来时，长元仙君刚醒，正坐在廊下发呆。她悄悄走过去，顺手带了件衣裳披到他肩上。

长元仙君猝然回头，双目混浊地盯着她，好半天往后退了半步，抱成一团，怯懦地看着她："你……你是谁？"

望舒露出微笑："阿爹，我是小藕啊，今日做了莲子羹汤，盛一碗给你吃，好不好？"

长元仙君不作反应，她连忙将草篮里的汤碗端出来，探了下温度刚刚好，这才递到他面前。他踌躇再三，抵不住甜汤的香气诱惑，张望了眼，接过来喝了一口。

望舒见状倍感欣慰，又喂了他几口，谁料还剩半碗时他突然咳嗽起来，急怒之下一手挥开碗，剩下的汤汁便尽数泼到望舒脸上。

长元仙君病发得突然，如同被抓了毛的黑熊，疯疯癫癫嗷嗷大吼，在屋子里到处乱窜，破坏一通。

第一章 良辰纵尽，夜阑时归

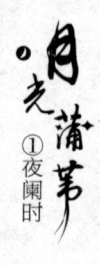

　　望舒强行咽下喉咙里涌上来的血腥气,脱下外衣擦了擦脸,又覆上笑容去哄他。

　　失去情智,便连三岁小儿还不如。

　　司医说过他这症状是忧思过重引起的,将来必有一日会因内心堵滞而寿终正寝。偏不知他何时清醒,又何时发病。好在他每次发起癫狂来也只是一阵,过会儿便消停了。

　　望舒将他安顿好,待他又沉沉睡去,这才回到阁楼换衣裳。

　　染了血,有气味,洗不净,她将青衣丢进大木箱里。

　　待天色暗沉,整个星野都浮现出深蓝色极光后,她把书抱在怀中,猫着身子从窗户间一跃而出,奔着录事君家门而去。

　　录事君这人的确性情古怪,软硬不吃,平生最宝贝藏阁里那些典籍和画卷,一说起借书这事,就大摆脸色,十分不好相与。

　　可她又是个只能靠书打发时间的人,既然求不到,借不到,就只能偷了。

　　好在录事君身上患有暗疾,每夜这个时辰雷打不动,必会沐浴焚香,是偷进藏阁最好的时机。藏阁中书籍如山如海,清点起来也是个大工程,她每次只拿走一两本,看完又还回来,如此过去了千年,录事君倒一直没有察觉。

　　藏阁建在三面环绕的巨大山壁之间,山壁直入云霄不见顶,藏阁间不分昼夜,光线晦暗。唯有藏阁前一间破旧的茅草屋门口挂着两只大灯笼,是录事君的主屋。

　　望舒绕过山壁,踮着脚穿过茅草屋旁边的一条窄小石路,轻车熟路地摸进香室,经三排画卷书架到典籍区,将上次拿走的书放回原位,又迅速揣了两本到怀中。

　　这类趣闻杂记、异兽录等,乃是消遣时间的好东西。可是过脑太快,不消看个几天又得过来,如此往返确实麻烦,于是她犹豫再三,又摸了两本揣进兜里。

原路折回时,她在摆着画卷的书架前停了停,手指沿着书架来回摸索了一阵,最后俯下身去翻底层的画卷,没一会儿从最里面的暗箱中抽出一卷画,夹在臂弯下,然后迅速地从香室门口穿过。

忽然,她脚步一滞,视线一扫,瞧见地上的影子。

香室和山壁无光,月色尚在外头,又哪来影子?

她缓慢地回头,屏住呼吸悄悄往后退,退至门内。不知何时,沉暗的香室忽然亮了,一瞬仿若白昼,屋内还隐隐飘出一阵檀木香气。

望舒正犹豫要不要进去察看一番,香室的门忽然被风吹开,发出了一声尖锐的声响。她下意识抬起手臂挡风,闭了闭眼,再睁开时只见团团香雾中,一人着青衣端坐在蒲团上。

案前摆着两盏茶,一架檀香小屏,两只木鱼,百来颗拳头大小的南珠。

屋内静谧,那人动作缓慢地抿完一口茶,徐徐抬头。

望舒臂下的画卷猝不及防地滑落。

卷轴松了,画被风吹得摊开来,露出画卷中人的模样。她小心地看一眼画卷,再看一眼面前的人,几相对比,忍不住往后倒退了一步。

画轴上是刀刻填金的几个字——南珠侯爵徵。

这人……怎么会出现在这里?

可是不容她多想,一股劲风便掠过山壁,朝她的后背拍过来。

她往日里怠慢修行,反应极慢,等她意识到那股劲风能穿透她不堪一击的莲藕身时已经晚了,只得本能地守住丹田往旁边躲闪。

是时一只手伸过来,抓住她的肩膀,轻轻松松将她拎到身后,半掌

推出,径自接下那股劲风,落地时分毫未动。

紧接着,狂风越发凶猛,带起满山落叶朝他们席卷而来。望舒的头发被风吹得乱成一团,身前这人却丝毫不为所动,拂了拂衣摆,不紧不慢地关上了门。

素来沐浴为大、雷打不动的录事君到底还是被这大阵仗引来了,仅披着一件单薄的中衣,都没来得及变作人身,一双巨龙般的脚掌疾驰而过,震得山崩地裂,书架连倒数排。

片刻后,狂风渐息,屋内一直稳如泰山攀附在门上抵抗劲风的南珠一颗颗掉落在地上,随后规矩地排列成阵爬进那人的蒲团下,留下一处明亮,照亮了整个屋子。

望舒方方松了口气,录事君却突然砸门,惊得她怀中几卷书也纷纷掉地。她下意识地蹲下身来捡书,捡到一半又缓慢抬头,看向面前这人。

这些南珠圆润白亮,隔着细草扎结的蒲团,将他的面孔晕染出柔和的黄光,就这么匆匆一瞥,还不觉得有什么,只能惊叹其五官精致,清贵静谧。可当他以妙不可言的目光与她对视时,方觉九州之大,无奇不有。

黑是那般黑,白是那般白,这光火洞察的又哪里只是是非对错,更是万种人心。

她一时难以转眼,倒是他先反应过来,瞥见散落一地的书册画卷,淡淡说道:"今夜的风这般大,却不想来客众多。"

她这才注意到他旁边尚有一只蒲团,底下还有几片枯叶,桌上有两盏茶,想必早有人来拜访过他,而她却误打误撞,扰了他第二次清净。再有刚刚诡异突起的狂风,三次叨扰,委实不该。

望舒低声解释:"我……我只是对录事君的藏阁慕名已久,这才……我可以将这些都放回去,请求上神不要告知录事君。"

他不说话,指腹搭在盏口轻抚了一圈,姿态不咸不淡,显然是不愿相助。

屋外录事君久叩门而不应,唯恐怠慢了贵客,连忙将双脚变作人形,换上庄重的衣裳,一本正经地行了大礼,即要推门而入。

望舒赶紧抱起地上的书画,一溜烟躲进书架间。

录事君进门一看藏阁乱成一团,顿时皱了皱眉,碍着有贵客在场,强忍着古怪脾气,没有发作。

"让上神久等了,老头子实在失礼。刚刚那风是从北边吹来的,约莫又是萧演那狗杂碎在推演什么格局,凭空起这么大风还不自知,待到明日我一定要去找他算了这笔账,真是搅得人鸡犬不宁。"

"录事大人这话的意思是,刚刚那股强风是无意间吹到这里的?"

录事君拎起衣摆,不拘小节地往他面前一坐,开始叨咕:"可不是吗?萧演那人惯常颠倒黑白乾坤,白日昏头大睡,入夜就开始倒腾那些稀奇古怪的五行之术。不过这小子确实有点儿本事,自两百年前得了冰城,便在里面推演了'雪中火'和'山间事'两处稀罕格局,行走'雪中火'好似纵观三千世界奇景,踏雪寻春,听冬雷震震,吃夏日冰雪都只是小事一桩了。更让人叹为观止的是,那'山间事'所述之事,皆是人心中所想难言,所求不得的,有缘人观山而得回应,足以窥见前世今生。"

录事君说到一半,书架间突然传来一道撞击声,话生生卡住,伸长脖子看过去。

望舒吓得赶紧扶住因她脚步不稳碰到的书架,长袖一卷将掉落下去的书都抱在怀中,咬着牙关大气也不敢出,就这么半蹲半卧地僵持着。

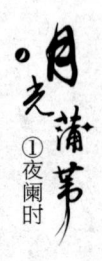

那厢录事君暗自奇怪,正要过来察看,却听见对面的人淡淡问了句:"然后呢?"

录事君不得不稳住脚,重新坐下来:"为何要说有缘之人呢,自'山间事'落成到今日这两百年间,访者前赴后继数之不尽,可真正在里面瞧见过前世今生的,却只有终南山上一只八脚小怪。"

望舒小心翼翼地将书都摆在地上,一脚钩着木架,缓慢站起来。

坐在死角位置的录事君看不清那片阴影,不过稳坐于幽光之上的人却能将那处一览无余。眼见着那瘦瘦长长的身体匍匐成一团,将厚重的衣裳拧在一起,皱巴巴如同晒干的咸菜,在黑暗中缓慢地蠕动,恨不得多长几只手来稳住自己那摇摇晃晃的身体。

他目光微敛,唇角不自觉往上,杯中茶水渡入唇畔,忽然怔住,茶水都已微凉了,不得已又放下。

"那小怪生得奇丑无比,八脚又不利索,走路似爬似踮,身长却有足足八米,没有毛发,就跟扒了皮的蜈蚣一般,简直丑得难以入眼。可他一入'山间事',那奇门怪阵便不停移动,巨石抖落了几十颗,差点儿没把那丑八怪给砸死,偏生他大难之后得见天光,瞧着了前生。你可知他前生是谁?"

说到激动人心的地方,录事君拊掌大笑:"竟然是潘少华!你可知人间的潘少华长得有多美?少时闻达五方,中年鬓发初白,一生仕途不顺,最终含恨而死。念着他至情至孝又貌美倾城,死后得了飞升的机缘,谁料他眷念人间往事,未曾好生修行,便长成了如今这丑陋模样,后来……"

话音刚落,在方才的地动山摇中幸免于难的最后一排书架终究还是倒了,"哗啦啦"几声之后,望舒尴尬地暴露在两个人眼前。

她脸颊一热,不敢同任何一人对视,将头埋进胸口。

"在'山间事'中看到前生牵挂之人都安然无恙,还生活得很好,那八脚怪就下定决心从头来过了,眼下他应该是终南山最勤快修行的小畜了。"录事君慢半拍地说完,两道斜长浓密的眉毛抖了抖,声音一沉,怒问道,"你是哪儿来的小东西?"

"我……"望舒嗫嚅了两声,几度张嘴又闭上。

想到当年有人第一次偷入藏阁便被录事君打断了两条腿的事,一阵阵寒气爬上脖颈儿。眼见着录事君朝她走来,她着急地咬住下唇,频频朝爵微看去。

谁料后者与她视线相接,又轻飘飘擦过,好似没看见一般。

望舒更加慌张,眼角余光瞥见这片狼藉中散落一地的书,料得录事君必不会轻饶,心突地往下一沉。她正寻思怎么脱身,那人却突然说道:"这是我随行的小厮,来伺候茶水的,没见过这么大的藏阁,一时好奇淘气了,还望录事君莫怪。"

不待录事君回应,他又接道:"且不论真假,向善引性总是不错,萧演此人似乎不如外界所传那般阴厉狠辣。"

录事君听了这话,一口茶顿时呛着,连咳几声,恼得脸都成猪肝色了。

"这家伙若有一丝善心,老头子我给他当坐骑。上神有所不知,八脚怪潜心修行是天地既定命数,非萧演所能决定和改变,如此善举也是瞎猫撞上死耗子,平白给他添了一笔好名声,可他这满身的污垢却是怎么洗都洗不白的。就不说其他的,为了同王邢笑争夺冰城,他招揽三千门生为他出谋划策,事后冰城在手,可那三千门生却去了大半,那些人究竟是去了何处?"

说到此处,录事君戚戚然痛心疾首,老泪纵横,已然顾不上旁边的望舒了。

"萧演恶贯满盈,却最会颠倒黑白,三千门生如今寥落无几,他倒能大放厥词,声称自己门下奇人无数,可斗转乾坤,遂大肆招揽。我那不成器的老小子也在里面,死活不听我的教化,偏生要贪图那狗杂碎的五行之术,日日念着去偷师,眼下去了有百年了,是生是死我也不知。"

也因此举,录事君同萧演结下了梁子,有事没事总要去澄云岛闹腾,非弄得萧演鸡飞狗跳不可。于是另一厢,萧演黉夜推演格局,便总要将风引至此处,方能一解心头之恨。

录事大人几下寻思也明白了,急急忙忙爬起来,嚷嚷着要去找萧演算账。末了才想起来藏阁尚还乱着,那贵客尚还坐着,他一阵好忙,却又顾及不了,匆忙作揖道:"上神所寻丰禾城的陈年旧物,若是有,就一定在我这藏阁里,麻烦上神自己动手找一找了。若这藏阁都没有,大概也就不在九重蓬莱了。"

他走得飞快,香室的雕花大门一开一合,带起了一阵风。这风虽不猛烈,但风中的异香却分外刺鼻。

望舒想到市井那些传闻,录事大人每日焚香沐浴都是为了掩盖身上的异香,想必今夜起得匆忙,尚未完成全套流程,所以身上才留下了一些味道。

这味道着实呛鼻,连蒲团下的南珠都不自觉地蔫了几分,珠光略显黯淡。

望舒揉揉鼻子,又磨蹭了会儿,才从书架后面一小步一小步地挪出来。

"今夜上神三番五次出手相救,小仙不胜感激。"

她不敢多话,把头埋进胸口,任由柔软卷发将她的脸遮住。已经做好厚着脸皮脚底抹油的准备,贴着门悄悄往后退了几步。料想他应该听到她说的话,只是不愿意回应,她便识趣地往外挪了两步,又道:"打扰上神了,小仙告辞。"

他却突然说道:"天快亮了,这风也该消停了,扛不住杀机,便应当谨言慎行。雷池之地凶险万分,日后莫要再来。"

望舒扶着门框的手顿了顿,小心翼翼地看了他一眼。

这句连提醒带警告的话是什么意思?

望舒回到长庚岛蒙头就睡,直到第二日晌午才起身。往窗前一坐,好半天一动不动,稀里糊涂想着昨夜的事。直到听见院子里的茶梅树和人争吵,叽里呱啦个不停,半天都不消停,吵得她脑仁都疼了,这才强打起精神过去调解。

原来是前儿个她将糖藕浆淋在树干上时,滴落了不少,惹得地底下那些蚂蚁精争抢,因为分赃不均就惦记上茶梅树枝干上的糖藕浆,于是成群结队爬上去一通抢,和茶梅精来了场决斗,人多势众险胜一筹。

方槐就心有不甘了,那些蚂蚁精又没讨好望舒,凭什么也能分一杯羹?于是抱怨着抱怨着,就见那蚂蚁队再次破土而出,将先前埋进去的帖子抬了出来。

为首的蚂蚁精胆子极大,也不在意望舒这小主人的身份,直接说道:"这赤金粉墨在底下太亮,差点儿闪瞎我等的眼睛,还请大仙挪个安生地给我们吧。"

望舒不禁想笑,她这资质尚浅、还需要谨言慎行的芝麻绿豆大的精灵,竟然在这群尚未修炼成人形的精怪眼中也是"大仙"了?难怪昨夜她在那人面前平白矮了一大截,想来确是一山更比一山高。

"因为有那些大人物在,才有无法逾越的雷池,难以预料的危险,对吗?"

她忍不住嘟哝了一句,将拜帖上的尘土拂去。一抬头看见长元仙君背着手站在廊下,也不知站了多久。

她下意识将帖子往身后藏,试探性地问了句:"阿爹,你醒了?"

长元仙君点点头,朝她招手:"拿的什么?"

"没什么。"她把帖子换到另一只手上,想来一招偷龙转凤,谁料长元仙君难得清醒,一个眼神过来,便叫她乖乖地将帖子奉上。

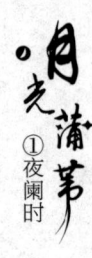

　　长元仙君看完后,一直紧紧捏着帖子,全身微不可察地颤抖着,神色忽然变得怅然若失。

　　望舒见他如此,心中更加确定了送帖之人的身份。那年刺文楼翻出旧物,她顺势求得他说了一些陈年往事,当时他也是这副模样,这般神情。

　　这些年他身子骨不好,越来越嗜睡,清醒时总说修行之人若以这种死法阔别九州大地,委实有些窝囊。她便知道他心中倍觉窝囊的不是怎么个死法,而是那些刻在骨血里尚未完结的故人往事。

　　望舒叹了口气,走过去扶他:"阿爹,你想见他吗?如果不想,我可以叫黔公回了拜帖。"

　　"他若要来,谁又能拦得住?"

　　长元仙君脚步虚浮地走了几步,忽然一个趔趄瘫坐在长廊上,顷刻间泪如雨下。

　　帖子飘落在乱花丛中,望舒上前捡了起来,却见原先的那句话消失不见了,赤金写下是另外一句话:

　　浓云遮日,覆水难收,你避不见客三千年,可有记起她葬在何处?

第二章 他是诗客，也是僧家

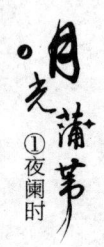

　　望舒咬住唇，手下一抖，将帖子重新扔回乱花丛中。长元仙君却突然扑过去，死死盯着那封拜帖，目眦欲裂般从眼底浮现出凶光，一把抓起拜帖，顷刻间将其撕得粉碎。

　　起先斗得你死我活的茶梅精和蚂蚁精二话没说，都钻地底下去了，院子里空气仿佛凝结了。

　　长元仙君盛怒之后犹如被掏空身体的脆皮壳子，悠悠地晃荡在廊下，一边咳嗽一边笑，看起来无比脆弱，不堪一击。待得笑出了眼泪，他念起一段过往，悲从中来。

　　他说道："月光神投入沧江前一夜，我去刺文楼找过她。论身份，我不及给她提鞋，论年岁，她长我数万年，可她却一直很美很美。蓬莱之上人人都羡慕我能得她召见，却又怎知我心里的苦……"

　　是时，四神重生于各处，下落不明。他是当时唯一知晓南珠侯下落的人，却因为私心里有几分不情愿，便将此事瞒了下来，没有告知月光神。她以为南珠侯已经故去，伤痛万分，才归隐刺文楼。

　　说起刺文楼这档子事，先楼主也是抓心挠肝束手无策。

　　刺文楼始建之初只是丰禾城城南角一块巴掌大的小地方，先楼主绘图手艺炉火纯青，又极为好客，时常给人刺一幅图送一餐饭，美食佳肴十分精致。贫苦如游魂之流从此处经过，也能得一碗香喷喷的热汤饭。

久而久之，先楼主的善心便传了出去，也慢慢攒积了许多好名声。

也不知南珠侯是从何处听说他的事迹，慕名而来。

一来二去，刺文楼就出了名，整日客似云来。奈何先楼主是个性情慢懒之人，过不得脚不沾地的日子，常道浑身上下被束缚，一点儿也不自在了，连刺文都觉无趣。之后楼主索性关起门来不再营生，过回以前闲云野鹤的潇洒日子，偶尔来了兴致，就给至交好友刺文绘图，耍弄一番手艺，如此也算人生一大乐事。

爵微初次带姞贞去刺文楼时，先楼主是相当震惊的，既慨叹于爵微的用意，又惊愕于姞贞的用情。

蒲苇韧如丝，磐石无转移。

满腔情绪无以交付，唯有寄身于蒲苇图。

在满心以为爵微已经灰飞烟灭后，她就将所有时间都用来刺绘蒲苇，连先楼主那样工笔卓绝的老师傅都不得不钦佩她笔下的蒲苇，栩栩如生。

可如果只是这般慰藉相思也就罢了，谁料她却在日复一日的执念中消瘦下去。

长元仙君说到此处，眼睛里布满了红血丝，如同一张巨大的蜘蛛网，网住他全部心魂。

"我承认是我私心作祟，所以才一直没有告诉她南珠侯的下落，可我又不忍看她日渐憔悴。先楼主连夜来寻我相商，我别无他选，只得告诉她一切。

"她从未哭过，却在那一夜痛哭失声，也许是知道南珠侯还活着，喜极而泣吧，我同先楼主站在门外都能感受到她对南珠侯深深的执念。那夜九重蓬莱下了一场大雪，毫无征兆，又好像命中注

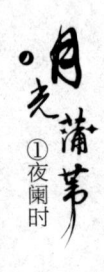

定。录事君不知其中详情，在九州秘闻录中将此记载为史无前例的鹅毛大雪，可我和先楼主却都十分清醒，这一切都因她而起。谁又能知道，月光神哭泣的时候，蓬莱是会下雪的？"

那时，那张嫉妒的网将他罩得密不透风，他几乎要喘不过气来。

"后来她去寻找南珠侯，相助四神重聚。我记不清到底过去了多久，四神回归明月光，她心里应当十分高兴，否则也不会记挂着当年我告诉她南珠侯下落的重恩，还特地给我送来两坛雪酒。老实说，她的手艺当真一般，那雪酒入口寡淡无味，可在我心中却是那般鲜润馥郁……盖子掀开时，那阵酒香要把人迷晕一般，传了很远很远，大概足有百里吧。"

长元仙君呆呆地望着天，眼眶湿润："先楼主担心我又多想，常来与我把酒言欢，想要阻断我与明月光的联系，可有些事是藏不住的，我终究还是知道南珠侯又一次拒绝了她，那时我是真的高兴，高兴坏了……"

他承认他是卑劣的，知道月光神再次被拒绝，藏在他心底那份不可能的妄想便如雨后春笋般，再次迅疾地生根发芽。

先楼主常道他执迷不悟，可这世上哪一样死灰复燃是受得了控制的？否则依照四神对蓬莱的恩情，南珠侯对他的提携，如他这般忘恩负义的行径，早就该给自己一个了结，也不会苟活至今。

他是真的傻了痴了疯了，才会将那两坛雪酒一饮而尽，壮着胆去找她。

"当时我和她说，南珠侯根本不爱她，心里只有旁人。我大逆不道地嚼了舌根，说了许多往日不会说的糊涂话。"

回廊下起了一阵风，吹得他佝偻的身子摇摇晃晃，眼睛愈红，笑愈痴，动情的人总是可怜又可恨。

"她听完果真心死如灰，我看她那般亦很不舍，趁机对她示爱，谁料雪酒后劲太大，我……我也不知道怎么回事，就迷迷糊糊有了些不齿的举动。先楼主前来阻拦,她拼命挣脱。虽然未遂,但我终究还是犯下重罪。"

先楼主死在那一晚,究竟是谁先动的手,他已经记不大清楚了。

第二日醒来,才知道那夜姳贞投进了沧江。

"先楼主那门刺文手艺,当真称得上一绝。刺鸟生骨,刺虫鸣声,刺人即灵,刺天地万物皆芳香自来。鬼斧神工不外如是,若他还活着,应该能并入蓬莱十大奇迹,只可惜……"

回忆到此,长元仙君忽生狂笑,目光一瞬变得阴冷。

哪怕深居简出、幽闭长庚岛三千年,留存在记忆深处的依旧是板上钉钉的事实真相,无法磨灭。

他欺姳贞,杀先楼主,可恨可气。

哪怕掩藏得再好,也终究难逃心魔。

说时迟,那时快,长元仙君刚捞起一枚落叶化为刀锋,抵住脖子,便被望舒劈头抢过。他随即反手一推,将她重重拍在地上。

望舒尚未喘上口气,那一枚枚落叶便朝她飞射而来。她接连躲闪,仍不免被射中。

茶梅精方槐从小土堆里钻出脑袋,花容失色地尖叫:"长元仙君又发疯啦,又打人啦!小主人快跑呀,再不跑要被射死啦!"

蚂蚁精也慌乱逃窜,就着土洞往下钻,末了还将落叶拖拖拽拽收到尘土下面去。

望舒朝他们递过去一个感激的眼神,不料就这恍神的工夫,长元仙君手中剩余的树叶齐齐挥出,钉住了她的四肢,让她无法动弹。

方槐见她逃脱不了,哇哇大哭:"这长元仙君真是不讲道理,一犯病就打人!望舒,你撑着,我去找黔公来帮你。"

"别去!"她急忙大声阻止,"别去,阿爹不喜欢被人看到他

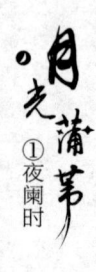

这样。"

"这……这……你都要被打死了,还顾着他的面子做什么?长元仙君病糊涂了,你也糊涂?"

"我不糊涂。"

"那你就是愚孝!长元仙君养你成人不错,可是你都对他这样好了,这种生死攸关的大事难道不是应该比面子更重要?"方槐气得唾沫星子横飞,"不行,你不要命,我可不能不管!"

"他平生最爱这满院的茶梅树,最爱听风看雨喝上一盏热茶。如果他尚且清醒,此刻应该是在与你我共饮吧?"望舒急急抢白,喘了口气又说,"黔公已经上了年纪,阿爹会伤着他的。"

"你……你……"说是这么说,但方槐到底还是听话的,在门口打了个转,还是放弃了去找黔公求助,又回到廊下,顶着小树桩躲起来。

望舒松了口气,迅速调整情绪。

往常长元仙君发病,只要不停地喊他,他就会有意识。果不其然,她连叫几声"阿爹"后,他手指间的树叶就落了下去,变成一堆无锋的刀片。她随即用足力气将叶子从身上挣脱,爬到他身边,小心翼翼地哄着:"阿爹,是不是困了?回房休息可好?"

长元仙君目光空洞地盯着她:"他回来了,他终于回来了,没什么能瞒得了他……"

望舒气息不稳,喘着粗气闭了闭眼睛,声音放柔:"阿爹,咱们不管他,你今日精神很好,要不我们不睡了,出去走走好不好?"

"我不走!我不会走!我就是要在这里等着他回来!他窝囊了那么久,就该回来!"长元忽然尖叫了声,在回廊上茫然地左右奔走,一时哭一时笑。

"他该恨我的,他早该杀了我!不……他这么做就是为了折磨我!只有我知道……只有我知道她在哪里!"

望舒全身都是血，腥气很重，她瘫坐在廊下，撕下一截袖子随意包扎了下。长元仙君却忽然瞪大眼睛，扑过来拽住她的手腕："铭贞，你不要喜欢他！我不准你喜欢他！"

她倒吸了一口凉气，吃痛地咬住牙，顺着他说："好，好，我不喜欢他。"

"九天唯一神人又如何？他还不是孤独得要死……"

望舒忽地一愣，想到前夜对他耳提面命的人，一时语塞。

就这么片刻工夫，长元仙君整个人再度狂躁起来，那双眼红得要吃人一般，将她扛起来往廊柱上甩去。

他是活了上万岁的蓬莱上仙，内力深厚，犯了病手下根本不知轻重。望舒被撞得眼冒金星，一口血没忍住，顺着嘴角流满了青衣。

她赶紧推他的手，不停地喊他，长元仙君却好似全没了意识，出手又狠又重，接二连三将她甩在廊柱上。他力道大得惊人，她挣不开又逃不了，也不知被甩了多少下，渐渐失去了力气。

她疲软无力地躺在那里，连动一动嘴皮子都觉困难，一睁一闭眼间似乎看见了那场下了整夜的雪，蓬莱遍地如缟素般纯洁，她的意识就在那一望无际的苍茫雪白之间攀爬，坠落，飘忽于无形……

忽然间，躲得没影的方槐尖叫了声："月光神，你回来啦！"

长元仙君当即愣住，望舒也一下子清醒过来，看着眼前的狼藉和野兽般疯狂的长元仙君，借着最后一丝力气翻了个身，从他手下爬出来。堪堪脱险，却又不小心撞到摆在廊下的金丝笼。

那笼子张着口，全是尖利的刺，她凌空从上面划过，厚厚的青衣外袍被割破了，很快染上血，变成暗青色，整个衣衫都血迹斑斑的。

望舒轻轻抹了抹嘴角，又很快爬过去抱住长元仙君的腿，大声说道："阿爹，阿爹，我答应你，我不喜欢他，我不会喜欢他的！

你别生气了,好不好?"

长元仙君因那声尖叫缓过劲来,好似油尽灯枯般"扑通"一坐,面目仓皇地望着远处,嘴唇不停地颤抖:"姶贞,姶贞……别恨我!"

望舒浑身颤了下,一股湿热的气流从丹田往上涌,她忍了又忍,没忍住吐了一地的血,软趴趴地倒在地上。

方槐见状哭得更凶了,那边长元仙君却丝毫没察觉到她的异样。也不知过去了多久,瘫在廊下的那团厚重的青衣抖动了下,底下的人撑着一口气缓慢蠕动,重新爬了起来。

"嘤嘤,望舒,你没死呀!吓死我了!"

"大难临头你还没跑呀。"她强挤出一丝笑容,顿时痛得龇牙咧嘴,顾不得和方槐说话,她赶紧撑着身子扶起长元仙君,连哄带骗将他送回了屋,又一直等到他情绪稳定了,嘴巴里不再嘟哝些乱七八糟的才离开。

将衣服换下来丢进木箱后,她从药盒里找出一颗药丸吞下,休息了片刻又回到廊下,拿着布细细地擦地上的血。

忽然意识到什么,她慢慢抬头看过去,瞧见站在走廊尽头嘴巴里斜斜含着根草的人。她一下子愣住了,表情有那么一瞬间像是卡壳的机器,因为重要零件的缺失而停止了运行,毫无预兆地将她原本的面目暴露——沉默阴暗。

但是很快,这层更像是戴着虚伪面具的真实小脸蛋上却浮现出笑容:"姐姐怎么过来了?"

雪骊冷哼了声:"我看你是忘了我们的约定,说好要找我玩的。"

"对不起,姐姐,我真忘记了。"

"看出来了。"雪骊挑眉虚瞪了她一眼,佯装恼怒地挥挥拳,眼角余光瞥到旁边挂着一小块青布的金丝笼，走近了才注意到上面的血迹，瞳孔骤然缩紧，"怎么回事？长元仙君又打你了？给我瞧瞧。"

望舒迅速挡掉她的手，把青布取下来，连带着擦干净笼子上的血珠："姐姐，你说什么，我没听清。"

"别装傻，你不说我也知道，他怎么还这样？一旦动怒便毫无理智，当年能杀了那笼子里的鸟，他日就能杀了你。"

"不会的，阿爹不是故意的，他是错手把鸟掐死的。"

那只重名小鸟雏儿是上古神鸟，生得异常可爱，是雪骊从极西之地费尽心思寻来送给她的小礼物。她是十分喜爱那只小鸟雏儿的，可惜它只活了数年，刚咿呀学语就被杀了，究其根本还是她的错。

往常她总是一个人，长元仙君病后就更没有人同她说话了，那时黔公视她为小主人，总隔着距离，方槐又还没修炼成人形，她就只能整天对着那小鸟雏儿知无不言言无不尽了。

酒神代那些事遥远而神秘，她所知甚少，却又是蓬莱少之又少知情人中知晓得最多的，再加上长元仙君对那些事的反应，她就更加好奇了，时不时总会想起，自然什么都说给小鸟雏儿听了。

有一天小鸟雏儿叽里咕噜叫了几嘴"南珠侯"，不经意戳到了长元仙君的痛处，这才被错手杀害。尔后不管她同谁亲近，都绝口不提那个名字。

这些事情一直隐藏在她内心深处，从未同任何人提起，包括雪骊。

一来蓬莱知情之人都对当年月光神坠江之事讳莫如深，二来她在长元仙君透露的消息中，大致拼凑出了那件事的轮廓，却发现了一些疑点。

长元仙君是对月光神心存爱慕，对南珠侯怀有敌意，可他们那些故人又曾对他有所托付，对蓬莱有重大恩情，这里面掺杂的感情

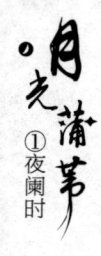

复杂而难解,似乎连长元仙君本人都懵懵懂懂。

此次南珠侯突然归来,是因为勘破了当年刺文楼之事的真相,回来追究长元仙君罪责的吗?他那封拜帖上所提及的"月光神葬在何处"又是什么意思?不是在地心火中与沧江同葬了吗?

可长元仙君方才稀里糊涂间似乎也提到"只有他知道她在哪里",难道月光神并没有死在那场地心火中?这里面究竟还有哪些不为人知的事?

南珠侯会不会伤及长元仙君的性命?

望舒抿着唇想了一阵,雪骊见她没有反应,拍了下她的肩膀,将她六神都招了回来。她随即低下头,解释道:"阿爹不会伤我的,他虽然有时候像变了个人似的,可他还是有意识的,绝对不会伤我的……我……我就是身子太弱,摔个跟头都流血。"

雪骊一副恨铁不成钢的模样瞪她:"愚孝,错手杀人也是杀,你这样护着他,不肯告诉他病情的真相,早晚有一天会吃苦的。小藕,瞧瞧你自己,看他把你逼成了什么样?"

"别说了。"望舒埋下头,声音依旧很轻,只是把染了血的布都于掌心化成灰烬。

一瞬间,茶梅树上的花纷纷往下落,配合着演出了一地伤怀。

雪骊张了张嘴,看看那些落花,又看看她,想说什么还是止住了。她从怀里掏出颗药丸强行塞进她嘴巴里:"今日有些匆忙了,待过几日去禅居,我拿一瓶保心丹给你。觉得身子乏力时可以服用。早就叫你多加强修炼了,偏生不听我的,身子这么虚。"

"谢谢姐姐。"望舒微微一笑,"今日还有其他事?是要赶着去何处吗?"

"不是我,是我们,打算带你出去玩玩,见一个人。"

"谁?"

"九重蓬莱棋艺最高超之人——梭罗子。"

"举觞白眼望青天,皎如玉树临风前,蓬莱第一美男子?"

雪骊爽笑："我与他相识于微，却不知道他还有如此雅致的称号，那等臭流氓，空有一身好皮囊，不提也罢。"

"姐姐，那你等等，我去换件衣裳。"

她一边说着便往屋子里跑，很快身影就出现在阁楼的暗窗中，一闪而过。

望舒小心关上门，迅速地把卡在嗓子眼的血都咳出来，裹在帕子里，掀起木箱丢进去。

这木箱是上等紫檀木制成的，内含沉香，可去味功效再好，也防不住箱子打开的瞬间，浓浓的血腥气扑鼻而来。望舒心里顿时一阵翻江倒海，又要作呕，唯恐引起雪骊的怀疑，连忙强行忍住，屏住呼吸三两下将箱子落锁。

雪骊在底下笑眯眯地对着窗子喊："就知道你最是容易满足，要么书要么棋，总有一样能讨好你，去见新朋友记得穿好看些！"

结果，望舒却是把先前那件厚重的青衣换了，又挑了件色度更深的青衣。好在头发梳起来了，露出光洁白皙的小脸。

雪骊哭笑不得，走过来摸了把她的下巴，调戏道："给姐姐笑一个。"

望舒努嘴，咧开嘴巴，露出牙齿，眼角弯弯的。雪骊被她一板一眼的动作逗笑了："你还是别努力了，就这样也挺好，白白净净的，等彻底长开了会更美。平日里总板着张脸，不知道的还以为你是丑八怪呢。"

"那我不丑？"

雪骊一本正经地说："小藕，你很好看，比玄女还好看。"

望舒这回真笑了。

"自从阿爹生病，就再也没有人夸过我了。"她踩着雪骊的羽翼爬上她的背，脸贴着白羽蹭了蹭。只可惜风声太大，雪骊没听清楚那磨蹭间的轻语，带着沉重愧悔的叹息："姐姐，你真好。"

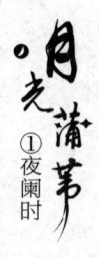

这是望舒第一次来莲花海,当真和传闻中一般,遍地都是白莲,一步步走下去还能踩出许多憨态可掬的祥云。和长庚岛为了栽植污泥里的莲藕而开辟出的千顷荷塘相比,莲花海是浮于天空的仙境,女子们步履生香,行走其间宛如置身云海花涧中,素手纤纤,一采一撷,那些个身姿挺拔的碧绿莲叶全都软麻麻了,酥香得很。

蓬莱九大奇迹各有千秋,此处却被誉为云雨圣地,委实实至名归。

她不禁问道:"梭罗子大仙很喜爱莲花?"

"他喜不喜欢我是不知,我只知此处原是一座孤岛,也不知是谁撒了把莲花种在上面,这里才长出了十里白莲,尔后那厮见此处风光甚美,央求帝君将此孤岛赐给他,为其改名莲花海。"

"我在札记上看过,要说九天哪处的白莲最好,自然是西天极盛之地沐浴圣音长出的莲花,听说那些莲花能自行变化阵形,一颦一笑间就能迷住世间男女,任谁在其中都逃脱不得。我看此处的白莲和西天的极像,莫非撒种之人是从西边来的?"

雪骊一愣,沉吟片刻后失笑:"当年四神搭伙过日子,帝将早就将西天那些有灵性的莲花都移植到明月光了,若面前这些雪莲果真有札记中提起的风采,也必然是从明月光移植过来的。如此一来,撒种之人又会是谁呢?"

望舒忽然张开了唇。

"帝将封印了明月光,燕鬼歌在人间下落不明,月光神殁了,当世还留有谁的足迹,想来就是那撒种之人了。"雪骊转头看她,又道,"你那儿小道消息众多,不用我说,想必也应该知道这人回来了。"

"姐姐可知他为何会突然回来?"

"你问我?"雪骊大笑,"我若能猜度他心中所想,当年也就不会任由月光神一错再错了。"

望舒察觉到一丝不对劲，刚想开口，却见她们已飞跃至莲花海的中心。她于高处眺望那座连接天渊河南北的木桥，南边遍地莲花，北边千顷南珠，熠熠生辉，比万里星光还璀璨几分。

惊鸿一瞥，又是一阵叹为观止。

待她们掠过莲花海，到了山谷，她才知道今日要见的除了那位风闻已久的美男子，还有近来总不停盘旋于她耳边的那个名字的主人。

他今日着一身灰色布衣，很是朴素闲适。

他们二人在山谷间下棋，隔着一条水渠，将四面环绕的莲花仙境和女婢都拦在了外面。这条水渠看似简单，实则却是一道天然屏障，将里外风景和物事都隔在了两个空间。

雪骊挥开结界，一跃闯过水渠。望舒跟在后面，低着头偷偷四下打量，见此山谷异常幽静，泉水叮咚，甚是动听，好比人间的桃花源。

她们等候了片刻，一局终了，雪骊这才携她上前作揖行礼。她客气对待的自然是那布衣之人，弯着腰深深福了一福，再抬头时眼里俨然已有泪光："爵微上神，许久不见。"

爵微颔首，神色依旧淡淡："的确许久不见，你这些年还好吗？"

"挺好的，自……自那以后我便一直在帝君底下办事。"

"周臣是个很温柔的人。"他的目光由不可磨灭的冷光中慢慢沉淀出柔和，这让雪骊刚刚忍下去的酸涩再度上涌，一瞬间眼睛又被泪光充溢。

她的神色突然变得无比僵硬："月光神也很温柔，她一直待我很好。"

爵微微微一笑，不再作声。

望舒见状，心中所猜测的仿佛——被验证，手从厚重的袍子里

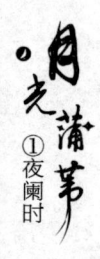

伸出来，拉了拉雪骊的衣角。后者毫无反应，倒是在一旁的梭罗子丈二和尚摸不着头脑，急得跳脚："怎么回事？你们认识？"

他似乎没察觉这两个人之间剑拔弩张的气氛，左右看看，从袖口遥递一枚棋子击中雪骊紧绷的唇，贼兮兮地笑道："他不说你说。"

他这一笑，倒是有点儿蓬莱第一美男的意思了，尤其是眉眼斜上时梢尾那股子邪气，端的是一本正经的风流。

雪骊瞪他一眼，收敛情绪说道："我自出世便跟随在月光神身边，是她座下的天鹤，她生前所经历种种，我皆看在眼里。"

她素来心直口快，与旁人交涉常带一股上阵杀敌的英气，往往只消一眼就能令妖魔鬼怪退避三舍。

望舒与她相识已久，却从未见过她哭，也不曾听她提起过这段前尘往事，更浑然不知她同月光神的关系。初时尚还纠结要不要告诉她长元仙君的事，如今想来怕是她早就一清二楚。

思及此，望舒嘴巴里一阵苦涩，干咳了两声。她攥着衣角，偷偷看了眼对面那人，却见他的目光忽然扫过来。

这一次，没了昏黄的光和满屋香雾，她看得更清楚了。

九州大地的刀有很多把，但札记上最秘不可测的一把刀，传闻是悬在明月光经年不灭的棋局之上的一把宽柄长刀。那把刀锋芒冷锐，刀尖永远笔直朝下，任由风霜雨雪颠簸撞击，火淬冰蚀，都岿然不动。

那把刀没有刀鞘，锋刃上只是裹了一层又一层的绢帛，所以远远眺望只觉温柔万千。可一旦靠近，就会被刀身上的柔光刺伤。

那盘棋名为玲珑，那把刀名为诛喉，是南珠侯亲手打造的。

刀如其人。

望舒在这四目相对的一瞬想了许多，实际上他却只是蜻蜓点水地一瞥,很快掠过,又看向雪骊。

"你如今跟在周臣身边,尚还有许多事要做,过去的就让它过去吧。"

雪骊心有不甘,还想说什么,梭罗子忽然跳到她身边,隔着衣裳摸了把她的小手,惹得她一阵羞臊,怒瞪起双眼。梭罗子却轻轻一笑,不等她发作,随即又问:"这小女娃是谁呀?"

"跟你们介绍,这是长元仙君的女儿,望舒。"

梭罗子一听,眼尾直往上挑:"长元仙君有女儿?难怪他避居家中三千年不问世事,原来是在造这个女儿?"

"如此也说得通,小藕是长元仙君偶然得来的一缕魂魄,精心养育许多年,用莲藕嫁接身体才长成人形的。"

"哦,原来不是从哪里偷偷娶了个美娇娘,差点儿就要过去瞧一眼了。"他摆摆手,笑得很是邪恶,"不过看你这小脸蛋长得还不赖,想来长元仙君委实费了不少心思。养一缕魂魄可不容易,七七四十九年无眠无休守着你不被风卷走,九九八十一年将你扎入莲藕塘,还得时时刻刻看着你不被那些脏臭的东西污染,这些都成了,才算把你这缕魂给收住了。这还只是个开始,之后养魂生精,嫁接身体才是耗损修为的大工程,十分艰难。长元仙君定然是吃了不少苦头,才将你养得这么白嫩。不过细细一想,你这小魂也必然是有什么可取之处,才能得他如此看重。"

望舒赶紧低头:"大仙说笑了,我没什么可取之处。"

"哎,不要这么说,你知道自己几斤几两便是那可取之处了。"

雪骊看他得意,又是一掌拍过去:"欺她无人是不是?我既带她过来见你,就一定有拿得出手的东西,够杀一杀你的威风了。"

"哎嘿,小仙愿闻其详。"

梭罗子耍贫的功夫也是一流,明明位份修为都远高于她,却是将自个儿摆得低低的,叫人气恼不得。

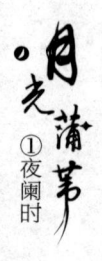

雪骊不理他,径自说道:"你是棋圣,自然是知道修罗棋盘的。此盘也算是'但闻其声,难见其人'者中的翘楚了,非有缘人而不露其面。而我这小妹呢,棋艺也就一般般,勉强能召唤出修罗吧。"

天底下最有灵气的棋盘,经数亿万局绝妙棋局的熏陶,方才修炼成人,练就一手鬼魅棋艺,只给比他厉害的执棋人使用。说白了吧,就是一个木头棋盘成精了,还成了一个架子不小的精。

梭罗子眼睛一亮,跳到望舒身边惊叫道:"当真?你可知自三百年前我与他见过一面后,这些年不论我摆下怎样惊天地泣鬼神的棋,都不能得他赏脸一顾!小女娃,你是怎么做到的?"不等她回应,他已经急得团团转:"快点快点,将修罗召唤出来!"

"这个,修罗大人曾说羲和代太平安逸,他约莫是闷得慌,下界游历去了,可能并不在蓬莱,所以即便我召唤了他,他也未必能及时出现。"

"这个无妨,我知道修罗极少露面,但他若能听到,必有暖玉棋子以作回应。"

这边话音甫落,便见山谷外横空飞来一样物件,那物件如落石弹跳在水渠间,惊起了数道激流,几下之后冲破水渠结界,在众人面前迅疾地打了个转,还未叫人看清楚模样,便已经落到望舒的手里。

只见那物通体黑亮,是上好的黑曜玉石打磨而成,光洁平坦得可以照面梳妆。

"修罗此人闷得很,底下这些暖玉棋子倒是比他风骚多了。"

那棋子看似很乖顺,平躺在望舒掌心里一动不动,可梭罗子刚要碰它,就又凌厉一跃,弹跳至水渠中央,向着来时的方向飞掠而去。

梭罗子扁扁嘴道:"听说这暖玉棋子很会讨人欢喜,手凉者碰触倍觉温暖，手热者虚握又清凉透骨，反正是怎么舒服怎么来。可我瞧着它怎么有点儿不识趣呢，和它那主人简直如出一辙，臭脾性，讨人厌。"

望舒不自觉地弯了弯唇角，雪骊干脆笑出声来。

能得修罗棋盘赏用的，不管是什么身份，首要一点必然是有绝杀棋艺，其次才能看对不对那位修罗大人的胃口。

虽然梭罗子同那位共用一个"罗"字，但对方委实对他瞧不上眼。大概是因为他这莲花海香粉气太重，不对那位的喜好。他大胆猜测小心求证许多年，果然确定自己的猜测，于是他只得百般说服自己，这才勉强接受那位"食素"而他"吃荤"这一残酷的现实。

不过今日，倒因为这小小的女娃与那位有几分交情，他心底那股子沉寂已久的占有欲再次升腾起来！

梭罗子目光赤裸裸地看着望舒："小仙惭愧惭愧，方才有眼不识泰山，还请小女娃不要怪罪。"说是这般说，一脸痞相却毫无收敛，随即揽了揽衣袖，朝她做出个"请"的姿势，"小女娃上座。"

他确实挂着棋圣的名头，却又十分有自知之明，笑嘻嘻说道："小仙也没什么可取之处，就是跟你一样知道斤两。你既能召唤修罗，想必棋艺不容小觑，那就让爵微同你对上一局如何？你怕是不知，他曾经也是可以召唤修罗的人，只是隐匿多年，才叫我占了'棋圣'的名号。如今二位高人在前，小仙就不班门弄斧了。"

他拢一拢袖子，玉树临风地往那儿一站："依我看，你俩应当是棋逢对手，不妨一试，也好让本仙瞧瞧年长小女娃十万岁的南珠侯上神有什么看家本事。"

望舒见着爵微本就不自在，一听还要和他面对面坐上半日就更不自在了，本能地往后退了一步，头垂得更低："小仙惶恐，不敢卖弄。"

雪骊在她身后搭住她的肩:"能与南珠侯切磋棋艺也算件稀罕事了,你惶恐什么?把当年威慑修罗的局拿出来,也好叫旁边这位愚昧无知的小仙长长眼,叫他整日自诩天下第一!"

"哎嘿,是了是了,我这无名小辈眼睛惯常长在头顶上,就等着二位女侠替我捋下来洗洗干净,以免再识人不清。"梭罗子拱手,虚扶了一把,直接将她重新按回座位上。

这二人唱得一出好双簧,只叫她退无可退,又如坐针毡。

好在南珠侯也不拘小节,稍一点头便在她对面落座。

"不必惶恐,我虽年长你十万岁,倒也不是会吃小孩的老妖怪。"

爵微不甚在意地说了一嘴,惹得众人捧腹大笑。望舒她又偷偷瞄了眼对面的人,结果自然是被撞了个正着,赶紧低下头:"那……那就请上神多多赐教,手下留情了。"

真开始走棋,就完全不如想象的那般激烈了。爵微一派怡然,望舒面上瞧着虽气势不足,但也稳当,每步棋都经过深思熟虑,落下之时亦不会后悔。

梭罗子见她小小眉宇间承载着静流一般的温平从容,走棋的路数和修罗如出一辙,鬼魅多变,见上招拆下招,难断其意,便知她这盘棋短时间是输不了的。

果然,一夜过去,天色逐渐放亮,及至她稍有浮躁,手心汗湿,略显败局时,二人也才走了三十六子。

之后黔公突然寻来,这盘棋终究没有下完。

梭罗子看她着急走,也不做阻拦,抖着衣袍对她作揖:"小女娃不鸣则已,一鸣惊人。我瞧着某人虽还未拿出看家本事,但也不如看上去那般随意。这盘残局有点儿意思,刚闻到香还没吃上肉,主人家就把盘子端走了。"

望舒从没见过有人能将正红色的锦衣穿得这般风流恣意的，恭恭敬敬回了一礼："大仙见笑了。"

　　"唉，还希望主人家下次能赏口肉吃，今日就先让我馋着吧。"

　　她也不说话，低着头朝外跑。

　　雪骊落后一步，朝他二人简单解释道："长元仙君近年来身子不大好，寻她不得是会发脾气的。"

　　她这边刚说完，那边望舒却一头撞上了山谷的结界，一瞬被弹至半空。

　　厚重的青衣翻了又翻，抖出零星的药香。

　　莲花海这云雨圣地有个好处，就是能洗涤世间污垢，包含已经干涸的血迹。

　　药香浓郁，腥气也盛。

　　望舒惊恐万状，随即一股热流朝她后背涌来，稳稳托举住她急速坠落的身体。她下意识揪住被热流吹鼓的宽大的袍子，挡住胸前的伤口，低眉望了那人一眼，只堪堪瞧见一截漂亮的下巴。

　　待得她站稳，只听那人徐徐说道："未曾听说长元仙君身子不好，改日我去看看他。"

　　望舒一愣，随即缓缓直起腰，眼睛一眨不眨地看着他。

　　深夜，寂寞之人对坐饮酒。

　　梭罗子衣襟大敞着，红色袍带散在身下，突然吟起战曲，声腔豪迈大叹道："对酒当歌，人生几何？"

　　爵微眼眸里有淡淡的笑意："你醉酒之后都这般放浪形骸？"

　　他不觉羞愧，坦然应之："这乃男儿本色。"见后者坦坦荡荡宽坐在大石壁上，饮了那么多酒却还是一如既往地爽净，白皙的面孔上甚至连丝酒气都不显，顿觉无趣。

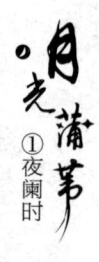

"世人都以为你消失不见,却不知你从未离开过南珠流光。若不是我沿着那小道去摘了你家里的南珠,怕是也不会引起你注意,继而暴露踪迹。也不承想我们会因棋结缘,一见如故,成为知交好友。缘分这事说起来,当真是有趣。"

他倚靠石壁,红色衣袂被吹得猎猎作响,突然煞风景地问了句:"你还在等她吗?"

山谷内星火瞬时暗了,随后溪水滴流声也寂静了。

梭罗子见状又是一笑,随即招招手,无数美姬自莲花海中走出,围绕在他身旁抚琴奏曲,轻旋细腰,步步生莲。

每朵莲花都会升至半空虚化,变成水墨渲染的山水画,画底必有题字,字迹必当只有山谷泉水水汽浸染后方才显现出来,所述皆是蓬莱静水之下的激流勇波。

爵微坐在山峰至高处,遥望那长幅画卷,美则美矣,却充满杀气,不禁说道:"这世间能玩转得如此风流多情的,大概也只有你了。"

"莲花海坐拥三生六界乃至于灰暗地带所有美艳女子,只要她们肯为我做事,我就会赠她们一朵莲花。数千年来,为此跋山涉水不择手段的女子不计其数,可你又怎知,我一直在等待那唯一的女子,不用任何交易,就能让我心甘情愿捧出千顷莲花?"

"生怕情多累美人?"

"如此倒是实话,还是你懂我。"他耸耸肩,摊开一卷画,忽然双目一凝,沉声说道,"录事君藏阁突起妖风的那夜,萧演并不在澄云岛。"

"也就是说,妖风与萧演无关。"

"那会是谁?你还未公开露面,是谁已经窥伺到你的归来?"

"妖风不见得是因我而来。"爵微拂了拂衣袖,"当夜还有两个人曾到过录事君的藏阁,一是与我喝了盅热茶的帝君周臣,二是不久前才得你十分青睐的小女娃。如此你又怎么看？"

梭罗子意味深长地说："那小女娃确实有点儿意思。"

爵微微抿唇，想起他提出要去看长元仙君时，她朝他看过来的那一眼，无形中自带一股杀气。

她似乎对他敌意很重。

梭罗子越想越觉得有趣，仰头喝了一大口莲子酒，畅言道："纵观如今这九重蓬莱，前有王邢笑耍弄人心，后有萧演大玩幻术，凭风而起数场争夺，在沉寂许久的太平盛世，这一切究竟是蓄谋已久，还是适时的闻风而动？想必你心中早有衡量。"

"我有衡量，你也不傻，否则平白建那座桥做什么？"

梭罗子笑笑："你知我知，这大局已如箭在弦上不得不发，你既是已经准备出世，那我怎么着也得筹划筹划。这不，王邢笑立马坐不住了，连南珠泰斗都给她弄回去了，萧演定然会有所行动，你座下那最神武有力的南珠泰斗怕也不是好惹的性子……风起瓠犀，究竟会是鉴宝大会，还是修罗斗场？我倒是十分期待，都有点儿等不及了。"

"你究竟如何想的？"

"我吧，既不是救苦救难的观世音菩萨，也没有什么大善之心，只是觉得这太平日子过久了，花点儿功夫解决一两个别有用心的家伙，倒也十分有趣，省得两颗老鼠屎坏了一锅粥。"

"蓬莱诸岛经久安逸，恐怕受不得刺激，你该速战速决。"

"有你这军师在旁，我还怕什么？"梭罗子抚掌，朝他抛过去一记媚眼，"不过话说回来，你为何要寻找刺文楼的旧物？和沧江地心火事件有关吗？"

自知道他隐匿南珠流光数千年后突然有了出世之意，他便已经猜到蓬莱将有变故。早前他暗自派人去过沧江，调查当年海火之事，结果显示那里自地心火爆发后，逐渐干涸，最终变成了枯田。

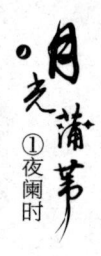

但也正因为干枯,渗透在土壤里的残余火石也暴露了。

那种火石是秘制烈酒发酵后与真火碰撞的产物,时至今日若给予火源,仍有很强大的爆炸力。

很显然,那场地心火并不是自然意外,而是有人蓄意为之,专门为月光神精心布置的一场杀局。

梭罗子连连咂嘴:"我就想知道那个幕后黑手究竟和月光神有什么仇什么怨,要对她下那般狠手?"

爵微沉吟片刻,浅浅叹了口气:"应该和当年那件事有关,死灰复燃不无可能。"

九千年前的酒神之战,是为了清除以阎水为首的百鬼生灵。那些死灵亡魂原本被封印在《亡灵之书》中,是冲不出结界的,但当时发生了一些事,使得他们逃了出来,到处引发霍乱。

阎水修习红黑术法,妄自称王,试图毁灭九重蓬莱,建立自己的帝国——死灵城。

四神合力将其绞杀,但还是留下了后患,有许多亡灵在战乱中逃逸了出去,其中就有阎水的女儿顾乘媛。

"我此次归来,便是因为嗅到死灵的气息,料想他们又卷土重来了。当年海火之事尚有许多蹊跷,我怀疑姳贞的死和死灵城的异动,都是顾乘媛在背后操控。"

"欸?我原以为蓬莱只有两头大怪在作妖,未想如今又多一个隐藏在暗处的顾乘媛,还有那摩拳擦掌伺机出动的死灵城……啧啧,简直是一锅乱炖!好不烦恼!"话是这么说,可他面上的笑却越发邪恶。

"所以,你寻找的刺文楼旧物又是什么?"

爵微抬头,不知想起什么,神色微有愣怔:"帝将在归隐前,将唯一可以封印死灵城的《亡灵之书》交给了姳贞。"

"如此也就是说,《亡灵之书》在刺文楼的旧物之中?"

"不错。"

"但是那些旧物如今下落不明，偌大蓬莱，又要去何处找？"

爵微眉心微拢，遥望不远处的银河蓝海，遍野柔光，遥想起当年四神在月下对弈大醉的情景，一瞬失神。片刻后，他将附在脚边的莲花精灵拂至身后，令几步以外的女姬望而止步。

梭罗子细细瞧他一眼，忍不住轻笑："也罢，事已至此，急也急不得，且走且看吧。蓬莱之局云谲波诡，看来我得先发制人，先将大怪拖进锅里煮一煮了，你身为军师可得帮我。"

爵微看他还有心思开玩笑，也不禁露出一丝笑意："首要之事，便是找到《亡灵之书》。"

"是找到《亡灵之书》，还是找到月光神？"

问题绕来绕去，还是回到一开始，他煞风景的那一问：你还在等她吗？

霎时间，山间灯火全部熄灭。歌舞中的女姬皆感受到一股无形的压迫，左右乱窜钻进花丛中，一眨眼的工夫全都消失于谷中。

梭罗子勉强稳坐于风声中，谈笑自如："我如今知道答案了。"

爵微慢慢看他。

"地心火后尚且留有火石，却没有一丝她的气息。倘若她真的死在那里，以她生前的修为，定然会留下一星半点儿的踪迹，但现在却连一丝气息都没有，所以你从不认为她已经羽化了，你一直在等她。"

梭罗子大笑："想来已是几千载，只似当时初想时。你这深山老怪，兄弟我有句大实话不吐不快。你且走着瞧吧，终有一日你会等到她，忠守万般不幸之后，得偿一切未竟初心。苦寒之地三春温暖，寒冰之下数丈天长。说不定呀，在某个你尚未察觉的时刻，她就已经悄悄回到你身边了。"

爵微折起衣袖，唇角微扬："何以突然这么肉麻？"

梭罗子一脸笑意："哎呀，你真是……太太太太没情趣了！"

第三章 池知深浅,困于月夜

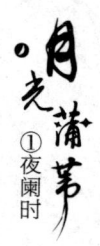

长元仙君自那日说起刺文楼之事后,精神头越来越差,几乎整日都在昏睡中,偶有清醒的时刻,眼睛里也是一片混浊,茫然四顾不知身在何处,昏昏如将死之人。

有一次,他竟然问起黔公是谁,来自何处,膝下可有儿女,说到一半也不管不顾了,一板一眼地交代起后事,还嘱咐黔公生前就这么多日子了,想见一见老朋友,让他早做安排。

是时望舒刚采藕回来,浑身还脏兮兮的,一步跨进庭院又缩了回去,躲在门后悄悄红了眼。顾不得换件衣裳,她赶忙去了趟司医局,临走前还从檀木箱里顺了条裹着血的帕子。

司医局有一位上了年纪的药师,名为华井,是当年西天佛祖座下的一株仙草,后得天恩赐修炼飞升,位列仙班。本是前途一片光明,却不知忽然抽什么风,嚷嚷着要体察民情,去人间走了一趟,再回来时就淡了名利,也不愿回到西天,只寻了蓬莱这小地方落户安家。

这些年来,他一直在为长元仙君续命,续着续着,也不知是从哪一日起,就又多了位病人。每月十五都会固定为这位小病人看诊,调养身子。但她委实不争气,小伤小痛从不间断,先是伤身,再往后就伤精,到如今身子已十分不堪。

"今日还不是十五,怎么有空到我这儿来?"华井瞅瞅她身上的污泥，二话不说丢过去一条帕子，指着身边的藤椅让她坐下，顺手搭脉。片刻后，两撇外八小胡子不停地抽动，面上微有恼怒："你该醒醒神了，最近一次伤到经脉了。长元仙君怕是越来越糊涂了，对你也能下得去这样的狠手。"

望舒小声问："那我会有什么事吗？"

"会有。"

"什么？"

"长元仙君再这么来一次的话，你估计得躺着来我这儿了。"

望舒松了口气："那就好。"

"那就好？"华井提高嗓音，"你到底知不知道你在做什么？你这缕魂养着不易，莲藕身又太脆弱，长元仙君清醒时哪一日不是把你捧在手心上，生怕你摔了伤了，你倒好，欺他不知就这样糟蹋自己？"

望舒嘀咕："你也知道这先来后到的道理，先是阿爹对我万般好，才有我这小藕人。如今他病了，我若对他不孝，那才是欺他。"

"你……你……嘴皮子功夫倒是与日见长。"

华井说不过她，捋了几把小胡子，花白的须纷纷往下掉。

望舒仔细一看，才发现那胡子又是粘上去的，上回来这里，他粘的是长眉，故意做出一副老头子的模样，也不知是为了消遣哪位红颜知己。

她假装不知，低下头道："上仙再给我一些外伤药吧，还有……给阿爹续命的药可能要加重剂量了，他近来情况实在不太好。"

华井扬眉，细细追问一番，才晓得原来她跑这趟不是为了自己，还是为了长元仙君。一时间不知该说些什么，想了想，无奈地摇摇头，按住胡子："将帕子留下来，我给你制些盖血腥气的香料。以后勤快点，每个月至少来我这儿两次。"

"好。"

"至于长元仙君,他是被心魔所累,药石无用,这个道理你应该很清楚。加重药的剂量对他而言效用并不大,我说这话,你可明白我的意思?"

望舒不作声,低着脑袋晃了晃,一副油盐不进的模样。

华井气恼:"你这倔牛一般的性子也不知是随的谁,专听想听的,不想听的愣是不过耳。唉,真是拿你没办法,过几日我去长庚岛走一趟,看看他的情况,到时再想办法。"

华井叽里呱啦说了一大通,未见回应,叉着腰说道:"你把头抬起来,看着我。"

望舒听话地抬头,眼神却飘忽着,左右不看他。华井不得不上前一步,拧着她的下巴,将她的脸正对自己,撇着小胡子问:"我很丑?"

她摇头。

"那我很老?"

她迟疑:"毕竟大仙也活了上万年了。"

"那这样还老吗?"

华井扬唇一笑,将胡子扯掉,摇身一变,成了那书中温润如玉的俏公子。一袭白衫套在身上,头发束起,唇红齿白,好不俊秀。他不知从哪里得了一把折扇,拿在手中扇了两下。

见她没有反应,将扇子压在她头顶。

望舒以为他是要给她的脑瓜子几下,小心躲闪,却不料头顶上那把折扇腾起后又缓缓落下,轻柔地抚了抚她的头。

随即,那把折扇变成一株绿油油的小草苗,落在她面前。

"以后别总低着头,看着没个鲜活气。"华井斜她一眼,"这是我悉心养育了几千年的活血草,有上好的疗伤功效,只对你的身体有用,对长元仙君是无用的。你带回去养在水缸里,记住,不到生死关头不许吃它。"

望舒动作迅速地将那小草苗塞进衣袖里。

华井又炸了:"你这是什么意思,难道我送出去的还能给你抢回来不成?哼……"他转个身又凑到她跟前来,盯着她的脸,"你听好了,这小草苗若一直养着,兴许数千年后也会变成我这般风流倜傥的公子,届时我垂垂老矣,自然比不上他的风头。可若真说起来,比起顺遂天意变成一个糟老头子在你面前丢人,我更不希望你有用得着它的那一天。"

他又靠近几分,目不转睛地锁住她的眼孔。

"望舒,只要你的魂一天不灭,你就是真实存活于天地间的个体。你有没有想过为什么你的魂会不死不灭?很可能是因为你在九州大地还有未竟的心愿。倘若你再这么一直糟蹋自己,那还有命等到记起前世种种的一天吗?"他捏捏她的脸,"再退一万步说,难道除了长元仙君,蓬莱就没有什么值得你挂念的人了?"

"我没有。"她移不开眼睛,声如蚊呐,却深知他言语间的意思,于是郑重说道,"我没有想死。"

华井也了解她的性子,点到即止,放开手往后退。

望舒趁着空隙从他胸前逃脱,刺溜一下消失在司医局。她跑得太快,没有看路,临到门口和一个人迎面撞上,抬头看了眼,又立即惶恐万分。思来想去不知该说些什么,她干脆眼睛一闭,踩着祥云逃之夭夭。

爵微站在原地,遥遥望去,只见那青衣又莫名厚重了一些,隐隐的血腥气挡也挡不住。一回头,便与后面追出来的华井对上视线。

华井冲他摆手笑道:"我的老主顾了,垂涎我的美貌,总三天两头往这儿跑。"

"是吗?"

"你不信?老实说吧,她老爹早许多年就对我有过暗示了,要将她许配给我做小媳妇呢。"

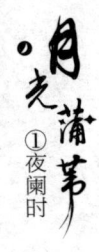

"那你怎还不娶?"

华井痛心疾首:"你可知襄王有梦,神女无心?"

"她不是垂涎你的美貌?"

"之前是,现在嘛,是我垂涎她。"

"你还和以前一样颠三倒四,说的话也不知有几分真假。"

华井笑得越发畅快:"几分都难说,该真时真矣,该假时假矣。"

爵微沉默下来,目光微沉。

这些年来,他隐匿南珠流光,连从开天之战时就跟随在他身边的南珠战灵都不知道他就住在后面那片林子里。若说同梭罗子是偶然结交,那面前这人便是有意为之的存在了。

用"天下风流,风流天下"八个字来形容他一点儿也不为过,当年下凡在人间转生为帝王,招蜂引蝶,是真多情,亦是真无情。而后回到仙界,满身都是烟火香气,哪里又能回得去西天,放得下那颗深谙红尘的心?

他与梭罗子最是不同,梭罗子担的是盛世风流的名号,实则是个空架子,去到红楼被陌生女子往床头一堵,立马耳根泛红,脚底生软,一搂一抱间人就没影了,可华井却是那里的老客。

除此以外,他还是当世蓬莱医术最为上乘之人。然而爵微的有意为之,却不是因为这些,而是看上了华井那个能嗅得天地万物间一切气息的灵鼻。

哪怕如今虚无,但只要当年存在过,他都能从残余的蛛丝马迹中勘破玄机。

"想什么呢?"华井打断他的思绪。

爵微回过神来,又看向方才那袭青衣消失的方向,淡淡收回目光,沉吟道:"不要玩过火了。"

"我若说此次是当真的,你可相信?"

"那我就先说一声恭喜了。"

华井似笑非笑:"好说好说,不过你今日来是为何事?"

"姳贞的旧物可能要晚些给你。"

"怎么,没找到?这不可能呀,录事君那藏阁随便拣一个都是宝贝,怎么会没有一样月光神的遗物?"

爵微轻笑了声,摇头不语。

华井看他眉宇间似有颓唐,拍拍他的肩膀,从袖口递出一株小草苗给他:"正好我也有东西要给你,这是活香草,与活血草是一对儿。刚刚那株我已经送给要认真对待的小媳妇了,剩下这一株给你,也算倾囊相助了。有了这玩意,你便可以随身携带,走到哪儿就放它出来,让它嗅嗅月光神在九天大地的气息。如果月光神尚且在世,它自会带你去找她。"华井撇撇嘴,"不过呢,我这香草和血草是一块儿养的,几千年过去,感情深厚,现在我将它们分开,免不了会思念一二。倘若这香草要去找血草,你且任由它去,不必阻拦,也不必跟着,它见过了就会回来的。"

爵微浅看他一眼:"舍不得给我?"

"我这香草平时黏人得很,动不动就要朝血草身上贴过去。你如今是它主人,免不了与我那小媳妇有所接触,这一来二去的,万一你们看对眼了,那我可怎么办?"

爵微沉默不语,华井不承想他竟是这般放任自流的态度,一时间有些心慌,急吼吼道:"你竟然不置一词!你……"随即,他又一振衣袖,十分自恋地表示,"也罢,我养的活香草,自然要对它有信心。"

不过这话说了没多久,爵微回程自一处土丘上经过时,这活香草就蠢蠢欲动起来,牵引着他往一处飞掠。

走近了,他瞧见一个瘦弱纤细的身影,背着一只硕大无比的檀

木箱子，正步履蹒跚地朝土丘里的火池方向走去。那火池里的水皆是火山沸水，能顷刻间将人啃噬得只剩白骨，无骨之物坠落其中，便是什么都别想提溜出来了。

他飞掠上前，瞥见那身影走到火池边上，匍匐于地，前后左右小心翼翼地看了个遍，见四下无人，这才打开檀木箱子，将里面的血衣一件件丢进火池里。

腰间的活香草嗅到什么气息，拔腿朝那处跳过去。

爵微始料未及，没拦得住，只得紧跟其后。

越是靠近，越能嗅到那股浓郁的药香和血腥气，似猖狂飘荡在这盛世下的一张隐秘黑网，层层叠叠，由深渊一路往上，笼罩住无数酸臭的腐气和湿滑的青苔，终于在临近光明的崖顶一线，露出那张网最后的面目，俨然又是另一道万丈深渊。

他忽然凌空一滞，停住脚。

身后的风贴着地表无声无息地靠近，吹动他鬓角的发丝，若不细察，只当是一场温柔的碰触，可他却在这轻飘飘的拂动中敏锐地察觉到什么，突然转身，接下瞬间癫起的狂风。

活香草见状跑得更快，朝着望舒袖口的活血草笔直地冲了过去，及至钻进她的衣袖，望舒都未有任何反应。

她的心思都在火池中，将最后一件青衣丢进去，见其顷刻间湮灭无形，她才松了口气，扶着檀木箱站起来，谁料腿刚屈起，一股重力就从身后将她拍进火池中。

她吓得立即往上弹跳，拽着檀木箱垫在脚上。

那也算是上等的紫檀木了，被火池这样的"大野兽"随便张张嘴，就吃得渣滓都不剩了。好在她反应极快，借着檀木箱使力，重新跳回了岸上。

还未站稳，又一股狂风朝她袭来。

她被吹得一步步往后退，奋力张开手臂以抗衡这股力量，却发现不过是以卵击石。正当她再次摔进火池时，一道迅疾的身影朝她撞过来。

　　望舒瞪大眼睛，看着那身影在与她亲密接触的瞬间揽住她的腰，背顶着那股巨大的力量，从跳跃着无数蚀骨水纹的火池上方险险跃过，及至那风渐渐变小，最后无声无息地堕入天地之间。

　　她看得清楚，那时，蓬莱的苍穹之巅变成了赤焰般的色彩，她触手可及的那个人沐浴在血色浪漫的红尘间，幽密安然地看了她一眼。

　　她这深藏玲珑心的藕人，竟第一次听到了雷鸣般的隆隆心跳。
　　忽地，又万籁俱寂。

　　望舒走两步停半刻，又走两步，停上一刻，走到后面步子越来越小，停顿时间越来越长，可身后那截颀长的身影始终沉默着，没有任何反应。

　　他要送她回长庚岛，实在令她受宠若惊，不过这感觉只隐秘酝酿了一阵，随即就演变成浓重的担忧和不甘。

　　眼见长庚岛门前那棵苍梧树的轮廓越来越清晰，她再三犹豫后刹住脚，缓慢回头。

　　"上神，送到这里就好了，前边就是我家了。"
　　爵微沉吟："还有几步路，送到家吧。"
　　"不用了不用了，上神救我一命，小藕已经万分感激了，都不知该怎么报答上神，又耽误了上神半宿，您请就在此处回去吧。"
　　她低头晃着脑袋，摇得和拨浪鼓一般。
　　爵微见状，唇角扬起弧度，眼睛里似有玩味。他朝前跨过一步："许久不曾看过蓬莱的景色了，这一路过来也算大饱眼福。走吧，都到这里了，正好也瞧瞧长庚岛有没有变样。"

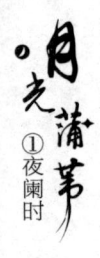

"没变样。"她忽然一个闪身挡在他面前,讷讷道,"上神,长庚岛连年湿寒,万木凋零,着实没什么可观之处。"

"是吗?我瞧着那苍梧树遒劲有力,倒是不俗。"

他盯着她的头顶看,依稀瞧见头发里的一个旋儿,柔软异常。明知她这一夜漫无目的地转悠,是在拖延时间。可不知为何,他也配合地转了一夜,到此刻见她再三阻挠,也不想兜圈子了,干脆问道:"我要去见见长元仙君,你不愿意?"

"不敢。"她头更低,快要埋进胸口了。

"长元仙君病多久了?"

望舒认真地想了下:"有很久了。"

自从那年刺文楼的佩方仙君带着月光神的旧物来过之后,长元仙君就时常坐在廊下看着远处发呆,有时候会自言自语些她听不懂的话。

约莫是忧思过重,那之后长元仙君的身子就越来越差了,也越来越不喜动,记性和脾气都不大好,也不知是哪一天突然急转直下嗜睡不醒了,情绪不受控制,疯疯癫癫逢人就打。

爵微沉默了片刻,又抬腿朝前走去:"没有请司医来看吗?"

望舒见状,只得亦步亦趋地跟着。

"请过了,华井司医每隔一段时间就会来给他问诊,只是阿爹的病情反复无常,华井司医说他这是心病,心病还须心药医。"

她说得小心,看他的目光更是小心,却还是冷不丁与他对视了一眼,被瞧去七七八八的提防戒备。

爵微不禁问道:"你知道许多事?"

"嗯?"

"否则怎会对我有这么强的敌意?"

望舒惶恐,移开视线:"不是的,我哪敢对上神有敌意?只是……只是阿爹身子不好,我担心他见着以前的人会触景生情,再伤了上神。"

"是怕他伤了我,还是怕我伤他?"他目光微沉,"想来你的确是知道些事,那就更无须担心了。他是最后一个见到姳贞的人,以她毕生修为,不可能被那场地心火完全侵蚀。倘若她还活着,他就是唯一知道她下落的人。倘若她当真故去,那他也必然是唯一知晓她葬在何处的人。"

他敛下目光,又变作冷心如铁的模样,仿佛这世间种种都消融不了那遍山的雪。

"你放心,他知道这么多,想不起来之前我不会伤他。更何况我若当真要伤他,他何以活到今日?"

说罢,他阔步向前,一眨眼便掠至内宅,惊得尚在酣睡的茶梅树花纷纷懵懂睁眼。

望舒跟在后面,来不及同黔公解释,也无意安抚受惊的茶梅精,急急上前拦住那人。几乎是用整个身体去撞他推门的手,谁料他反应更快,躲闪后还腾出一只手拎住她的肩,稳住她用力过猛朝前趔趄的身体。

她刚刚站稳,就又是一副鹌鹑的模样,缩着脑袋戳在他面前当门神。

"南珠侯,我不知道当年究竟发生了什么,但这些年我阿爹一直深受往事困扰,十分内疚自责。他过得很辛苦,你就放过他吧,好吗?而且,事情都过去那么久了,月光神也已经……她是生是死对你而言真的这么重要吗?你根本不爱她,又何必纠缠……"

"我不爱她?"他微微弯腰,视线与她平齐。

这样近的距离,所有的伪装和逃避都无所遁形。望舒背贴着门,感受到一股无形的压迫。她舔了舔唇,眼神在空中飘了飘,最后还是与他四目交接。

爵微轻笑了下,那声音似十二月的飞雪,又冷又尖:"你又怎知,我不爱她?"

"我……"望舒被他的眼神唬得害怕了,朝后退了一小步。

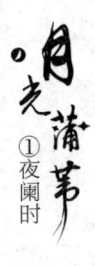

也就是在这一步之间,他轻挥衣袖,身后的两扇大门齐齐开了。与此同时,她被他衣袖间的风推动着朝旁边踉跄了一步,摔在地上。

这一次,他没有再看她,笔直地走了进去。

很快,雕花大门重新合上。

望舒坐在廊上,揉了揉撞伤的胳膊,长长地吁了口气。

方槐来和她说话,她却好像没有看见一般,敛着眸子一动不动,听着屋内的动静,片刻后不见里面有任何声响,她摆出茶具,小跑着从橱柜里取了一包新茶出来,开始煮汤,等水三沸。

方槐见状也不说话了,重新扎根回自己的土坑里,将正在树根下打盹的蚂蚁精刨出来,放在掌心上,嘴巴一嘬,甚是委屈:"她又不理我了。"

"小主人想事情呢,你怎么连个眼力见儿都没有?"

"哼,就我眼瞎,你眼亮着呢,做梦还抱着糖藕浆。"

"哎嘿,你个娘里娘气的丑东西,有气朝我撒是什么意思?你又不是不知道,咱那小主人心思深得很。没事你别去招惹,否则怎么死的都不知道。"

这蚂蚁精生于黑暗土壤之间,练就一身铜皮铁骨的本事,生来就是不怕死的,说话特别耿直,早两年还问过望舒为什么表里不一。

那话一出,整个长庚岛都冷了几分。方槐当时吓得浑身冒冷汗,生怕望舒一脚把蚂蚁精踩死了。不过她倒是很不在意,微微一笑,转身就走了。

只是从那之后,望舒就越发沉默寡言了。

眼下蚂蚁精旧事重提,方槐免不得浑身震颤,待反应过来,赶紧堵住蚂蚁精的嘴巴,低声耳语:"你住嘴,怎么又说这种话?咱们都跟着小主人长大的,你又不是不知道,她以前根本不是这样的。那时多淘气的一个小娃娃，每天叽叽喳喳和那个重名鸟说个不停，不像现在……"

方槐不禁扼腕，悄悄朝廊下看去。

望舒瘫坐在地板上，微仰起头看着远方，茶色的眸子一瞬透亮，在起着雾的清晨中，在微光狭隘的天地间，透着无尽的阴霾。

茶煮好了，望舒摆下两只茶碗，将热汤沿盏口倒入，忽然听见一声巨响，热水溅到手背上，顾不上疼，连忙拎着衣角冲进去，一开门就见长元仙君正举着茶几朝南珠侯扔过去。

没经细想，她一个箭步冲过去挡在他身前。"哐当"一声，茶几角砸在她的肩上，又重重摔在地上。她下意识抽了口气，揉了揉肩，赶紧爬过去安抚发病的长元仙君。

她瘦得很，死死抱着长元仙君的腰，颇有几分蚍蜉撼大树的感觉，被长元仙君甩来甩去，摔在地上一阵拳打脚踢，也不喊疼，硬生生咬紧牙关，抱住他的另一条腿。见他动作滞缓，赶紧大喊道："阿爹，阿爹，我是小藕！"

长元仙君听到这话果真停住了动作，片刻后，他将她从地上拎起来，一双眼冒着火，怒吼道："你是谁？你究竟是谁？你不知道我的女儿已经走了吗？竟然敢冒充小藕，我打死你！"

说罢，望舒手疾眼快地拽住长元仙君的衣领，这才没被他一把甩到墙上，不过也因这动作，她的衣服在拉扯中松散开来。

她这衣袍太过宽大，虽然厚实，却禁不住这样的拽拉，腰带也不知何时松开来，上衣滑至腰间，卡在那里要上不上，要下不下，束着手脚反是负累，但她还是死死抱着长元仙君不放。

长元仙君满身力气无以施展，见状更加用力扒扯她的衣服，抓拽她的头发。不管三七二十一，非得将她从身上甩出去不可。

望舒苍白的小脸上全是汗珠，却还是咬着牙没有吭声。直到她最贴身的中衣都被拉下来，露出雪白的肩，被一阵凉风吹得哆嗦了

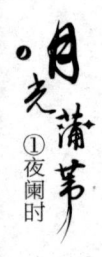

下。

忽然，一只手握住她的肩头。

那手掌温暖柔和，指腹略显粗糙，似乎有茧，带着丝不容许扭转的力道，直接将她从长元仙君身上拉开。

"以为你有什么办法能制住他，难道就是这样？"

一道冷冷的声音传入耳中，望舒脱离了束缚，这才感受到彻骨的痛，牙关都咬得发麻了，松了口气的同时，阵阵寒意爬上后背。

爵微将长元仙君按在床榻上，朝他输送了一股气流，很快长元仙君就平复下来，眼神迷茫地瞅了瞅四周，歪头一倒，晕了过去。

她这才彻底放下心来，瘫软在地上，过了会儿察觉到他的目光，才想起自己还蓬头垢面，衣衫不整。左肩被茶几砸中了，使不上力气，她只能用右手提着衣领往上拽。

许是瞧见她一只手拉那厚袍子有些吃力，他走过来，扶着她的肩说："我来吧。"

他的指尖微凉，拉着衣襟从后面一层层扯上来，难免会碰到她的后背。这样近的距离，还能看到许多新旧伤痕。旧的已经结痂，伤痕淡去，新的横在上面，刚长出粉肉，却又裂开，眼下丝丝血迹从里面渗出来。

他的动作顿了顿，眉头微蹙。

望舒肩上的皮肤因他的碰触而战栗，察觉到他的视线定在一处，她朝旁边躲闪，却不敌他掌间力道，反让自己"嗞"地吸了口气，一抬眼和他四目相对。

"别动。"他掀起眼皮，瞥她一眼，便将视线移开，说话分散她的注意力，"他刚刚说你已经走了，是什么意思？"

望舒稳住心神，低声说："阿爹在还有意识的时候曾经将我送走，我拗不过他，就去西海小住了一段时间。等我回来，他就变成了这样。"

"他一直没有意识？"

"不是的,偶尔也会有清醒的时候,认得我,还会跟我说一些小时候的趣事。"

"都有哪些趣事?"

"……就是爬树掏鸟窝那些调皮捣蛋的事。"她无意追溯往昔,声音一软,缩了缩肩,头又低下去了。

爵微手没停,将最后一件衣服拉上来:"你不打算告诉他这些事?"

她不说话,逃避他的视线,在屋里乱看,想着先整理茶几,然后收拾书橱,得在长元仙君醒来之前把屋子重新收拾成原来的样子。

"所以你才一直穿这种衣服,谨防他看出来?"他往后退一步,目光微沉,面孔在略显晦暗的屋子里越发神色难辨。

她哑然:"嗯?"

"昨日去火池烧掉的那些青衣都是你换下来的?"

"阿爹对血腥气很敏感,但是那些很难洗。"

爵微深深看了她一眼,率先一步走出去。望舒又吐了口气,替长元仙君盖好被子,这才跟出去。

回廊上的茶已经不热了,但好在还有余温。她把绘着莲花的瓷杯递给他,小心翼翼地打量他一眼,问道:"上神,你同我阿爹说了什么?他怎么会突然发病?"

爵微抿唇,将茶杯握在手心里。

天边拂开了一片温柔的霞光,将她整张脸照得更加清楚了。她几乎从不和人对视,这般低头的姿态似乎已经形成习惯。

但他知道她那些小心思。

"我出现在他面前,不就是他发病最主要的原因?"

"……"

"他可曾对你提起过她的下落?"

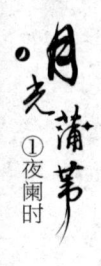

望舒捧起一只茶碗,放到嘴边,茶水泛着苦涩,她微皱了下眉头。

其实在看到拜帖那日,长元仙君似乎说过知道月光神的下落,但委实含混不清,也不好轻易提起,于是她思虑再三,还是摇摇头说道:"不曾。"

爵微倒像是早就知道这答案一般,面上无波无澜。他用手掌包住茶杯,抵在嘴边轻嗅了嗅。

望舒解释:"这是终南山雪顶的极品樟香,苦中带甜,甜中带苦,似是而非。"想起茶的由来,她的眉眼动人几分,"记得这茶还是阿爹亲自给我摘回来的,摆在院子里晒了好久,浸得满屋子都是茶香气。"

"不错,确实芳香馥郁。"

"那上神待会儿带些回去?"

爵微勾了勾唇角:"有什么话不妨直说。"

望舒趁机伏在地上对他磕头:"爵微上神,你是酒神代的上古之神,修为浩大,我想请你救救我阿爹。"

她瘦瘦小小的身子蜷曲着,给人的感觉除了被什么重物沉沉压着,再无其他。

爵微好像早就猜到她要求什么,没有一分惊讶,垂下眼眸浅笑了声:"你对他真的很好。"

"阿爹待我也很好。"

"雪骊说你是被长元仙君捡回来的,何时,在何地?"

她停顿了下,眼角余光瞥见他灰麻色的衣角,足履简单,衣着朴素,看起来一点儿也不像是那个传说中血杀千万人的南珠侯,只是眉眼间的冷确如深山老林里的雪,难以消融,难以被打动。

她将身子伏得更低:"约莫六千年前,在沧江东南边陲。"

九千年前,酒神之战,烽火波及蓬莱,四神与阎水在北荒同归于尽,而后重生。三千年后,他们闯过重重险阻,于明月光重新聚首。不久，沧江爆发地心火，月光神殒了。

算算时间，也就是六千年前吧。

爵微没再说话，安静地坐了会儿，待得杯中茶尽，又为长元仙君渡了回真气，才告辞离去。

长庚岛四面环水，相较于南珠流光来说，这里的寒冷是带着湿气的。

她注视着他离去的背影，瘦长挺拔，自带一股萧瑟。

他的灰麻布衣上晕染了一大块湿印子，也不知是何时沾上了水。

望舒走回阁楼，把衣服一层层从身上剥下来，仔细检查后，缓慢松了口气。除了肩膀处碎了一块小骨外，其他部位都只是外伤，只是胸口的瘀青怕是很难散去了。

想到瘀青和那块水印似是差不多大小，她忽然有了印象，难道是方才他答应会尽力救长元仙君，她一高兴不小心打翻茶时洒上去的？

那茶尚有余温，可他怎么什么反应都没有？

晚些时候黔公来找她，是时她正在喂长元仙君喝汤药，老人家帮衬着搭了把手。

长元仙君难得没闹脾气，喝完药还在院子里走了一圈，直道今日神清气爽。黔公跟在其身后，看他气色忽然转好，不由得好奇："是今日那位的功劳？"

望舒替长元仙君盖上一条绒毯，低声笑了笑："阿爹这是心病，心病还须心药医。当年的那些人只有他还在蓬莱了，也只有他才能治。"

"什么意思？"

"黔公，他有所求，我满足他的想象，这不算利用。"

望舒坚信黔公是忠于长庚岛的，故而有什么事情，也不想隐瞒

他，就将今日她与南珠侯的对话转述给黔公。

黔公听完后脸色大变，不可置信地问道："你真这么说？"

他与望舒对视了一眼，这一眼隐藏在幽深灰暗的林间，并未叫人看清楚全状，但他还是冷不丁胆寒了一阵。

"望舒，休要糊涂，他是上古之神，你的心思他岂会不知？"

"我的心思？他只要知道，我全部的心思都在阿爹身上就行了。"

她看着面前悠闲散步，偶尔一回头，慈眉善目冲她微笑的长元仙君，神色变得无比温柔。为这一笑，她觉得什么都值了，哪怕是要交出她的命匣。

"所以你就骗他？你根本不是在沧江东南边陲被长元仙君发现的，你故意制造时间和地点上的巧合性，是为了模糊你的真实身份？"

黔公叹了口气，他是绝对忠诚于长元仙君和这小主人的，但他委实不赞同她这玩命的做法。

"万一他识破了你的谎言，你能想象后果有多严重吗？"

"他认为月光神还在世，又猜到我对他有所隐瞒，若阿爹一日不提月光神的墓址，他就会有一日相信她还活着，便会无限想象六千年前在沧江，我被阿爹捡到这件事在时间和地点上的巧合性，就会更加在意阿爹的性命，会护他周全，帮他治病。而我只是提供了一些条件，至于他多不多想，那就不是我的事了。"

她朝黔公递过去一个笑脸，宽慰似的拍了拍他的手背。

黔公见她筹谋至如此地步，一时间也不知该说些什么好，愣怔在原地。想到前阵子不停来往长庚岛给她递各种消息的游灵，忽然有一个大胆的猜测在脑海中酝酿成形。

他惊恐万状地看着她："你不会早就知道他回来了吧？"

望舒唇角一抿，溢出一声笑："比你早一些知晓，约莫在梭罗子大仙建那座桥通往南珠流光时。"

见黔公一头雾水，她解释道："南珠流光屹立于蓬莱之地几乎是众人不敢妄想的存在，这份'不敢妄想和望尘莫及'维持了数万年，一直到前不久梭罗子有了那番作为后，戛然而止。自两百年前冰城的争夺战之后，王邢笑便与萧演多次开战，前后抢夺雾都、沙漠等多处奇迹，打得不可开交，可谁也没敢打过南珠流光的主意。而这期间，梭罗子一直稳坐于战局中心，不争不抢也不掺和，却无形中抗衡了那两位的势力，并且能在数万年后的今日，一出手就是南珠流光那样的存在，你不觉得他的胆子肥到可怕的地步了？"

她说起蓬莱如今云谲波诡的大局，面上平静无波，口吻不轻不重，没有任何感情成分在里面。

"当然，我也不会认为能跻身三股飓风的梭罗子大仙是无脑之辈，更不会认为他是胆肥了一时冲动之举。近百年来，他一直运筹帷幄于帐中，往王邢笑和萧演身边安插人手，搅和他们的行动，从未失算，那么他既然敢对南珠流光动主意，必然是和那位有一定关系。"

黔公大气也不敢喘，老迈的狮面沟壑万千，写满了惊讶。

"所以从那时起，你就已经猜到南珠侯回来了？"

"不错，说回来有些不准，我甚至怀疑他从未离开过。梭罗子大仙性情洒脱，敢爱敢恨，不是能坐得住的性子，我倒认为他这些年的不温不火，是那位的授意。"

黔公听到此处，已经完全说不出话了。

夜风微凉，吹得望舒手脚都凉了。她上前安抚长元仙君，不知说了些什么，逗得他前仰后合，笑得合不拢嘴。

她忽然回头，对他微微点头："黔公不要担心，这场博弈输赢尚还未知。不管怎么样，我都会努力守住长庚岛的安宁，守住我阿爹。"

月色渐深，长元闹着要休息，望舒哄了一阵，送他回去。

黔公就这么看着她从眼前渐渐走远，猜想她那瘦削的身子是如

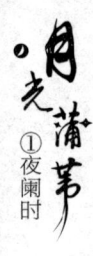

何承受得住那些厚重的青衣的？她小小年纪就有的沉着心思，那一直低头安静文弱的模样，究竟是保护自己的外壳，还是模糊敌人视觉，掩藏自身实力的坚硬盔甲？

她心里究竟是什么样的？

第四章 烈酒咽喉，消磨眉寿

　　瓠犀酒楼悬壁而立，布四面之网，收八方风声，是一处妙不可言的圣地。它不仅包罗数之不尽的绝顶佳酿和身怀绝技的妖魔鬼怪，还是"毒娘子"王邢笑的老穴。

　　要攀上这面万丈悬崖是不易的，若叫望舒独自过来，怕是怎么也得爬个十来天。但有雪骊在，就没什么好担心的了，只需闭上眼睛，伏低身子，咬牙顶住腮帮，免得被风吹成面瘫即好。

　　风从四面来，越是临近崖口，越是猛烈。

　　望舒不自觉地想到那日在火池遇见的风，又急又凶，甩得她耳背生疼，几乎要将她死死按进火池中。

　　飓风吞噬黑暗的力量，不同于天地间顺势而行的风，前者充满侵略性和争夺欲。那种倾覆在身体里的疼，剥离了皮囊本身，已经渗透进骨子里，势必要将人从里到外彻底地摧毁一般。

　　加上在录事君藏阁遇见的，她已经与之有过两次照面了。

　　究竟那股风是为谁而来？

　　她们跃过了山壁，登达崖顶。望舒揉揉脸，小声嘟哝："姐姐你看，我的脸是不是快被风吹歪了？"

　　雪骊环顾四周，缺胳膊断腿的有之，背着全部家当来的亦有之，这场鉴宝大会堪比武林盛事，各岛各山，妖魔鬼怪全都到场了。她忍不住一阵好笑："你瞧瞧这些人，为看一场热闹，早十天半个月就来爬这面山崖了，好生艰难才登上瓠犀酒楼英雄顶，说不定还有爬到半道摔下去丢了小命的。和他们比起来，你不过眨眼的工夫，还有座驾好使力，这般说话是故意恼我呢？"

"姐姐又拿我说笑。"

雪骊知道她是故意逗趣，捏捏她的小脸："好啦，你这细皮嫩肉的根本不禁逗。"

两个人往前走几步，便瞧见一座四四方方的温泉池，氤氲着水雾，朦胧中又有几分神秘。池子中有许多男男女女在嬉戏，丝毫不理会这周围的看客是惊讶，是唾骂，还是含羞带恼跃跃欲试。

雪骊勾着她的肩，附在她耳边嗤笑："别看了，小心长针眼，王邢笑那厮就爱整这些污秽的东西，来混淆人心。"

"为什么在酒楼正门前摆这池子？这般做岂不是抢了酒楼的风头？"

"你不懂这里面的玄虚，这温泉池看似是一幅活色生香的画面，但池子里的男女都在走阵。"

她细细去看，发现那些男女各占前后左右四角八个主要方位，中间叠出十六方位，不管怎么闹腾，怎么调换位置，十六个方位上都是有人的。再仔细看他们移动的位置，也都是从左往右，从前往后，规规矩矩地变换着阵形。

"王邢笑不擅五行之术，我瞧着温泉池是故意摆出来给萧演看的，不过这阵形还是简单了些，连你我都能瞧出来玄机，又怎可能骗得过萧演？顶多就是折腾一番不知好歹的看客罢了。"

说话间，在她们前边的几个人正要跨过温泉池，却在胡乱走了一遭后都被拽下池子，连吃好几口水，整个人狼狈不堪。其后几位哄闹大笑，仍旧没当回事地走了一趟，谁料还没走几步就落得相同下场。

如此两番过后，诸位都收敛神色，开始正经起来，纷纷上前尝

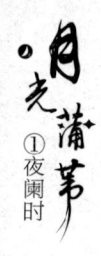

试。几个来回之后,依旧没有人能跃过温泉池。

就在这时,一名男子从人群后头走了出来。

此人端看背影挺拔颀长,腰窄肩宽,落步稳健。他身后尾随数十位衣着素净的门生,长相都颇为白皙俊俏。

他们往温泉池前一站,池子中的男女也都收敛了玩闹的神色,各据一方武装起来。

门生起先而上,左五右四,前三后六,按照阵形走步,池子中的男女也在变换方位。两方一上一下,不甘示弱地对打了几个回合。

就在那些门生以极快的速度在池子中交叠变换时,领头男子一跃而起,足尖每落之处都是门生的肩膀。

此刻,那些男女好像已经被排除在了阵形之外,毫无招架之力。池水中央只留下无数个鬼魅的身影穿梭来去,那领头人每次落足都异常稳当,不消众人看清,又迅速一掠。

望舒只觉眼前一阵眼花缭乱,那人已到了温泉池的尽头。

池中男女皆浑身脏乱湿透,而那人却连足履都未沾上一滴水。

诸位看官都不禁目瞪口呆。

随后,一只硕大的巨龙脚掌踩过水池,大骂着"狗杂碎"直奔那人而去。那龙掌踩得温泉池支离破碎,惊得里面男女慌乱逃窜,如此也就没什么阵形可言了。

望舒见状,已猜到领头人的身份了。

"原来这位就是雪山君萧演,他果真如传闻中所言,走到哪儿身后都会跟着数十名白衣门生。"

雪骊轻笑:"平白浪费了那一张张好脸,怎的这么不长眼,跟谁不好,非得拜在萧演门下?他除了会些歪门邪道,还能整出什么?"

"听说录事君的小儿子也在?"

"萧演的门生也就如你今日所见了,一眼就能看到头,听说以前有很多,不过如今也不知道那些人究竟去了何处,是生是死都不知。"

录事君本身为蛟龙,每逢急怒关头都会踩着巨龙掌出现,弄得地动山摇,可上半身却还是人的模样,满头须发,一双炯炯有神的眼睛忽闪忽闪的,不见龙身的可怖,却莫名有几分反差的可爱,也有些令人扼腕。

坊间都说自他那小儿子在萧演的澄云岛失踪之后,他就变得疯疯癫癫的,性情也越来越古怪,易喜易怒,不好相与。

她想到一本行走的活宝典就这么蒙尘了,顿觉几分可惜。

"坊间之传,真真假假,不必尽信。"雪骊似明白她的感慨,揉揉她的头顶,"这蓬莱说大不大,说小也不小,真正得以窥见的辉煌,都已经跟随着大圣归于凡俗后零落成泥了,如今你所看到的这些,都只不过是当年那些盛况的冰山一角。"

"当年那是什么盛况?"

"九天阊阖开宫殿,万国衣冠拜冕旒,片面之词,实在难说。打个比方吧,如今你瞧着萧演一人当先,数十门生其后,脚下阵形如妖似魔出神入化,便觉气势浩荡,可若是放在当年的话,此举不过是邯郸学步,平白惹人笑话。以前那些人啊,出门哪需要阵仗,往那儿一站,九天大地就是他的阵仗。"

望舒想象着那个场面,突然生出几分好奇:"南珠侯也这般?"

雪骊愣住,随即淡笑付之。

"他最大的阵仗就是月光神永远站在他身后。"顿了顿,她望向远处,目光变得恍惚,"不过我想,他并不知道。"

"姐姐,你很喜欢月光神?"

"她真的很好。"

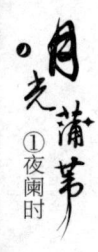

"比帝君周臣又如何?"

雪骊想了想,以颇有些骄傲的口吻道:"帝君最是温和仁慈了,可月光神很迟钝,她不怎么同人接触,也不爱和人交往,性格有点儿孤僻。但相处久了就会发现她内心温柔纯粹,纵是身份矜贵无双,也从来只甘于平淡。"

话及此,望舒好像忽然理解了长元仙君对月光神的倾慕。

一个从开天之际就四处征战的女子,在数万年间的兵戈扰攘、时代更替中,仍旧能保持一颗简单的心,委实难能可贵,值得世间男子倾心。

而且,撇开这一切都不提,她还是月光神,三垣六合唯一的月光神。

雪骊见她不说话了,叹声气:"唉,每每同你说起这些,你的小眉头都要堆起来。怎么这般无趣啊?"

"没,我很喜欢听姐姐讲这些。"

"那好,以后都讲给你听。"雪骊挤眉弄眼朝她一笑,揽着她大步往前走,"王邢笑这女人确实有些特别,明知自己这点儿伎俩难不倒萧演,却还是要给他点儿不痛快,这性情倒真有几分敢爱敢恨的意思。"

"姐姐曾见过她吗?"

"有幸见过几面,不过未曾深交,所以今日特地与你一起来见见世面。"她爽声一笑,尾随众人掠过温泉池。

待进入瓠犀酒楼,见到的就又是一番盛况了。

整座楼建立在山崖之巅,数千年来顶着狂风暴雨,外观已有几分落败,甚至远远看着还有些飘摇,但一进门就被扑面而来的辉煌贵气相逼,不得不惊叹一声鬼斧神工。

楼有十八层,每层一种极致风景。仰头看星光如海,别有洞天。低头听海螺白浪翻腾滚滚,步履维艰。可真行走在其间,又觉香风阵阵,温暖异常,与山顶上那阵凛冽的风着实有着天壤之别。

里面宾客满堂,三步一坛酒,五步一张矮桌,想醉随时坐,想坐随意醉。

楼中悬空吊着一张大舞台,以长藤缠绕,似悬空而不悬空,似飘浮而不飘浮,如同这整座楼一般,实而虚之,虚而实之,强如堡垒。怕是在里面大战三天三夜,楼都不会有一分半分的摇晃。

也不知黄土妖给她传的是哪路子的消息,竟说这瓠犀酒楼百年以内,必然倾覆。

她同雪骊逛了一圈,便被侍女领到西南角,斜对大舞台,与她们在一起的是蓬莱不知名姓的小仙。正对舞台的皆是有头有脸的人物,如萧演和诸岛岛主之流。在他们右边也就是东南角,是一些画着鬼面,戴着面具,身着奇装异服,又或者长相畸形奇特的牛鬼蛇神。

及至中心大舞台上出现一位万种风情的女子,鉴宝大会才正式开始。

那女子半遮面,瞧不出全部的面容。就露出来的半张脸而言,眼睛狭长妖媚,脂粉厚遮,红唇娇艳,五官也不甚明显。只是身段丰满轻盈,纤腰婀娜多姿,每走一步都有一阵浓香扑鼻。

可那香气即便这般浓,却不刺鼻,隐隐有沁人心脾之感。

世间女子,能做到十步之外就感乱人心者,且不说容貌如何,光是风姿便足以一论绝色高低了。

她出场后,众人便开始吆喝,大赞她风情又佳,一日更胜一日美艳。不过今日毕竟不是选美的场合,诸位耍了几句嘴皮子,就嚷嚷着要看宝贝。

王邢笑打趣:"瞧你们一个个猴急的,不知情的还真以为那宝

第四章 烈酒咽喉,消磨眉寿

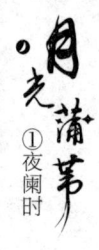

物是什么绝世大美人呢。"

话虽如此,她也不含糊,当即横空递出一物。

那物件摆放在长藤编制的筐里,似是听到周遭的喧闹,揉着惺忪睡眼从竹筐里探出头来,两只黑色圆耳下,一双乌黑的大眼睛活灵活现,反衬得圆滚滚的身体很是可爱。

望舒看这小物通体圆胖,只有黑白两色,既不像猫也不像熊,十分可爱,忍不住好奇地问雪骊:"这是什么物种?"

"猫熊。"

"猫熊?那是什么?"

雪骊飞快地看了她一眼:"此物确实稀罕,数万年来我只见过一次,还是你阿爹送给帝将的生辰礼,不知怎么到了王邢笑手中。"

她们二人交谈声音虽小,却耐不住有高人在场,更遑论她这句话根本不加掩饰,自然就被有心人听到了。

那人在东南角的魑魅魍魉间,隔着人群遥遥向她问道:"原来这小东西竟和帝将有关,姑娘可否细说一二?"

这人话语间的口吻十分风流,像极了莲花海那位俏生生的岛主梭罗子。

望舒不得不朝那声音来源的方向看了眼,只瞧见驴头马面万种形态,连人脸都没瞧见几张,顿时一阵不适应,收回视线。不过也因为这人的话,本是热闹的人群都安静下来,纷纷好奇地看向她们这边。

"你方才所提帝将可是酒神代战功卓著的那位?"

王邢笑见状也附和道:"我在东煌山脚看到这小玩意时,可不知它还有过这么一段故事。"

雪骊见众人好奇,也不扭捏,坦然道:"东煌山脚?那就对了。这的确是长元仙君曾经送给帝将的生辰礼,是时我也在场,所以见过。"

当年九州太平，经年无战，四神聚首明月光，帝将便经常同南珠侯对弈，没日没夜把酒言欢，当时更有传出"豪饮三千场，梦回华夏前"的盛况。

有一年帝将生辰，长元仙君为他送礼，当时他正和爵微对弈。那盘棋走了许久，大概足有三天三夜，长元仙君便等了三天三夜，可他送去的稀奇玩意儿等不得了，扛着睡意，两只眼睛熬得黑乎乎的，衬得那张圆滚滚的大脸盘越发雪白。

南珠侯在琢磨下一步棋的时候，朝那玩意儿看了一眼，倍觉十分可爱，正要逗弄两番，谁料那小玩意儿却虎头虎脑地瞪了他一眼，张着嘴咕噜了些什么。

他没听清，将那小猫熊掂了两下，叫可以听懂兽语的长元仙君翻译。长元仙君颤颤巍巍，从嘴巴里挤出"深山老怪"几个字。

南珠侯恍惚间失笑，看向众人道："原来我在这小玩意儿心中竟是此等形象？"

长元仙君随即将锅都甩在猫熊身上，直说它眼睛太小了，不够明亮。

南珠侯便将它晾在一旁，坦言道："那你就睁大眼睛好好看着我这深山老怪，这局棋何时结束，你何时才能睡觉，懂了吗？"

于是当夜起诸神豪饮三千场。

凡人的三世，鬼怪的三十年，桃花树下的三顷佳酿，也就在这一谈一笑之间了……事后那猫熊着实委屈，顶着一双又黑又圆的眼睛，可怜兮兮地瞧着南珠侯。

他那一瞬许是醉了，又许是被触动了心上某根弦，忽然放声一笑，不仅替帝将做主，将猫熊放生于东煌，还为当时那一局棋取名为——玲珑。

如今那些过往再次被提起，望舒的胸口忽然剧烈地震动了下，

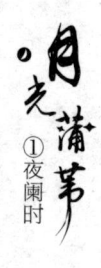

有种莫名的熟悉感涌入心田。她下意识环视当场,不知在寻找什么,却又很认真地寻找,及至她在东南角的魑魅间,对上一双眼睛。

那双眼睛幽谧安然,黑是那般黑,白是那般白,掩住千重风波。

她立即想到,方才雪骊所述故事中提到的那玲珑棋局,应当就是悬在"诛喉"长刀下的唯一温柔吧?

与之同时,在场诸位也都唏嘘不已,既为不曾亲见过当年那盛况而感到遗憾,又为这是酒神代的印记而心怀敬意。

王邢笑借机说道:"不想这小东西竟有这来历,也算是给鉴宝大会来了个开门红,如此,我也做一回好人,将它重新放回东煌。"

她这么一说,也没有人敢不同意,毕竟这是南珠侯曾经亲手放掉的,谁又敢再捉回来?猫熊下去之后,那藤筐里又接二连三出现一些珍稀之物,都是寻常不曾见过的,由诸位岛主和一些奇人验证宝物的真实性,随后再以高价竞得。

及至南珠泰斗上场,全场的气氛才真正达到高潮。

王邢笑亲自捧着南珠走到台前。

"想必诸位早就知晓这东西的来历,不错,开天之战的胜利亦曾有他一分助力,他就是南珠流光千顷南珠中的泰斗!"

萧演人近中年,生得一张君子脸,额头平阔,五官端正,相貌堂堂,给人一种温润如玉的感觉,全然不似传闻中阴狠毒辣的凶悍模样。

他率先走到舞台中间,含笑问道:"不知王娘子是如何得来这南珠泰斗的?"

"雪山君这是什么意思?论摆弄歪门邪道,我不是你对手。这南珠吸取天地精华而生,又是堂堂战灵,难道我还能强取豪夺不成？"

"世人常道王娘子一手情蛊幻术用得极好。"

王邢笑掩鼻轻斥："雪山君真是会开玩笑，你对我有所误会也就罢了，可千万得注意自己的言辞。这南珠有灵，你说他好色，以为他不知吗？"

说话间，她掌心的南珠弹跳了几下，忽然以迅雷不及掩耳之势朝萧演飞掠过去。后者措手不及，全力闪身一躲，但还是被南珠擦过耳郭。

在场知情人无不色变。

望舒也看向雪骊，漫不经心地问道："不是说今日是看王邢笑的好戏？"

"喏，这还不是好戏？"雪骊此次刻意压低了声音，与她耳语，"萧演有才气，藏得深，所以看起来一副正人君子的模样，但实际刚愎自用，十分自满。他以为王邢笑对南珠泰斗之事一无所知，便邀诸位岛主来看好戏，可也不想想这瓠犀酒楼是什么地方。王邢笑就算事先不知情，也会有风声递到她耳边，让她知情。更遑论这样声势浩大的鉴宝会，你以为她会这么轻而易举地被拿住？依我看这毒娘子也是工于心计之人，这招将计就计用得很不错。"

望舒似猜到这结果，也无太多惊讶，眼睛里漾着浅浅笑意："他二人怎会斗得这般厉害？"

"你那小道消息众多，也会不知原委？"雪骊扫她一眼，鼻间发出一声轻哼，"不过我也不是很清楚，他们二人似是很早就结下了梁子。冰城之战中，萧演以变幻无穷的格局困住王邢笑，将她逼得无路可走，损失惨重，事后王邢笑便处处与他作对。这些年来，随着蓬莱局势变化万千，他们的梁子就越结越大，野心也越来越大。领地之属，名利之争，一旦尝到甜头，谁又不想坐地称王？"

"此次是因为南珠流光？"望舒寻思道。

"不错，小丫头越来越聪慧了。南珠流光有千顷南珠，且都是

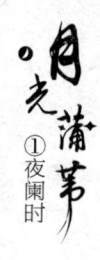

开天之际遗留下来的战灵,足以媲美千军万马。他二人同梭罗子不管是谁先拿下南珠流光,都等于拿住了杀生之柄,帝王冕旒唾手可得,届时也就没有三足鼎立之说了。"

说到此处,雪骊的声音压得更低:"我瞧着王娘子和雪山君应当还不知道那位已经归来,否则也不至于胆大到拿南珠泰斗大做文章,想借助泰斗的手排除异己。"

望舒又细细一想,就全都明白了。

原来从一开始,梭罗子建桥之举就是一个幌子,为了让王邢笑和萧演以为他要对南珠流光下手,虚晃一招,先引得他们互相出手,故而才有今日这剑拔弩张的场面。不管是谁处于下风,他都能浑水摸鱼。

想到此处,她不禁心生赞许,笑吟吟道:"梭罗子大仙真是走得一手好棋,这一出离间计使得恰到好处。蓬莱正要起风,他顺势施云布雨,果然就有人配合地打雷了。届时他便稳立于泰山之顶,坐收渔翁之利即可。"

"他走一手好棋,你这观棋之人也不糊涂。"雪骊捏了捏她的脸颊,忽然正色,"小藕,此次归来,我发现你变了很多。虽一直幽居长庚岛不出,但也懂得审时度势了。"

望舒一愣,眼中当即闪过几分懊悔。

她赶紧低下头,小声解释:"姐姐说笑了,这些都是我在书上看到的,随便瞎说的。"

"哦?你看的都是什么书?"

"就是些奇闻异录。"

"小妹这是欺我读的书少?"雪骊轻哼一声,倒也不想不依不饶地问下去,她甚至觉得这样的望舒更有鲜活气些,故而展颜一笑,"有句话怎么说的?运筹帷幄之中,决胜千里之外。你这样倒是让我想到琅琊阳都的卧龙先生了。"

"人间卧龙,诸葛孔明?"望舒浅浅笑了,"姐姐还是莫要打趣我了，我与那位先生可差得远了。"

雪骊双袖一振，也不说话，只意味深长地看了她一眼。

时势造英雄，人间都这么演，那么在这三垣之上，又有什么区别？

这边萧演被南珠擦过耳郭，顿时意识到自己被人出卖了，可面上依旧不动声色，细细观察他寻来的几位岛主，心下暗忖是哪一位站在了王邢笑这边，这才给了她反击的机会。

不过往深一想，他又诧异，南珠泰斗怎会听王邢笑的吩咐？

于是他强压下怒气，面上还端着正派神色，恭恭敬敬地朝南珠作揖道："本君无意冲撞，还望泰斗见谅。不过有这一出也是好的，倒不用诸位验证泰斗的身份了，必当是如假包换的上古战灵。"

他这一席话倒是说得那南珠泰斗舒坦了，虽未有大反应，却是大方地朝他点了两下。

萧演见状又说道："既然如此，南珠泰斗可知今日这鉴宝大会，是以高价竞得宝物的规矩？也就是说，在场的看客都可以买下泰斗，价高者得。虽说蓬莱规矩少，物以价议，无可厚非。哪怕今日有人要以千金万银买下我，我也十分乐意，总归是一身臭皮囊，被附上多少铜臭气都无大碍，但泰斗毕竟是上古战灵……"

王邢笑闻言冷笑一声："萧演，多日不见，你依旧巧舌如簧，死的都能被你说活了，休要在泰斗面前抹黑我。"

"王娘子切莫动气，我只是在同泰斗讲讲今日大会的规则。诸位都在场，不妨说一说，我雪山君价值几亩田地？南珠泰斗这等战灵又该以几座城池作为底价？"

他这一问，倒令全场安静了。

若当真要给无价珍宝定个价格，才是真正的侮辱。

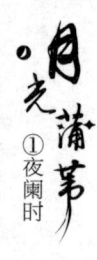

那厢南珠泰斗虽说情智低下了些,可到底也看出这事里面的不对劲了,抖了两番便朝王邢笑掠去。

他虽无眼无眉,只是一颗通体浑圆明亮的大珠子,但也颇有气势,如此和王邢笑对峙,也不知过去多久,从那圆滚滚的珠子里发出一声怒吼:"你骗我!"

萧演见状,往西南角一众小仙看了眼,随即就有人出声附和,接连说起王邢笑的不是。原本都等着看萧演好戏的人,眼下态度也模糊起来,见附和的人多了,也就随风倒。

王邢笑恼怒,一条长鞭从袖中递出,遥遥朝西南角抽来。

"你们这些豺狼鼠辈,惯会左右逢源,叫你们吃吃我鞭子的厉害!"

她这凌空一甩,将那说话贬低她的小仙甩出几十丈,直接滚门外去了。当即这群中庸之流都跳起脚来,此起彼伏地叫喊着,却没有一人敢贸然出手。

望舒被雪骊护着,往后边退了一退。

方才进门时见那东南角鬼怪众多,包罗万象,以为那处凶险万分,必是今日大会最先出娄子的地方,谁料想第一个被甩出瓠犀酒楼的,竟是她和雪骊这边西南角的仙者。

六合以内,当真是应有尽有。

雪骊与她对视一眼,见她一派淡定,似乎并未受到惊吓,不得不好奇:"你这小丫头,初来乍到,怎么也不晓得躲大人身后?"

望舒知道她是故意逗贫,笑嘻嘻地挽住她的手臂,低声道:"以前看书,书上说中庸之流,上不上下不下,最多的就是墙头草。局势往哪边倒,他们便跟着朝哪边跑。这类随波逐流之辈,往往是天下大势中最先被捣毁的。我原先还不相信,现在明白了。"

"精深的道理我不懂,我只晓得在你面前的,都是仙谱上叫得出名号的大人,可这些大人懦弱自私,不堪一击,简直枉为仙人,要我说还不如狗熊。"

她说话的声音不小,也不曾加以掩饰,一语递出,豪迈万千。

东南角那群妖魔中率先有人大笑出声,惹得众人注目。她倒也坦荡,将望舒拦在身后,挺直了腰杆扬眉一笑,英气逼人。

与此同时,台上的南珠泰斗也如同被撬开了外壳一般,深藏在体内的光突然明亮起来。那亮光几乎和阳日一般刺目,将众人晃得都闭上眼睛。

等到他们适应了那阵光芒,再睁开眼时,面前已出现一八尺男儿。

南珠泰斗生得魁梧,一张脸如黑煞,虎头虎脑地凶道:"王邢笑,你说此日大会能召来南珠侯,原来都是在骗我!"

说罢也不等王邢笑解释,猛地生扑上来。

萧演随众多门生尾随其后,也要助他一臂之力。岂料一直躲在东南角的录事君却突然冲出,巨龙脚掌如入无人之地,直奔萧演而去,铿锵两下与他斡旋在一起。

萧演连连后退,被他缠得分身乏术。

素听闻瓠犀酒楼藏着无数极品佳酿和珍宝,最得魑魅魍魉欢心。眼见那舞台中心乱成一团,东南角安静了半天的小妖们也都坐不住了,纷纷上前,抢酒掀桌。

一时间,瓠犀酒楼如同一锅乱炖,整个乌七八糟的。不管谁和谁是否对头,也不分是否有交情,众人蒙起头就是一顿乱揍,各路兵马打得不可开交。

忽有狂风吹至,一团黑影如鬼魅般,直冲十八高楼而去。

雪骊眼尖,一下子就瞧见那黑影,顺势将望舒往门口推,急声道:"你先回长庚岛,我上去瞧瞧!"

"姐姐!"望舒叫了她一声,拉不住她的衣角,就被一黄毛小怪中途截下,赶紧朝旁边躲。好在那黄毛小怪只惦记她身后的好

第四章 烈酒咽喉,消磨眉寿

酒,也没有再追上来。

她被人群挤得往外闪了几步,瞥见雪骊追着一人掠去。看她动作毫无迟疑,似乎只奔着那处而去,心中一瞬有了计较。

看来今日这场鉴宝大会不只是王邢笑和萧演之间的一场争夺战,更有可能是整个蓬莱局面的一次重新洗牌。

原来她先前撞上的那双眼睛不是错觉。

原来他真的也来了此处。

望舒心下迟疑了片刻,还是决定跟上去看看。

她从千奇百怪的小妖之间东蹿西溜,拽住一根树藤往上爬,眼见着就要跳进二层楼,谁知那黄毛怪突然从下面拽住她的脚。她半惊半恐地低头看了眼,只见那黄毛小怪已经喝得酒虫上头了,毛茸茸的黄毛脸上全是酒疹子,端的那叫一个凄楚可怜。

望舒蹬了蹬脚,轻声说道:"你喝醉了。"

黄毛怪大声嚷嚷:"谁说我醉了?我堂堂酒糟鬼能醉?"

"你没醉,那……那你能松开我吗?我……"

由不得她多说,那黄毛怪的四肢就像绵软的绒绳缠上来,一圈圈缠住她的腰。

望舒挣脱不得,整张脸涨得通红,渐渐也被勒得喘不上气。她看着雪骊消失的方向,拼命大叫救命。可这黄毛怪摆明醉糊涂了,要将她绞死,不依不饶地靠近过来,将她整个卷到走廊上,嗅着她身上的味道,伸出一尺长的舌头舔了舔嘴巴。

"好香的下酒菜啊,老鬼今日出门撞大运了!"

望舒欲哭无泪,不想自己小心翼翼行事多年,躲得过发病的长元仙君,却躲不过一个要拿她佐酒的黄毛怪。

她被绞得没了力气,几乎闭着眼睛等死,就在她没了气息的瞬间,忽然一枚玉石朝着黄毛怪的额心撞过来,直接将他撞翻在地。

随即,数枚玉石接连而至,将黄毛怪钉得死死的,无法再动弹。

望舒没了束缚,当即抚着胸口大喘,朝身后望去,只见一截墨黑衣角。又看向钉着黄毛怪的黑曜石,忽然明了,唇角一弯,露出笑容。

"修罗大人,你怎么会来?"

"前不久你召唤过我。"

望舒反应过来:"其……其实也没什么事,你不必亲自跑一趟的。"

"没什么事?"修罗上下打量她一眼,那张刀削般的硬朗面容上闪过一丝怒气,"你险些被勒死了。"顿了顿,他又说,"以后我都会跟着你。"

望舒没听清,重新问了遍:"修罗大人,你……你说什么?"

"以后我会一直追随你。"

她一瞬怔住:"为什么?"

其实她很早就想问了,为什么这位传闻中一向神龙见首不见尾的大人物,多年前会因为她无聊之下,在荷塘采了莲子代替棋子,摆出一盘平平无奇的棋局后突然现身,其后每年都会露面,传授她棋艺,给她看数万年间的惊世之局,却从不和她提一句过去。

如今,他又是为什么突然说出这句话?

修罗看了她一眼,沉默地低下头,见她站在原地不动,又抬头看她。他一向不擅言辞,思忖半天也只挤出一句:"蓬莱要开战了,我的棋能洞晓九天大局。"

望舒心口突然大痛起来,她揪住衣襟,隐隐有些气闷。

她将近来发生的事从头到尾细想了个遍——半年前,长元仙君的身体突然恶化,每况愈下。她深知心病还须心药医的道理,只有

第四章 烈酒咽喉,消磨眉寿

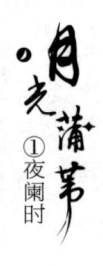

故人方能解开心结，因此格外关注南珠流光。黄土妖谨记恩情，三天两头来长庚岛传信，她便收集各路消息，明辨蓬莱大局，心存不可言说之鬼胎。

起先猜到他归来，拜帖的出现得以验证，她才会去录事君的藏阁偷那幅画卷，却不想与他偶遇。到后来明知他早与梭罗子大仙相交，还故意创造和他见面的机会，假借召唤修罗引起他的注意，又在走棋时费尽心思拖延时间，探寻他的心思，再到之后火池遇险，她兵行险招，终令他松口，肯为长元仙君看诊……

及至今日，出现在这里。

她本位卑言轻，若不是对他存了几分心思，根本不会蹚进这潭浑水中。究竟在披着鉴宝大会的皮囊之下，疑云重重的瓠犀酒楼藏了什么，能让所有关键人物都一起到场？

究竟这一切突然而起的变故和巧合，是因为他的归来，还是……

她猛地抬头："那么修罗大人，请你告诉我，现如今的九天大局是什么样的？"

"我的棋只显示出长庚岛——你。"

望舒咬住唇，若说开口时尚有一丝期待，那么修罗的回答可谓碾碎了她最后一丝奢望。她忽然想起来前不久才同黔公说过，羲和代还有很远的路要走，即便蓬莱起风了，也决计吹不走长庚岛的连年湿寒。

如今想来，吹不散的的确是这片沁骨寒冷。

万万料不到她这深居简出几乎无人知晓的小人物，竟会是蓬莱起风的源头。她耷拉下肩，有气无力地问："你的意思是，这一切变故，乃至于蓬莱开战，都是因为我？"

修罗从嗓子里发出声闷哼，算是肯定的回答。

"那为什么偏偏是这个时候？"她抓着他的手臂，目不转睛地看着他,"修罗大人,为什么是我?为什么……"

修罗沉吟了片刻,其实早在三千年前,刺文楼上空出现异光后,蓬莱就已经起风了。他的棋盘虽能洞晓天下大局,然而在这之上走棋的却不是他。

他不知该如何回答,将视线转移,微蹙着眉头看这座摇摇晃晃的瓠犀酒楼。在某一个时刻,他与楼阁间的一双眼睛对上,继而瞧见他身侧那位笑靥如花的死对头,不自觉地绷紧下颌。

望舒也看见了,这次看得十分清楚,他们就在七层楼阁的东北角。那人一如往日般面无表情,十分淡漠疏离。

而在他们下方,雪骊的嫩黄衣角一闪而过,随即再次消失。

她二话不说,攀住树藤朝上爬。

修罗来拽她,反被她推开,见她无意离开,他便干脆拎起她的肩膀朝上掠去,谁料却被她再次推开。他顿时急了,径自跟在后面:"你究竟想做什么?"

望舒在空中晃了几下,最后翻飞至摇摇欲坠的树藤间,单手缠住一根快要断裂的树藤,隔着数米看他:"告诉我,为什么是我?"

他眼下算是明白了,她做这些都是故意的,将自己置身于危险之中,以命相胁威逼他,如若他不说,她必然是会随着这根树藤一起坠落。

"你……你……"他急红了脸,扑过去抓她,却再次被她躲开。谁料因这剧烈的动作,树藤被晃断了,她在猝不及防中飞速下坠。

七层楼上的两位依旧不动声色,端的是讳莫如深。

修罗抓抓头,发足气力追上去,在她临近坠地的瞬间重新揽住她,无奈且无力道:"因为过去的事还没有结束,你是那结尾,也是这开头。"

第四章 烈酒咽喉,消磨眉寿

第五章

浅爱深谋,绿肥红瘦

瓠犀酒楼的十八层楼布满玄机,前八层是迷宫,中八层是监牢,最后两层是密不透风的天机阁。

一般人只能止步前三层。

酒糟鬼四肢动弹不得,一张嘴却没停过。瞧见他们往楼上去,顾自翻了个白眼,叽里咕噜说道:"想我在瓠犀酒楼当了两百年的小二,却没上过一回楼,是为何?你们这些小娃娃,可知道那上面都是什么?"

望舒走到一半停下来,转头看那酒糟鬼。

"瓠犀酒楼网罗天下志士,坐拥八方风声,坚不可摧,全是因为老板娘手中有一剂良药,名为忘情。于是乎,全天下的痴男怨女为了这剂仅仅是传说中的忘情神药,就争相投奔于她,心甘情愿化身信鸽,给她送世间消息。这些消息千差万别,远到酒神代的秘闻,近到羲和代的蓬莱又开了几家赌场,总之无奇不有。"

酒糟鬼说到一半,伸出两尺长舌舔了舔自己的脸,瞅着一旁的酒坛。

望舒提过去送到他嘴边,他酣畅淋漓地喝了半坛,方才开口:"但凡是对她有用的,都会送至三层高楼。再由她豢养的小红马将消息收集起来,穿过中间五层楼的迷宫,到达第八层楼,送至她手中。"

"王娘子的老窝只在第八层？"

"嘿，不然你以为她能住得起十八层楼？你可知八楼往上，关着普天之下最穷凶极恶及最有趣之人，充满一切未知可能。那些监牢密密麻麻好似蜂窝，看一眼都吃不消咯，老板娘哪里敢往里面钻，不怕被蜇死？"

"那……"

酒糟鬼晃悠悠喝光剩下的半坛酒，醉到极致也就清醒了。斜她一眼，眼睛发亮，口齿也清楚了："至于天机阁，据传世间还没人能登顶。"

话音甫落，他的清醒也到了极致，两眼一闭，呼呼大睡过去。

望舒立在原地想了想，望不到头的十八层楼，云谲波诡的蓬莱大局，她被莫名牵扯进入这局修罗棋中，在知道上面疑窦重重、危险丛生后，还要坚持跟上去吗？

她的脑海中闪过一丝迟疑，但仅仅一闪而过，她便朝着上面抬起脚步。

修罗携住她一跃登上三层高楼，却在往第四层楼掠去时遇到了难处。

三层往上均设有结界，一层更比一层难，修为浩大如梭罗子之流可一跃至七层，稍弱些如雪骊，亦可到达六层。只是苦了这九天之下谁也不买账的修罗大人，竟在三层楼处就跌了跟头……只因有她这只拖油瓶。

两个人连跃几次都被结界撞落后，就放弃了。

"对不起，修罗大人，是我连累你了。"望舒揉揉摔疼的胳膊肘，掀起衣袖粗粗一看，已经泛红了，心下更是愧疚，"要不你先往上吧？"

"我留下来保护你。"修罗眉间微蹙，眼角跳了跳，"你……你这几千年当真是……从无修炼过？"

"说来惭愧,阿爹病后便管不着我了,而我素来就是懒散的性子。"

"……"

他一向沉默寡言,眼下也不知该如何回答,抿抿嘴,将她上下打量一阵。空有几千年的灵力,却不知该如何运力和施展。厚重青衣之下,孱弱如凡夫俗子,难怪被一个小小酒糟鬼缠住都脱不了身。

望舒自知理亏,垂下脑袋,沿着回廊再走几遍,便发现了玄机。

整个回廊没有固定形状,每至转折处必有多条分支小道,这些小道曲折环绕,最后都能首尾相连,环环相扣,俯瞰如一张巨大的渔网。于是乎,不管起头在哪里,七绕八绕总能将这回廊圆起来。

之前一直朝上面望,不曾注意脚下,也分不清走的是哪一条道,只是连续走了好几圈,都没找到往上的楼梯。可是往下看就会发现,虽然这回廊小道众多,但都是一块块大小不等的方木铺成的。

方木面光滑,由楠木成批打造而成,但若细细看,不难发现有的木块上面印了花纹,且印花木块大多出现在回廊转折处。

"我以前看过一本札记,书中记载的一段原话,大致为'好个祝家庄,尽是盘陀路。容易入得来,只是出不去',随后有老人指点走出去的路径,约是'从村里走去,只看有白杨树,便可转弯,不问路道阔狭,但有白杨树的转弯,便是活路,没那树时,都是死路,如有别的树木转弯,也不是活路。若还走差了,左来右去,只走不出去'。修罗大人,你说这印花方木会不会与白杨树有异曲同工之妙?"

修罗早先授她棋艺时便晓得她聪慧异常,眼下看她这么快就找到了奥妙,也没有多么惊讶,朗声说道:"嗯,都听你的。"

望舒又想了想,以脚下的印花方木为基准,留下一枚暖玉棋子。可面对左右两条分岔小道时,她又犯了难。修罗见她犹豫不决,双袖一振,将她揽到背上:"那就先顺着左边走,走不通了再往右来。你趴在我背上,给我指路。"

说罢由不得她拒绝,便率先左转。足尖生风一路直走,到下一块印花方木前停下,转头看了她一眼。

望舒露出一个笑容,他好似得到了肯定,继续左转。

接连转过十数个弯道后,仍不见有任何机关阵法。修罗暗自松了口气,重新将她往上托了一把,忽然说道:"你太瘦了。"

望舒愣住,下意识挣扎:"好了,拐这么多弯都没见机关,应该安全了。"

修罗不动。

"修罗大人,你……你放我下来吧。"

"我说过了,以后都会跟着你,我……我会保护好你的。"他敛下眼眸,反手一推。望舒趁势往上,紧紧抱住他。

即在此刻,渔网下的"异兽"开始苏醒。

三层高楼上的数条小道开始移动起来,好像齿轮转动,沿着复杂且无规则的轨迹重新组合,再分离开来,轰隆隆发出了巨响。

在一二层混战的魑魅魍魉听见声音抬头看,见上方斗转星移,幻象重生间海浪翻滚,似有高楼坠落之嫌,哇哇痛哭,顾不得争抢宝物,你推我搡地往外逃命。

修罗扶着墙壁才堪堪站稳,却是将她揽得更紧。他眉头微蹙,声音沉哑道:"对不起,选错方向了。"

望舒摇摇头,朝他露出一丝微笑,眺望远处分析道:"不妨事,你用暖玉棋子钉住四根支撑楼层的圆木支柱,让它根基不动,暂时可以为我们争取一些时间。"

修罗见她眉宇间一派镇定,整个三层地动山摇,他们很可能葬身此处,她却好像一点儿也不怕,白皙的小脸上连道褶皱都没有,只是眼睛越发透亮。

他不得多想,按照她所说从袖中飞速递出棋子,那些黑曜石精心打磨而成的暖玉棋子便环抱圆柱使其固定。他们则以脚底印花方木为基准,迅速地右转直走,在格局彻底改变前,于狭缝中当头穿过。

望舒撑起外衣罩在二人头顶,接住零碎的木屑和灰尘,但还是被不知名的利物划破了手臂,外衣也撕裂了。好在九转之下,深不见底的"异兽"终于再度陷入沉睡,三层高楼渐渐恢复了先前的寂静。

只是格局终究改变了,好不容易爬上三层楼的一群长毛怪被阻在回廊另一头,张牙舞爪朝他们这头扑过来。谁料一往前就被困入方木阵中,如何都出不来。

而这一头,修罗和望舒正站在一面旋转木门前。

他的墨黑衣角被裁去了一截,夹在小道缝隙中,被不知从何处而来的一阵风吹得左右摇摆。待得风过,歪倒在缝隙左侧。

修罗眉峰抖动一二,朝望舒做出请的手势:"这回你选吧。"

"那就还是左边吧,如若再错,下回决计不选左了。"

她存心逗乐他,修罗当真眉眼松动,硬朗的肌肉线条变得柔和了几分,眼底竟有了丝丝笑意。他一弯腰,望舒便乖巧地爬上他的背,知道自己无力与任何危险对抗,索性便把命交给他。

他们从左边推门而入,顷刻间被卷入飞沙走石中,浓云蔽日,飓风在耳边咆哮,整个空间深不见底。突然有阵阵凉意拂面,望舒摸了摸脸,察觉到是水滴。她用舌尖舔了下,还有一丝甘甜之气,顿时想到了莲花海山谷间的那一眼清泉,曲径通幽,芳香自来。

想到那日在石壁下棋的人,万千风华,不及他一抬眸时簌簌掉落的黄花。她不经细想,便循着黄花追逐而去……

修罗忽地沉声道:"望舒,别被幻象迷惑了,快醒过来。"

望舒在想象中沉沉浮浮,眼见着已经捉住了调皮的黄花,谁料它又从手中溜走,她刚要再追,便听见有人叫她的名字,恍惚间如梦初醒。

定睛一看，眼前大亮，水声渐响。

望舒张张嘴："我们这是又选错了吧？"

"嗯。"修罗从鼻间闷哼了声。

"你说我们这是不是又失算了？"

"后面若再有，还选左。"

"……"

"我相信事不过三。"他平常严肃得很，不说话时面无表情，形如鬼煞，偶尔说个笑话也是冷冷的幽默。

望舒被逗笑了："那现在回头还来得及吗？"

修罗敛眸，从袖中递出暖玉棋子，及至巨大水柱间的庞然大物露出轮廓后，突然轻笑了声："怕是已经来不及了……望舒，闭上眼睛，抓紧我。"

如果九重天上也有过山车，那么望舒趴在修罗背上，也算是真真切切体验了一回。望舒闭着眼睛，看不到眼前的情状，只余耳边不间歇的风声水声，一波又一波冲撞过来，其余感官就被放大了。尤其是当修罗陡然升起，又在顷刻间坠落，于无边黑暗之处喘息过后，再次带她闯入光亮之地，又发出一阵若有若无的轻笑……

他那阵轻笑夹杂在浑厚的嗓音间，颇有几分"桃李春风一杯酒，江湖夜雨十年灯"的恣意，倒叫人一瞬拂了害怕，也跟着恣意起来。

望舒悄悄睁开眼，朝前望去，只见周身环境昏暗，似是很深的洞穴，又似万里海底，远处有摇曳的灯烛火焰，半明半暗，瞬亮瞬灭。他们站在一只巨大的圆木桶上，桶被四根铁索穿入，互相牵制悬于半空中，时不时还会被不知名的力道推动，发生震颤。身边还有许多圆木桶飞来荡去，在大铁索的拉扯中发出浑厚有力的声响。

抬头往上看根本瞧不见顶头，唯有泼天白水往下砸。

忽然一阵疾风当头而来,她定睛一看,一匹身长二十尺的大马从水柱中闯出来。它通体棕红如血,头面平直,双眼如炬,骨骼坚实。背毛尤其长,垂落在腹部两侧,自成一股天然屏障,行动带风,颇有大家风范。

它身形庞大,用武只靠蛮力。暖玉棋子钉在它身上就跟挠痒痒似的,毫无用处,它随意抖抖长毛,便将棋子甩得四处乱飞,它即阔步向前,横冲直撞过来。

修罗后退十步,它动作忽然停住,迟疑片刻,似在对准修罗的方位,随即又奔上前来。几个回合后,望舒发现了它的弱点,附在修罗耳边说道:"不要和它近身缠斗,它只能看得清眼前的事物。离得远了,它看不清你,会有所迟疑,你便趁机下手。也不要去到暗处,在暗处它的嗅觉更灵敏,能察觉到你在什么方向。"

修罗点头,微一侧首,眼角余光瞥见她攀在肩上的手,细细长长柔弱无骨,被水花砸得已经泛红了。它神思一顿,磕磕巴巴道:"待……待拿下这匹小红马,削了它背上的毛,给你做护手套。"

望舒一愣,随即浅浅一笑:"好啊,只是别把它打死了,我们还需要它领路。"

说时迟,那时快,只见光影交错,激流飞入,这匹硕大无比的小红马连声巨喘,修罗一举而上。几个起落之间,一把柔软长毛掉下,不偏不倚恰恰覆在她手背上,当即风雨不再侵入,霎时间温暖犹如三月阳春。

再朝前看,那小红马已然卧倒在圆木桶上,抚着小腹上秃掉的一块毛发,幽怨地朝修罗望了眼,随即轻哼一声,转过头去。

望舒眼见四面无路,还得讨好那大家伙。于是提着衣角悄悄走过去,顺着它的腹部抚了抚,好一阵赔礼道歉,小红马都没任何反应,自顾自闭着眼睛睡大觉,只是鼻子会时不时地抽动,好像是嗅到了什么味。

望舒一想,赶紧从兜里掏出一把五香果放在它鼻间。那庞然大物矜持了片刻，大嘴一张全吃进去了，这才重新起身，引得它们朝一处过去。

越往上走，水流越小，渐有微风拂面，视野渐渐开阔。烛火萦绕，四下通明，长长的甬道呈现在眼前。及至穿过甬道，到达宽敞无人的兵器室时，小红马忽然嘶鸣起来。

不等修罗有所反应，它便回头一路狂奔，瞬间消失在眼前。

修罗正觉奇怪，忽然听见"嘭"的一声，有什么东西穿墙而来，将石壁凿出了一个大窟窿。细细去看，望舒不由得捂住嘴巴，与修罗对视："是南珠泰斗。"

泰斗也是被摔得丈二和尚摸不着头脑，来回看看，又虎头虎脑地盯着他们好一阵，才自说自话道："我怎么会在这里？我刚才明明在和王邢笑打斗中，怎么会突然跑到这里来？"

望舒上前，刚要搭把手将他拉起来，谁料他一个拍地，腾地跳了起来，在原地打转："我知道了，一定是刚刚混乱的时候，王邢笑对我使了什么阴计！不过，你们怎么也在这里？方才还瞧见你们在三楼转悠，怎会一下子跑到这里来？"

"泰斗大人，你等等，慢些说……"望舒话未说完，泰斗便将她打断。

"不行，我得快些出去，王邢笑欺骗我在先，耍弄我在后，竟然敢拿珠侯开玩笑，我定要让她吃不了兜着走！让我想想，哦，我想起来了，刚刚我同录事君追那俩贼人至四楼，在回廊缠斗，忽然间地动山摇，我趁机朝下面瞄了眼，那叫一个乱啊，他背着你在里面窜来窜去，然后……然后我便掉在这里了，这是怎么回事？"

听他这么说，望舒就明白了，大概是先前她同修罗走错路，动了迷宫的布阵，牵连四楼上的诸位。不过，看这位南珠泰斗先前与王邢笑对阵时气势如虹的模样，还以为是个惯常动手不动口的上古战灵，谁知道……原来私下里也是个话痨。

望舒根本插不上嘴，就这么听他说了半天。修罗看不下去了，

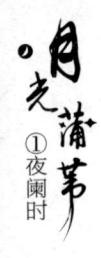

一把按住他的肩膀,沉声道:"南珠侯就在这里。"

"什么?珠侯在这里?在哪里在哪里?原来王邢笑没骗我,太好了,我不该打她的。你们快带我去见珠侯,多年不见,也不知道珠侯有没有变样。"

这位南珠泰斗生得人高马大,魁梧有力,一双臂膀粗如柳木,可提起南珠侯时表情却似三岁小儿,童真得很。

望舒不禁轻笑了声,故意问道:"南珠侯这些年一直在南珠流光,你不知道?"

"我这些年一直都在外征战。"

九州大地地域辽阔,蓬莱无战,无边无界处却是硝云弹雨,战火纷飞。望舒曾在札记中了解到,自酒神代四神归隐后,接掌无边界的就是上古遗留下来的战灵。先前听雪骊说起那千顷南珠时已有猜测,如今算是从泰斗口中得到了证实。

泰斗一想,又寻思明白了:"难怪这些年总有战灵远赴边界相助于我,原来是珠侯授意!我便晓得珠侯是在意我等的,没有将我们忘了,回去我要告诉兄弟们。不过他为何要隐藏踪迹?为何明明在南珠流光,却不让我知晓?如果他不愿意让外人知道,我不会说的,为何连我也要瞒着?"

……

望舒低下头,揉揉脸,笑意更深。

修罗嘴角抽搐:"也许是嫌你吵。"

泰斗沉着脸,眼大如牛,黑溜溜的眼珠子转了转,忽然一拍修罗的肩,大笑道:"你说得太对了!珠侯喜静,我们这些大老爷们儿聚在一起,总是话很多,难免会搅得珠侯不得安宁。原来他是因为这样才隐藏踪迹的,不是不记挂我和兄弟们的……太好了!我跟你们说,自开天之战时,我便跟在珠侯身边……"

修罗被那一掌拍得眉头微蹙,强行将泰斗的手拿了下去。

望舒与他对视,忍不住扬起唇角。

身怀宝藏也是不易，谁能想到上下五千年间来去如风的修罗大人，一入世间便要带着只拖油瓶，如此也就罢了，现如今又多一傻大个儿。偏生这傻大个儿还是个话痨，一路上喋喋不休，片刻没有停过。

他们沿着甬道一直往前走，来来回回不停打转，终又回到原点。不得已，又按照小红马消失的方向原路返回，却发现还是在甬道里打转。

甬道四通八达，像一个会吃人的大迷宫。

最终，他们还是回到甬道最中心的兵器室。室内陈列着几把生了锈的刀枪，除此以外，只有东西两侧墙壁上各自刻着一只麒麟浮雕。

麒麟一左一右分列两旁，像极了终南山脚帝王墓穴前的两尊守护神。

望舒走到近前，看看左边，又看看右边，最后看一眼修罗。修罗眉间又抖了抖，只当作没看见，沉默不语地转向南珠泰斗。

这位泰斗说了一路，口也干了，正寻思着找水喝，把兵器室翻来覆去找了一遍，刀枪棒棍都扔在地上，仍不见有任何玄机，不得不把注意力转移到浮雕上。

忽然，他动作一滞，盯着右边墙上的麒麟说："你们看见它眼睛转了吗？"

望舒摇摇头。

"我看见了！它刚刚动了一下，本来眼睛是对准前方的，现在往下了。你说它是不是也看见我了？故意藏在墙壁里呢！嘿，还想不让我看见，不知道我是火眼金睛吗？"南珠泰斗猛一转头，又对着左边的麒麟浮雕瞪大眼睛，"你是不是也看见我了？眼睛动了没有？装……你再装！不理我是不是？看我不把你们打得屁滚尿流！"

说时迟，那时快，他一个一百八十度前空翻，攀上墙壁，食指

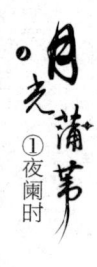

与中指准确无误地戳进右边石狮的两只眼睛里。只听哗啦啦几声巨响……墙倒了。

浮雕变成了一堆碎石头，原本以为藏在里面的麒麟……连根毛都没有。

南珠泰斗显然是被自己的举动吓蒙了，以金鸡独立的姿态顾自凌乱着，好半天都没回过神来。又过了片刻，他将视线转移到左边墙壁的麒麟身上。

修罗绷着脸，抢先一步挡在他面前。

谁料泰斗还不死心，为了挽回颜面，以证清白，再次前空翻一周，以迅雷不及掩耳之势抠住麒麟的眼珠子，不想却遭修罗中途截断。两个人迅速地过了几招，泰斗一个脚滑，踩着麒麟的尾巴倒立于半空中，身子晃了晃，险些摔倒，好在一只手及时拉住了他。

泰斗心喜，刚要对修罗道谢，视线瞥到相助于他的手，猛地一愣——严格说来，那只手与人略有不同，手背有金色毛发，柔顺发亮，指甲尖利，皮肤比较粗糙，掌心厚实，也许说是爪子更准确些。

他的视线顺着那爪子缓慢往上移，待看清在他面前的是一只全身冒火的麒麟时，忽然兴奋大叫："我说我没看错吧！它的眼睛真的动了，原来是真的！好一个小家伙，藏在墙里面和我捉迷藏是不是？快来吃我一拳，定叫你……"

话没说完，一枚暖玉棋子掠过，击中麒麟的爪子。麒麟一松手，泰斗重心不稳，迅速坠落。修罗随即微步上前，身形瞬移，将他拽离麒麟。

"你抓我做甚？快把我放下来，一个小娃娃而已，看我将它捉来逗着玩儿！"

那麒麟只有他们半身高，全身长满金色毛发，显露真身也无任何凶狠劲，看起来倒有几分文弱无力，泰斗自然就将它认作还没断奶的小麒麟。

"小娃娃？你可知这是上古神兽火麒麟，虽然还没长成壮年，但从小就能武斗各大凶兽，比饕餮还要凶猛几分。如果我没听错，你刚刚说要让它吃你的拳头？"

修罗唇角掀起一抹弧度："我看你这南珠泰斗也是活腻了。"

说罢他迅速回到望舒身边，将她揽至背上，一阵风似的闪进甬道。徒留南珠泰斗与火麒麟面面相觑，大眼瞪小眼。

片刻后，几道剧烈的撞击声响彻兵器室。

南珠泰斗的声音里写满故事，一声更比一声凄厉："喂！你们人呢？这个小家伙有点儿厉害，我一个人打不过它啊！哎哟，你们怎么可以把我一个人丢在这里？等等我呀……啊啊……它追上来了！抓住我的屁股了！一块肉都没啦！好痛，嗷……"

修罗听见一声撕心裂肺的尖叫，足履生风，跑得更快。

望舒回头，依稀能看见泰斗在甬道里上蹿下跳的身影，后面紧跟着一团熊熊烈火。那团火倒映在甬道上，竟将前路映照得无比清晰。

又到一个分岔口时，修罗气喘吁吁地停下来。望舒左右看看，咬住下唇沉吟了片刻，说道："修罗大人，要不这回我们选右边吧？"

"……好。"

望舒有点儿想笑："你不是相信事不过三？"

修罗想到兵器室倒塌的右面墙壁，跳出火麒麟的左面墙壁，嘴角一连抽搐："已经过三了。"

想来建造瓠犀酒楼的先人对"左"字痛恨异常，否则也不会将陷阱都设置在左边了，于是认命的他们，接下来逢右就转，一路朝前跑，很快就到了一个相对宽阔的通道里。

通道的石壁上刻满了象形文字和千奇百怪的图案，时有鬼面，又时有笑脸，像是不知名物种在某个时期生活在某处的缩影，耕田

锄地有之，出海捕鱼有之，集市草庐万家灯火有之，宝阁宫殿铁甲重兵亦有之，总之形式多样。

越往前走，风声越大，光线越亮，隐约有亭台楼榭的轮廓。望舒刚要松口气，身后就传来一阵铿锵有力的脚步声。

人未至，声先到。

"等……等等我呀……我在后面喊得嗓子都快哑了，你们怎么可以见死不救？"南珠泰斗的声音从来没这么虚弱过，"那个火麒麟实在太厉害了，你们知道吗？它抓掉我屁股上一大块肉啊，好大一块肉！真真是叫人疼得哭爹喊娘……不过你们停着做什么？还不快跑？"

望舒匆匆一瞥，只觉火光冲天，再一回头，心猛地往下沉。

不知何时，阁楼已经不复存在，前方巨石林立，根本无路可走。

修罗神色复杂，眉头再次蹙起。

望舒盯着他袖中蠢蠢欲动的暖玉棋子，似要直奔泰斗的大脑瓜而去，非将他这倒霉蛋揍死不可。而后者还毫无知觉，已经撩起袖子准备大干一场。

她赶忙阻止："别！泰斗大人，不用那么麻烦，你跟着我们，切记脚下不要走错。"

"不麻烦！不就是些破石头？我三两下就搬走了！"

"……真的不用，这些巨石是按照机关阵图布置的，不会轻易移动。你小心着点，我知道怎么过去。"

"真的吗真的吗？那快点……啊啊……它过来了！怎么跑这么快？明明我刚刚已经掀掉一面墙挡住它了！你……你们快点……我先再去挡它一挡！"

修罗紧跟其后，相助于他，与那火麒麟斡旋。奈何对方灵力实在强大，长毛又带火，稍一碰触就会自燃。他二人联手，仍不免时不时地被甩一脸火星子，惊叫声不绝于耳。

望舒攥住手,掌心出了汗,她转过头来,深吸一口气,集中精力看向前方。

眼前巨石林立,她以碎石击打,发现这些巨石会自行调整方位,转瞬变化格局,机关重重。与三层楼上的小道略有不同的是,这些可移动的巨石只有八根。

她立即想到诸葛亮当年以乱石布成的八卦阵,变化万端,可当十万精兵。此阵的窍门在于大阵包小阵,大营包小营,隅落钩连,曲折相对,内圆外方。

她向修罗打个手势,反向后行。

修罗随即用暖玉棋子画出无形屏障,一手捞起望舒,一脚飞踹泰斗,三个人迅速冲进巨石阵中。

阵中道路崎岖,四通八达,尤其这些巨石还一模一样。常人进去几下一绕,便分不清东南西北了。望舒谨记八卦阵中"乾为马,坤为牛,震为龙,巽为鸡,坎为豕,离为雉,艮为狗,兑为羊"的卦意,小心前行。

火麒麟一路紧追不放,泰斗连番攻击。奈何双方力量相差实在太大,他一连被狂甩十六下,牙齿也掉了四颗,正待与其殊死一搏,却突然再次被抓住屁股。

泰斗一声尖叫,眼底终激出泪花。

好在这时巨石阵已破,万千幻象终成虚无,他们又回到瓠犀酒楼里。

望舒还未站定,便听见身后泰斗中气十足地大喊了一声:"珠侯,你真的在这里!我……我我我……"

随即一个身影从她旁边狂奔而过,热泪盈眶地冲到南珠侯面前,又硬生生停住脚,半是含胸半低眉,绞着手指,活脱脱一个娇羞的小媳妇。

想必这时,这位情商感人的神珠泰斗已经完全忘记自己屁股上

少一块肉的事了。

望舒不禁一笑,抬眸时,恰恰撞进那人眼中。

梭罗子率先大步过来:"噫,小女娃几日不见又明艳几分,莫不是莲藕肉身这般养人?不知道炖汤好不好喝?"他一边说一边吧唧了下嘴,手放在望舒肩上,轻轻挑起眼尾,"要不要跟我回莲花海?"

他说这话的姿态颇有些暧昧,与上回见面又有不同,似乎刻意亲近于她。

望舒还不知如何反应,修罗已经拧住他的胳膊,将他拽到一旁,虚拢着肩将他按在墙上,沉声道:"离她远点!"

梭罗子顺势半靠在他手臂上,眨着眼睛调笑:"哎呀呀,修罗,原来你也在啊!我说是谁呢,刚刚明明瞧见我了,却当作没看见将头转过去了!怎么?我堂堂蓬莱第一美男子还不能叫你看上一眼,嗯?果然还是小女娃好使,看你护得多紧……好歹你我也是纠缠数万年的冤家了,怎么看见我就是这般态度?好生冷漠,真是叫人伤心呀。"

修罗没有回应,只是眉头又不禁微蹙。他放下手,往后退一步挡在望舒面前。

梭罗子笑靥如花:"别护着了,我同小女娃也不是第一回见了,对吧?"

望舒点点头。

"你瞧瞧是不,这我还能骗你不成?上回小女娃去莲花海玩,还与爵微下了盘棋,尽是用你教的路数,足足下了一夜,最后也没有输赢。想来你这些年棋艺大有长进,待离开这鬼地方,我们切磋切磋,如何?"不待修罗同意,梭罗子直接拍掌,"好,就这么说定了。"

这边话音落下,那边娇羞了好半天的泰斗也找回了魂,眼巴巴地望着爵微:"珠侯,我……我我……"

"你先别说话，待离开这里，我让梭罗子把这些年的事详尽说给你听。"

　　"可是我……"

　　"嗯？"爵微压下眉，细细望他一眼。

　　泰斗赶紧捂住嘴，头摇成拨浪鼓："我……我不说话了。"

　　随即，他化身为南珠，凌空跳了跳，刺溜一下钻进爵微腰间，恰恰与睡得正酣的活香草打了个照面。刚要挣扎起来追问一番，爵微不动声色地收了收腰带，轻拍两下。

　　想是十分受用他这一拍，泰斗竟不再闹了，乖乖闭上眼睛养伤。

　　梭罗子忍俊不禁，又将头转过来看他们，忽然找到重点一般，扬眉道："哎？不过你们是怎么上来的？不会是穿过了迷宫，一层层走上来的吧？"

　　"正是。"修罗微抬下巴。

　　"哎呀呀，这不可能！我听说瓠犀酒楼的八卦阵很厉害的，深奥微妙，妙不可言。一旦迷失其中，多半就连骨头都不剩了。连最擅长阴阳五行的萧演和博古通今的录事君，这两个人被卷进机关中尚没有出来，你们怎可能毫发无伤地穿过四层高楼到这儿来？"

　　修罗望了望四周，又朝下面望了望，面无表情地说："这八卦阵确实厉害，否则也不会过去大半天，你还在七层楼上停滞不前。"

　　"哈哈！修罗，你这从不说虚话的性子，真是既让人欢喜，又让人痛恨啊！这种事怎么可以随便说出来？你不照顾我的脸面也就算了，这不旁边还有南珠侯上神？以后说话注意着点，嗯？"

　　他这句话又多了几分玩味的深意，当事人尚且不在意，却闹得修罗一阵急赤白脸，捋捋袖子转过脸去。

　　梭罗子笑意更甚，也不管他搭不搭理，指着悬浮于头顶的第八层楼径自说道："这上面非一般结界，我与爵微合力都闯不得，想

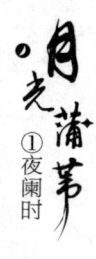

是集开天神力与机关术数于一体的特殊屏障。我这人平时最讨厌歪门邪道了，什么机关术法奇门遁甲，看到就头痛。你曾与我相伴数千年，又不是不知道我这老毛病，何必拿这个笑话我？"

修罗脸色更沉，一张嘴声音都发颤了："你……你闭嘴！"

梭罗子哈哈大笑："那说好了，日后不许再躲着我，也不许再假装没瞧见我，我召唤你，你就要过来，行不行呀？"

"……行。"修罗咬着牙点头。

他与梭罗子也算相识于微时，那时尚未摸清他的脾性，只惦记他那一手出神入化的好棋艺，日日盼着与他切磋，谁料他却是个风流鬼。

莲花海数千美姬轮番来侍奉左右，端茶倒水，样样不落。如此梭罗子还不知足，有时候一看棋势不对，就开始逗着他玩儿，搅得他心慌意乱，自然就输棋了。梭罗子人品蔫坏，棋品忒差，还总是占他便宜……时间一久，他就吃不消了，偷偷摸摸地跑了。

这些年但凡是在哪里听到"莲花海""蓬莱第一美男""棋圣"这些字眼，他总是跑得最快的。这话要说出来，委实有几分狼狈，但若不逃，只会更狼狈，好比此刻在这弧犀酒楼的七层高楼之上，他被梭罗子连番调戏弄得哑口无言，却也只能认栽。

梭罗子也不是个没谱的人，见好就收，趁着修罗伤感之际，朝望舒眨眨眼，笑嘻嘻道："小女娃这么厉害，不如带着我等在七楼走一圈？"

"好呀。"望舒收敛心神，越过梭罗子看向他身后，"不过大仙能否告诉我，你们为何会出现在这里？"

梭罗子当即愣住，笑意深长，拊掌叹道："小女娃真是有点儿一鸣惊人了。"他也不往下说，只朝着身后望了望，让开一条道。

七层高楼忽起一阵大风，吹动那绀青色的衣角。衣角翻了翻，又落下，如同石头掉进水里，鱼跃出海面，不管激起多大的浪花，终究会恢复平静。

望舒鼓起勇气抬头，与那人对视。

爵微声音冷寂，没有什么温度可言："你想知道什么？"

"瓠犀酒楼有什么？"

"琼浆玉液，金樽甘露。"

"还有呢？"

"八方风雨，雷池之地。"

望舒知晓他这是在提醒她，想到当日他在藏阁对她说的话，亦和今日一模一样，雷池之地凶险万分，莫要再来……可是这一次，明明不是她非要闯进来。

她不说话了，低着头。

爵微看她肩背瘦削，被风吹得晃来晃去，好似不堪一击，不知为何忽然有几分心软，微皱的眉头也松弛下来，沉淀出一丝柔和："你的心思我都知道，放心，我答应过你的事，不会食言。"

望舒抬头，茶色眼睛一瞬清澈透亮，将他连同他身后的半壁斜阳都收入眼底。

细细去看，他甚至能从她的瞳仁里瞧见斜阳下的一行白鹭。忽然他大脑不受控制地蹦出一个想法，不知这双眸子看昔年的明月光时，是否也会此般明澈？是否也能照亮那日日夜夜醉不散的玲珑棋局？是否也能叫他看清自己的心？

忽然听见一声轻咳，他抬头，见梭罗子似笑非笑地盯着他，忽然意识到自己竟对一个女娃娃有了过分的揣度，随即敛住心神，转移视线，淡声道："前面带路吧。"

这第七层楼与三层亦有不同，表面看起来与寻常楼阁相差无几，四四方方，回廊由完全一样的方木铺设而成。房间众多，里面布置也大同小异，一桌一床，四凳两柜。墙壁整齐，没有暗格。

望舒将每个房间都走了一遍，又回到原点，从怀里掏出之前从小红马身上铰下的一缕棕色长毛，以真火点燃，召唤其元神。

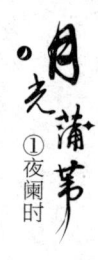

　　果然不出片刻，小红马的虚像便出现在半空中。一瞧见修罗，它便如老鼠碰见猫，又恨又怕，亦有几分咬牙切齿，转过头去不愿搭理。

　　望舒耐心哄了一阵，拿出五香果循循善诱。小红马心不甘情不愿地哼了声，到底还是为美食折了腰，嘴巴一张一合发出"噜噜"的声音。

　　梭罗子等人均是一头雾水，只有曾同长元仙君学过兽语的望舒听得懂。待得小红马将她手里的果子都抢走，坐到一旁吃去了，她才对众人解释道："方才在中途遇见小红马，由它领路的时候，听它说七层之上凶险万分，一般人就是守到老死，都不一定能上得去。我看它这么说，应该是有办法，所以才把它召唤出来问一问。"

　　"原来是这样，那它都说了什么？"

　　"它说瓠犀酒楼的七层，实则就是八层，走过这一层便是数之不尽的囚牢。好比八层方塔，每层有七十二间房，八层就有五百七十六间房。每间房都关着人，有的一人，有的三四人，有的一群人。可要上去，首先就得选择好去第几层，哪间房。"

　　说到此处，她不由得皱起眉头："里面还有许多当年开天之战时的恶徒，因为绞杀不得，也被前人收入其中。倘若去到的牢房恰好关着那些恶徒，又或者是世间最穷凶极恶之人，恐怕会性命不保。"

　　"还有这事？我怎么不知？"梭罗子朝爵微眨眨眼，"你可曾抓过谁到这牢里来？"

　　爵微垂下眼眸，细细回想了片刻，方才说道："我也不知是不是送到这里来。"

　　见众人都有些好奇，他浅浅叹了口气，望着远处。

　　这事要真追溯起来，已经是远在久远之前的一段被尘封的往事了。当年九州大地还没有秩序可言，规则凌乱，种族歧视严重，三垣六合之境几乎日日战火连天。那时，鲜血流遍万山，哭声响彻天地，三垣六合无一日安宁。

父神无奈，强行压制乱战，但凡有不服管教的统统抓起来，关在一处，待得七七四十九日后，将里面的尸体清除出来，对还活着的重新进行管教。倘若还有不服的，就再关上九九八十一日，到那时不管有多硬的骨头，也都该软了，肯服从管教了……剩下再有不服的，且不管是不是大奸大恶之徒，一律送往无间狱，永生不赦。

爵微说："我不曾押送那些人，所以也不知道他们究竟被送去何处。只知无间狱神秘莫测，鲜少有人能找到那里，如今看来也许就在瓠犀酒楼里。"

久远的开天之战，如今再被缓缓道来，终沉淀出几分残忍意味。一个大时代的缩影里，迎风飘扬的最高旗帜永远都是鲜红色的。

走在最前方的人须得高昂着头，眼睛里写满杀伐。

他是这样一路走过来的。

所以他绝对不会再走一次这样的路。

梭罗子瞅瞅他的神色，便知他不愿意提起这些陈年旧事，很识趣地转移了话题："管他里面关着谁，这瓠犀酒楼的规矩倒是挺有趣的，难怪王邢笑那毒娘子天不怕，地不怕，却是不敢轻易往上去，原来是怕一不小心运气太好，掉进上个时代的狼窝里……哈哈！不怪那酒糟鬼说这后八层充满一切未知之数，简直妙哉！"

他这危情当前的洒脱一笑，更胜那豆蔻女子灿若莲花，真真称得上是倾城倾国了。

望舒被迷得稀里糊涂，等缓过神来才发现还有半句没有告知，喉咙一紧，再开口时声音莫名有几分艰涩："小红马还说，每个人只有一次选择的机会，每间牢房也只能进去一人，进去之后，不管里面是谁，不管有多危险，都须留在里面，不得擅自强行闯牢，否则瓠犀酒楼就会重新洗牌，格局大变，届时你们再想出来就困难

了。"

"那岂不是有去无回?"

"……也不是的,有时三五日一回,有时三五月一回,会有狱卒来放饭的,到时候狱卒有办法将你们放出来。但……但依我所看,未知之数实在太多,你们一定要上去吗?"

说到最后,她几乎声若蚊蚋,微不可闻。眼角余光瞥见绀青色的衣袂一角,暗纹为莲,绸缎细软,更衬得那人一身清贵之气,万分逼人。

梭罗子笑看她一眼:"小女娃这是担心谁?"

"我……"

望舒知道他这是故意为之,晓得答案却不戳破,摆明了逗着她玩儿。可她又知道自己的位置,有些话即便是想,也没有立场去说。

小红马忽然又"噜噜"两声,喘着粗气在原地打转。

她一瞬被化解了窘境,悄悄松口气,丢过去几颗五香果,接着说:"每年八月十五子时,东边第二间房的墙壁上都会出现一面虚化的铜镜,念出暗语,穿过铜镜,即可通八层密牢。"

"八月十五?那不是还要等上两日?"

修罗瞟他一眼:"若是王邢笑再晚几日摆鉴宝大会,可能等的就不是两日,而是一年了。"

梭罗子接下那一眼,配合地做出恍然大悟的模样。

"……这么说我等运气还是不差的?也罢,时日尚早,正好想想对策。"

梭罗子搜搜刮刮,又从底下弄了些酒菜过来,就着一张桌子,四个人聊起天来。问到修罗这些年躲到哪里去了,梭罗子又变得不正经,逗得他脸红脖子粗。酒过三巡,又死乞白赖地抓着他去对弈。

入了夜，瓠犀酒楼的风月又有不同。

站在底层抬头看，能饱览十八层极致美色，妙趣横生。可一旦往上，真真领略其中的景色，便只瞧得清脚下的路和身旁的人，却是万万看不透顶上的风月了。哪怕只是七层和八层之间，哪怕只是被无形的透明结界隔断，也望不尽楼上的雕栏玉砌、画阁朱楼，只能隐隐约约听见丝竹之音，模模糊糊看到一檐青瓦。

这般费劲去探寻的秘密之境，就算上面真是琼楼玉宇，真有吉光片羽，于这一刻心怀鬼胎的人而言，都是落花流水，倒还不如回到底层坐在门槛上望一望楼外楼的无边月色要来得轻松恣意，痛快舒爽。

只是很可惜，爵微已经很多年不曾看过月色了。

望舒酒量浅，喝了两小碗米酒就有了醉意，双颊酡红，眼神迷离，靠在栏杆上看金碧辉煌的瓠犀酒楼，左摇右晃没个安生。

忽然，一只手虚按在她肩上，将她腾空出去的半截身子拉了回来。

她一回头，挤着眼睛冲他笑："上神，你看底下那些小妖怪，他们上蹿下跳了一整日，就为了争一盘卤水花生……你说他们想要的怎么那么简单？"

"为了一盘卤水花生，他们大打出手，很可能豁出命去，你觉得这很简单？"

她前仰后合地踩着小步子，迷糊间抬头望他。那双眼一如初见般黑白分明，一如那"诛喉"长刀脆亮尖锐，令她顷刻间找回了几分意识。

爵微不得已按住她的肩膀，将她重新带回桌旁，也许是为了防止她再跑去栏杆边，他将门也带上。

室内无风，一灯如豆。

他的声音一贯清冷，此刻却因为几分不着边际的猜测，和她讲起道理："每个人所求都有不同，每个人都没那么容易。你为了让

第五章　浅爱深谋，绿肥红瘦

我给长元仙君治病,不惜冒着危险一路追到这里,你想要的也很简单,但是这不容易。"

"可是多不容易,我也还是会来。再往上有多少未知危险,你也还是会上去,对吗?"

爵微微一颔首,朝她点点头。

往日她清醒的时候,脑袋瓜里盘算的东西多,不会这样目不转睛地与他对视,让他看到许多东西,譬如这一刻柔软的、脆弱的光芒,在得到他肯定的答复后难以掩藏的一丝失望。

"上神,你也会有求而不得的时候吗?"

"我想要天下无战,清风永在,想要蓬莱明日下雪,流光地开满桃花。还想要后世繁荣,不必再为一盘卤水花生而争吵不休,想要子孙繁衍生息,老来子孙绕于膝下……"

也许他也醉了,想起明月光和那些故人,笑意轻轻的,漾在烛火中。

"我想要的太多了,说不尽全,样样也都不易做到。"

"那上神最想求什么?"

最想求……自然是明月光昨日重现,他与帝将把酒言欢,每每回头月光神都站在大榕树下,夜风捎来暗香。

最难求……是已经失去的。

他又是一声轻笑,不说话了。

望舒细细回味他这番话,觉得他所求太多有些贪心,可真计较起来,又不知他贪心在哪里。他所求之事眼界之广,心胸之阔,与她这市井小民总是不一样的。

她不得不重新审视他。

这一回看他,总觉得他的眼睛依旧黑是那般黑,白是那般白,但眼角余光却没那么清冷了,对他的心思也似乎变了些味儿,想了想也许是酒浆冲脑,一时失意。

她笑一笑,迎着昏黄的烛光仰起小脸。

"上神，我想要的不多，只有一样。"她晃了晃脑袋，唇角染上酒水光泽，透亮饱满，绽出点点绯红，"我不敢贪心，就求一样，就求阿爹岁岁平安，但是太难了，对我来说太难了……你帮帮我，好不好？"

　　片刻后，她的呼吸渐渐平缓，趴在桌上睡着了。

　　爵微手捧一壶桃花醉，嗅了半宿香，终究未达心底，还是放下了。

第五章　浅爱深谋，绿肥红瘦

第六章 江湖夜雨,十年灯迹

望舒是被一阵笑声吵醒的。

"我道是谁动了机关,惹出那么大动静,原来是鼎鼎大名的修罗棋盘,失敬失敬。"

录事君虚拱了拱手,倒也不拘小节,掀起衣角朝廊下一坐,笑意盈盈道:"南珠泰斗掉进一处后,我与他二人也掉入一间密室。萧演那厮被我和毒娘子两面夹击,骑虎难下,就动起了歪心思。他这人最擅长那些旁门左道,区区密室自然关不得他,于是他就以此策反毒娘子,想要伙同她一起来打我。想我活到这把年纪,怎会看不出那两个小娃娃之间的鬼心思?哼……我不爱与他们争那嘴皮子功夫,随他二人如何拿捏于我,岂料毒娘子却不买萧演的账!之后的场面就一言难尽了,萧演和毒娘子打得难分难舍,不知是碰到了何处机关,密室就被隔开了。我中途进入一条回形甬道,又遇巨石阵,被那火麒麟纠缠了许久,好在略懂一些五行八卦,又有前人脚印领路,这才勉勉强强捡回了条命。"

"原来是这样,难怪至今不见毒娘子与雪山君,怕是战情胶着,还打得难分难舍咧!"梭罗子一声大笑,快意舒爽,眼睛亮若琉璃,十分邪恶而不自知。

"他二人大概也没料到事情会演变成如今这种局面吧?"

"还不是有你在里面推波助澜?"录事君轻哼一声,"同王邢笑起争执被甩出瓠犀酒楼的那小仙，是你早先安排好的吧？"

梭罗子挑眉，但笑不语。

"你也不要想着否认，萧演那厮定然也是早有安排的，只是没想到冲突会起得那么快。现在回想起来，老头子都有点儿后怕，万一你有什么后招，再落到我身上，那岂不是把老命都丢在这儿了？"

"录事君，你可是老狐狸，有什么能逃得过你的眼睛？"

梭罗子也不造作，虽没有直接承认，但此番作为也算坦荡。他朗声轻笑道："不过这八卦阵确是伤不了他们的，只能暂时将他们困一困……如此也好，谁叫他们整日惦记旁人的东西，想着如何算计旁人，如今也该尝尝掉进旁人盘子里的滋味了。"

"谁知盘中餐，粒粒皆辛苦？"录事君捋着花白的胡须，指了指梭罗子，"你呀你呀，好一个棋圣，好一份苦餐，好一步风骚的棋。"

"失敬失敬，论走棋的功夫，小仙怎敢在鼻祖面前班门弄斧？"

"别跟老头子玩虚的，你当得起！"

录事君想到现如今蓬莱三方相持不下的局面，不由得深看梭罗子一眼，细细回味，又不得不再看爵微一眼。他也不往下说，拢拢袖子执起一壶酒，眯着眼睛大口灌入，"咕噜"几声就见底了，襟前也湿了一片。

众人这般看着，不知他突然的举动是何意，但都看得出他有几分借酒浇愁的意思。梭罗子刚要询问一二，却听见"吱呀"一声，对面的门开了，一团青影迅速从里面蹿出来。

想来她事先并不知晓这门有些旧了，发出的声音会如此尖锐。想来她也没意识到自己的青衣有多厚重，身板有多瘦弱，被门槛绊了一跤，会这么直挺挺地栽下来。想来她选了一个最差的时机出门，不过好在门口就坐着两位绝世高手。

修罗同爵微出手很快,一左一右就将她扶着了,倒也没让她摔个狗吃屎。

梭罗子忍俊不禁:"小女娃何故行此大礼?"

录事君也放下了酒壶,顺势望过去:"噫,这小东西有点儿眼熟,好像在哪里见过?"

望舒不敢吭声,揉揉被撞疼的腿,就势蜷坐在他们中间,低眉顺眼地朝录事君挤出一丝笑容。

录事君一拍脑袋:"我知道了,你是……"

"她就是你刚刚提到的前人,从火麒麟的烈焰下破了巨石阵的小女娃。"

"巨石阵是你破的?"录事君一阵吃惊,上下打量她,"后生可畏啊,小东西瞧着没什么大本事,脑袋瓜却是好使。你且说说,是从哪里知道那阵法的?又是如何看破巨石阵中的奥妙的?"

望舒诚惶诚恐地觑了录事君一眼,委实不敢说实话,难道要告诉他是在藏阁偷回去的书籍里看到的?会不会当场就被他卸了脑袋瓜?这么一想,她连编个理由暂且糊弄过去的念头都不敢有了,抿紧唇,头埋得更低。

因为离得近,她还听到身边这人浅笑了声。声音很低,若有若无的,好像老和尚念经时,坐在门边的小和尚轻轻地打了个哈欠。老和尚唇角一勾,什么都知道,什么都看见,却什么都不说。

录事君见她耷拉着小脑袋,许是刚睡醒,头顶上一撮毛还翘着,被风吹得晃来晃去,不说话的模样透着股乖巧劲,看起来也很胆小,做不出什么偷鸡摸狗的勾当。可他既想起先前在哪里瞧见过她,又联系甬道中的巨石阵,便不难猜到她是通过何种途径获取这些。

九州大地有多少五行术数,他尚不知晓,但至少在蓬莱,一定没人比他更知道这些奇门遁甲的出处了。

"呵,小东西有点儿意思。"

不自觉地,他又多看她一眼,连带着又看爵微,愁苦滋味更甚,仰头又是一壶酒。

梭罗子赶紧阻拦:"哎哎,你这话怎么说一半就没了?故意逗着我玩呢?"

"谁敢拿你逗趣儿?"录事君轻哼一声,"现如今蓬莱的老一辈们都看不进书了,小一辈的又只知吃喝玩乐斗蛐蛐。纵观羲和代上下五千年,若说谁还有那本事,能毫发无损地穿过那巨石阵的,想来除了萧演,便只有这个小东西了……只是你们知与不知,萧演那一身通天遁地的本事,也是从我那藏阁学来的?"

酒壶见底,他放声一笑,满目怆然。

笑还是先前那般豪迈的笑,却莫名多了一丝让人回味无穷的苦。众人都不免愣住,素来只晓得他们之间有大仇,却不知道原来渊源这么深。

梭罗子往深一想,就都明白了,朝录事君又靠了靠,笑嘻嘻道:"我道你突然反常是以为何,原来是对萧演成为旁人的盘中餐有几分不忍。怎的?需要我日后对他手下留情吗?"

"这个自然不用!不要说你,就是我也绝不会对他留情的!他心狠手辣,草菅人命,必须要为自己做过的事负责。"录事君怒到极致,反生痛悔,搥胸顿足道,"说来惭愧,我那藏阁多得是经世伦理,治国之道,可他偏偏什么都不感兴趣,只爱研究那些旁门左道。都是我管教无方,才放任他变成今日的萧演。"

"咦?可我怎么记得萧演在蓬莱初初崭露头角的时候,你风华正茂,还未娶妻?"

"他是我的义子。"录事君犹犹豫豫,连声长叹,"也罢,今日既然提起,你们就当是听一个糟老头子倒苦水了。"

"我最初见到他的时候,他还是一个毛头小子,赶上饥荒饿倒在落霞山脚,被几只野鸡围攻,衣衫褴褛血迹斑斑。我瞧着他瘦骨伶仃，委实有几分可怜，就把他领了回来，收为义子。他确实很聪明，也有本事，看我门前的山鸡修炼，便有样学样，对月吐纳，吸取精气，不久便能御剑而行，短短数百年就练了一身铜皮铁骨。我大为惊叹，对他寄予厚望，更想过把传家本事都教给他。可谁知……也不知是哪一日，他就陷进了阴阳五行的术法之中，从此日渐沉迷，一发不可收拾。"

他说这话时，双目圆瞪，炯炯有神，谁也不看，只盯着远处。

"那小子毛没长齐时，眼睛就歪到脑袋后面去了。不知自己斤两也就罢了，区区凡人肉身，也敢妄想仙界圣土？呵……老头子确实不长眼，未识得他有这样的野心，也实在疏于管教，这才让他走上歪路，变成今日这杀人不眨眼的魔头。"

忽然，他双目一敛，又是一阵长吁短叹。

望舒瞧见他眼底无尽的灰败与落寞。

"我与萧演瓜葛太深，几天几夜也说不完。要不是刚巧这女娃娃也略懂奇门遁甲，我怕是到死也不会提起。"录事君略有轻嘲地笑了声。

这一声笑透着无尽的欲言又止，也不知是对自己还是对萧演，这些止住的话里掺杂了许多复杂的情感。

顿了一顿，他又道："小女娃，你听着，此事我原本是想带进棺材里的，但今日既然已经提起，老头子就想同你再啰唆几句。五行术数若用于正道，确实能襄助天下一统，甚至扭转乾坤大局。可一旦行差踏错，便无回头之路了……这些话你听与不听，老头子不管，但往年若有人偷入我藏阁，学了些不好的东西，不管是谁，我都会打断他的腿。"

望舒心下沉了沉。

"不过你既有南珠侯护佑，又有修罗棋盘撑腰，老头子就是有想法，怕也拿你不得。那这样可好？我们签订个君子协议，待出了这瓠犀酒楼，我藏阁的大门为你敞开，你自可随意出入。只有一条,每次离开前须得来陪我喝一盅茶,和老头子说说话。"

望舒心下又是一喜,七上八下的思绪渐渐回落,提起衣摆,双手伸直,将腰压低,十足恭谨地朝录事君作了一揖:"多谢上仙提醒,小仙必当晨钟暮鼓三省自身,走在正道上。"

录事君脸色一僵,神色又沉几分:"那你说说,何为正道?"

"身前铁血风刀,身后有肉有酒。"

"侠义。"

"少一些烦恼,多一些快乐。"

"仁义。"

"尊重小人,被大人尊重。"

"道义。"

……

录事君长长吐出一口浊气,愁苦皆去,周身舒爽,大叹道:"侠肝义胆者,志气长存,好一个有江湖侠气的女娃娃!身处蓬莱当局,亦能看清人间正道。蓬莱自酒神代故去之后,已经许多年没有出现过这等心性的后辈了。"

他这话多少有些分量了,令众人都投来惊艳的目光,望舒忽然间如梦初醒,顿时后悔万分。

往年在长庚岛,她常与帝君周臣论道。周臣常说录事君是通晓天下间事的明白人,一肚子都是墨水,难得还不自夸,常谨怀谦虚之心与人论道。虽说近年来心思越发捉摸不得,易喜易怒难以相与,但从反面说来,这未尝不是他在蓬莱诡局中独善其身的一种智慧。

不管怎么说,他都是当世屈指可数的大圣之才,若能得他真心教诲,必会学到不少东西。她对其敬仰已久,一时大意,竟把他当成周臣,与之论辩。

虽然只有寥寥几句,但锋芒已露。

望舒浅浅地叹口气,在诸多试探的目光中将头埋进胸口,却仍

旧能感受到一抹灼热的视线，带着许多计较和思考，似要将她的伪装层层剥离。

昨夜好不容易借酒装疯，撑着胆子徐徐诱之，以期望博得他一丝丝的同情和另眼相看，来换取将来更多可能的袖手旁观，如今全都泡汤了。

这一刻他另眼相看的，究竟是她深不见底的心机，还是与月光神那点可怜的无从查证的联系？

……

望舒正顾自懊悔，录事君大手一挥，将君子协议抛到她面前："但我要补充一点，倘若有一天我不准你再来藏阁了，到那时你就得离开蓬莱，永生不得回来。"

"为……为什么？"

录事君眯起眼睛，神色又变得难以捉摸，看一眼众人，肃然道："我不着急，你可以慢慢考虑，想清楚了再答应我。"

说完这话，他即阔步而去。凌空一跃，消失在魑魅魍魉间。

那则君子协议落在地上。

爵微斟酌一二，将其捡起，收入袖中。瞥了眼身边的人，他淡淡问道："酒醒了？"

望舒动作僵硬地抬头。

"看你方才与录事君论道，我忽然想到当年夫子庙开课，招揽六合英才。于落霞山顶，秦昭雪舌战群儒，艳惊四座，从此声名远播，常被唤作秦铁嘴。那一日他意气风发下山，在山脚看到一伶仃少年，两相对比，顿觉对方身世凄惨，命运坎坷，一时间动了恻隐之心，将那少年捡回家中……五百年后，他名动九州，少年也初露锋芒，世人常道他眼明心净，随随便便一捡就捡回了一个人才，频频将他与少年比较，道他们父子合璧，智绝九州。又过五百年，他便不许任何人再叫他秦铁嘴，更是绝口不提当年落霞山论辩之事。"

说到此处,望舒忽然明了,秦昭雪就是录事君,那少年就是萧演。

"事情已经过去很多年了,如今蓬莱确实鲜少还有人能叫得出他的全名,老一辈的大概也只记得秦铁嘴,却不记得当年夫子庙前妙语连珠论辩'莫欺少年穷'的鬼才秦昭雪,小一辈的大概就知道他有个录事君的名号。"

他收回视线,唇角扬起一丝弧度:"那你可知,为何他一生通透明白,却没能将萧演引上正道?"

望舒张了张嘴,一出声嗓音都哑了:"他……"

"绝顶鬼才,无双少年。蓬莱有一个秦昭雪就够了,再多无益。"

望舒忽然间想到录事君先前欲言又止、万分落寞的模样,一瞬间懂了。原来萧演不是从一开始就心术不正,而录事君也不是一开始就通透明白。

"是时他的确风华正茂,但没能容得下第二个秦昭雪。如今他因你触景生情,旧事重提,追悔莫及,对萧演既有惋惜,又有痛恨。可不管他怎么想,当世之事已无法扭转,萧演与他都回不到过去,所以你现在可明白,为什么他会突然加上那一条?"

"我……"

爵微点到即止,也不多说,拎起衣摆起身,从高处俯视她,浓密的睫毛掩住万般思绪:"这协议我暂且帮你收着,你想要了可以随时来问我拿。"

望舒的心突突往下坠。

"依你的心思,不可能会想不明白。那便好好想想,想想你究竟要什么,想得细致透彻了,再来找我拿。"

这一夜,瓠犀酒楼七层楼上的月色被乌云罩住了。

　　望舒在半睡半醒间辗转反侧，忽然听见一阵窸窸窣窣的声音，下意识屏住呼吸，强自镇定地继续装睡。闭着眼睛，她细细去听，觉得那声音离她很近，似乎就在跟前。

　　她在被子里拧紧衣角，手心出了层汗，有点儿滑溜，也有点儿黏腻……心提到嗓子眼。

　　回廊上，梭罗子打了个哈欠，从门口经过。

　　望舒悄悄将眼睛睁开一条缝，眼前是伸手不见五指的黑暗，胸口怦怦怦跳个不停，她鼓起勇气转动眼珠，朝旁边望去……刚看见床头白色帷幔的一角，一只铜铃般大小的紫眸就跳入眼帘，将她全部的视线占据！

　　一声惨叫响彻在寂静的夜晚。

　　望舒缓过神来的时候，屋内已经没有人了。她依稀看清那紫眸人的全貌，说全貌也不准确，严格说来只是一团黑影，没有具体样貌，堪堪只露出两只紫色眸子。

　　那是一双女子的眼睛。

　　她被吓到后，那团黑影立在窗边望了望她，随即被破门而入的雪骊纠缠住，化身为一股劲风。两个人翻出窗格，在回廊上过招，一瞬又消失无踪。

　　梭罗子大笑一声追了上去，片刻后，偕雪骊归来。

　　雪骊见她安全无恙，抚了抚她的后背，才同众人解释道："这黑影曾到过长庚岛，我与她偶然见过一次，不想这回在瓠犀酒楼又让我遇见她。仔细想想，距离上回才过去百年，没想到她的灵力竟变得这么强了。"

　　梭罗子拊掌大笑："莫不是你怠慢修行，灵力退步了？"

　　"你这家伙，空有一张好皮子，嘴未免太臭！"

　　梭罗子"哎哟"一声，抚抚胸口："真是吓死我啦，还以为你要来揍我。"他一把握住雪骊的拳头，冲她眨眨眼，将她制住的同时又转向爵微,"你上次同我提起在录事君藏阁那晚,被劲风连番攻击,是不是这人?"

"不错,之后我又见过她一次。"

望舒知道,那一次是在火池。

原先她猜不透那黑影究竟是为谁而来,是因为她几次露面,她都和爵微在一起,可联想刚刚雪骊说的话,想到她也曾去过长庚岛,想到不久前窗边那高深莫测的一望,她就忽然明白了——那黑影是为了她而来。

可是为什么?

为什么偏偏是她?

望舒不自觉皱起眉心,陷入深思。直到修罗叫了她一声,她才回过神来,茫然抬头,见众人都在看她。

"是不是先前被吓到了?你的额头上出了很多汗。"

"没事。"她挤出一丝笑容,挡住修罗探寻的目光,用袖子擦了擦脸,低下头去。

爵微若有所思地盯着她头顶上一圈软毛,过了会儿转开视线,唇角扬起一丝不易察觉的弧度。

梭罗子环视一圈,见他们都没有头绪,自说自话道:"嘿,这家伙还挺神秘的。"他朝雪骊眨眨眼,"要是下回你再见着她,将她引来见我,嗯?"

"你先放手。"

"哎呀!忘了,没想到你这整日舞刀弄枪的小女子手还挺软,握着都没什么感觉。"

雪骊瞪他一眼,直接抽出手来:"以后这种话还是同你莲花海的女姬们说吧,我可消受不起。"

她揉着手腕看向望舒,问到他们怎么都在这里,于是望舒就将上八层牢房的规矩说了说。雪骊一听,顿时扬眉笑道:"那我岂不

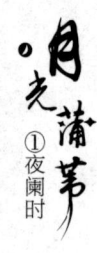

是来得正好？"

"姐姐，你也要上去吗？"

"为何不去？我本就来去随性，生死各安天命，有生之年若不能瞧一瞧瓠犀酒楼顶层的风月，岂非一大憾事？总归活到这把年纪了，还有什么好怕的？"

梭罗子大笑："不愧是我欣赏的小女子，敢爱敢恨，生死无畏。"

"可是姐姐……"望舒舔舔唇，抱住雪骊的胳膊，"万一……万一上面有……"

"小丫头不必担心，倘若我真一去不返，你就帮我同帝君捎个口信，反正我在你心里也不过才排第三。"

"姐姐，你别说笑了，我会在这里等你……你们的。"

她顺势抬头望了望面前这几个人。

望舒知道这里面除了修罗，剩下的三个人从一开始来到瓠犀酒楼，就各有所求，各怀目的。那上面纵是刀山火海，怕也挡他们不得。

更何况，他们这样的人，本就是一路从刀山火海走来的。

八月十五，子时将近。

一行人来到东边第二间房，果然墙上浮现出来一面铜镜，镜面光滑，边缘镶嵌着透明的玉石，璀璨耀眼。按照小红马先前所说，他们要先与铜镜对暗语。

梭罗子自告奋勇上前，清了清嗓子，双手虚拢在胸前，摆足架势，满面春风道："铜镜铜镜告诉我，谁是蓬莱最英俊的男子？"

"蓬莱最英俊的男子就是你。"

梭罗子得意地眨了眨眼，谁料铜镜又说："但是见到本镜君以后你就会发现，原来比蓬莱最英俊的男子还要英俊的，是世间最英俊的人，远在天边近在眼前。"

梭罗子："……"

这事发展到后来，连一向不苟言笑的修罗都没忍住笑出了声。

在美貌这件事上，可以说从无败绩的梭罗子大仙委实吃了一瘪，险些惊掉下巴，但念在有求于人，只得咬咬牙，端着笑脸忍下去了。

他们彼此之间达成了某种默契，原先就已经商量过如何选择房间，雪骊选的是十四层三十六号监牢，梭罗子与爵微依次往上，各自选择的是十五和十六层的三十六号房。

一层有七十二间牢房，能够恰好找到他们想要的"答案"的可能性微乎其微，所以只能尽可能朝每层楼的中间聚集，这样也许可以从左邻右舍打听到些什么。

至于楼层，自然是越高的地方越寒冷。

十六层再往上，便是天机阁了，高处不胜寒。

铜镜只出现了一炷香的时间，他们进去后，望舒也没有离开，盘腿坐在地上，面对着墙壁等他们出来。

修罗立在旁边陪她。

也许是她盯着墙壁的眼神太灼热，也许是修罗一张刀削般的面孔太过严肃，半炷香后，那原本一年只出现一次的铜镜竟然再度幽幽地张开了口："本镜君知道自己美若天仙，可你们也不用这般目不转睛地盯着，要吃人似的，叫本镜君睡个大觉都难。"

"……"

望舒反应了会儿，眼珠子一转，附上笑脸："镜君大人，是小仙无礼了，还请镜君大人透露一二，他们三人会不会有危险？"

"危险？自瓠犀酒楼建成之日伊始，至今已过去数十万年，只有一人从我这里进去后，是完整无缺出来的。你可知这人是谁？西天圣尊是也！至于旁人嘛，缺胳膊断腿已经算好的，多半是连骨头

都不剩的,更何况……"

顿了顿,镜君撇撇嘴,似是欲言又止,话锋一转,从鼻子哼了一声,"反正半炷香已经过去了,他们应该也被吃得差不离了。你们这两个无名小辈还算识趣,没进去送死。"

望舒看他言语间有所隐瞒,一张小脸皱得更紧:"镜君大人的意思是,他们这一去,定然是回不来了?"

镜君大方地给了个轻嗤的鼻音。

"那……那镜君大人,小仙还有一个问题。"

"……你这小女娃怎么这么多问题?"镜君又哼一声,这回声音粗重了几分,已然不耐烦,"快说!说完赶紧从我这间屋子离开,别再扰本镜君清梦!"

望舒与修罗对视一眼,朝他比出手势,一边朝墙壁靠近,一边温柔低语:"镜君,有什么办法可以让他们毫发无损地出来?"

"毫发无损?出来?你当本镜君……"

话音未落,修罗袖中棋子瞬时如银链般掠出,凝聚成一柄长剑笔直地朝墙壁刺去。银光闪过,镜君闷哼一声。修罗趁势而上,试图将他从墙壁中扯出来,谁知他却突然轻笑一声,显露了原形。

这一声笑,将轻蔑之意演绎到极致。

"呵……刚刚才说你们这两个小辈识趣,话还没焐热,就忘了是吧?还是说根本不把本镜君的话放在心上?我说那是地狱无门,你们也偏要闯?那行,本镜君也不妨给你们透个全底,如今的无间狱也不似当年了,险恶之徒都已经老的老,死的死,但有一句话怎么说来着?江山代有才人出——呵,羲和代这一辈后生确实有本事,也确实心狠手辣。改朝换代须得讲究时运,可千万不能得意忘形。蓬莱要吹什么风,还远远不是你们能决定的。"说罢也不等他们做出反应,镜面忽然扭曲变形,露出一张血盆大口。

顷刻间,望舒和修罗就被一股无形的引力控制,不由自主地飘浮在半空中,全身的血液都开始倒流,思绪难以集中,呼吸变得急促，视野越来越模糊……

依稀有一瞬间，望舒看见他那条挂着樱桃汁的长舌卷起来，"咕噜"一声将他们整个吞了。

无尽的黑暗朝他们包围过来。

假如瓠犀酒楼的无间狱是一座塔，每层有七十二个塔口，可以从外面看到八层楼中五百七十六个塔口里面的情状，就会发现宝塔最上面几层尤其热闹。

先从十五层中间的塔口说起，里面是一位风华绝代的美男子，可是不巧在他身边还有上古四大凶兽。从他进来的那一刻起，四大凶兽就嗅到了肉香气，兴奋得眉飞色舞。

这不，已经打了三天三夜。

再看他正下方十四层中间的塔口，里面是位英姿飒爽的女子。她来得凑巧，在数万年间的自相残杀中唯一的幸存者，刚刚把牢里另外一名幸存者除掉，突然仰天长啸三声，给了自己一掌，结束了在这无间狱里不见天日的苦苦等待和煎熬。

这是位老者，姜黄色的布衫还透着金丝的光，里面的身体却已经瘦成一把柴骨。女子为他简单收拾了遗物，左右觉得无趣，便盘腿一坐，开始吐息。

在她右上方，也就是美男子的右边一间房，一位铁面如霜的飞客突然降至，惊得里面正在对镜描眉的女妖精花容失色，纤细手指操动琴弦，如暴风骤雨，魔音阵阵不绝于耳。可那位飞客却伫立在墙边一角，仿佛入定，事不关己地拈着一枚棋子，于瞬息万变的琴音阵中稳如泰山。

及至一曲终了，余音渐息，女妖精柔情百转，一阵纠缠。

她方才那曲，道的是《剑客》的意：

十年磨一剑，霜刃未曾试。

今日把示君，谁有不平事。

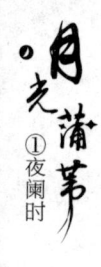

十年利剑,锋芒未试,如今取出给您看,谁有不平事,不妨告知。小妖精自问自答,奴家只有一桩不平事,独身苦等千年,万事都已平定,唯独缺个萧郎呀。

飞客眉心一跳,想躲已经来不及了。

……

这三间牢房按照地理位置来看,也只有上下一层之隔,左右一墙之隔,可端看那风云变幻之局,静若寒蝉有之,动若脱兔亦有之,人间情话,百年沧桑,从上古到如今,该瞧得见的落花流水,尽是付诸其中了。

再往上十六层高楼,天机阁的一层之隔,便是无尽的寒霜,吹不散的浓雾,瞧不清的天上人间。

望舒在无尽的黑暗中下坠……忽然有一股凉意滑过脸颊,那阵湿濡的凉意带着某种气味和碰触的真实感觉,一下又一下地刮过她的脸颊。

望舒意识到有人在舔她的脸。她猛地挺身坐起,将身前一个什么物体推了出去。

待不远处摔坐在地上的物体转过脸来,她猛然一愣。

对方是一个十七八岁少年人,头上长着一对犄角,脸颊两侧贴着几片鱼鳞模样的硬物。穿着一身朴素的水蓝色长衫,柔柔弱弱地对她微笑。他往地上一磕,摔破了手,也不在意,用衣袖擦了擦泥污,重新蹲在她面前,摸她的脸颊。

这回望舒在清醒中,却不敢轻举妄动了,朝墙角瑟缩躲过。谁料他又欺身而上,继续抚摸她的脸颊。

过了半晌,望舒见他似乎并无恶意,稍稍放松了警惕,转而打量整间屋子。

这里应该是无间狱中的一个土牢,四四方方的,不是很大,却很高,在左上角顶头有一面铁栏窗格,透着一点儿微弱的星光。地上铺着乱七八糟的稻草和麦穗，还堆了十几座小土丘，莫名地给人一种乱葬岗的感觉。

　　她所在位置是屋内一角，触手可及一座小土丘。土丘看着异常结实，半人高，手臂宽，大小中规中矩，约莫可容下一人双手抱头蜷缩在里面。

　　望舒好奇地打量土丘，内心鼓动如雷，面上不动声色地朝远处挪了挪，伸出手去碰丘顶。谁料刚递出手臂，少年就好像预知到她要做什么一般，一把攥住她的手臂，微笑着冲她摇摇头。

　　望舒张嘴，他又忽然按住她的唇，左右看看，折出了一根穗尖，在地上画了几下，写道：嘘，不要说话，他们会听见。

　　他摸摸她的脸，微微一笑，写下一句话：我不会害你的。

　　望舒慢半拍地点了点头，在心里默数，从前到后小土丘共有十八座，她呼吸一滞，不自觉地抿紧下唇。

　　他看她这般，笑意更深，目光澄澈似沁出水来，亮亮润润的，带着股湿意。

　　他笑得越发温柔，继续写：别怕，你怎么会来这里？这是无间狱。

　　望舒仔细一想，记起镜君那张血盆大口，突然犯了恶心，但又强忍着不能发出声音，只得捂着嘴干呕了一阵，随即反应过来，赶紧比画：我是被人丢进来的，这是多少层？第几间房？那小土丘里的都是什么？

　　少年说：我叫吴歌，你叫什么？你长得……真好看。

　　望舒见他完全词不达意，有些着急：我叫望舒，你快告诉我。

　　吴歌：这是十六层，第十六间。土丘里都是一些孤魂野鬼和死灵，他们寂寞太久了，会吃人，所以你要乖乖的，别出声，他们就快醒来了。

　　望舒心下更是后怕，小心翼翼地移动着，离身边这座土丘更

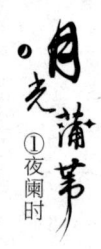

远。

吴歌拍拍她的手臂,将她拉起来。

他将她带到另外一个角落,刨开墙壁上一个坑,比对着她的大小,将她塞进去,抓着地上的泥补墙,将稻草全都挡在她面前,只给她留了一条缝。

望舒不知道他这般作为是何意,刚要说什么,却见他拍拍她的手臂,背过身去。

他身子孱弱,骨子透风,往前一站,勉强挡住她全貌。

突然,离得很近的一个小土丘里发出一声阴阴的笑,泥土开始松动,一条骨瘦如柴的手臂破土而出,紧接着是另一条手臂……很快十几座小土丘都松动了,各种奇形怪状的人从里面走出来。

他们长相各有不同,有的是马面,有的是蛇足,但都很瘦,只剩一把骨头,像是被剥了皮肉的骷髅怪,全身上下只有几片破烂布料勉强蔽体。

整个空气中弥散着一股恶臭,他们从四面八方聚拢,脸上挂着阴恻恻的笑,眼神空洞,视线没有焦点,拉长着舌头,莫名带着一股潮湿的兴奋。

这场景好像夜半时分浓雾遮蔽的山头,一群孤魂野鬼来集会。

而集会上唯一的物品,就是吴歌。

他好似已经见怪不怪,任由他们靠近,缠身于他,对着他一阵撕打。

他是个羸弱的少年,被这般欺凌侮辱,却是从头到尾紧咬牙关,未置一词。只是拼尽全力挡住身后那面墙,死活不肯被拖走。

"饿狼"们看他难得来了脾气,兴致更高,手下更是没有轻重。

望舒记不清有多久,好像过去了整整一夜,直到天窗外的光线越来越明亮后,那些家伙才重新钻进了土丘里。在地上奄奄一息的吴歌,拢着衣襟爬起来,拖着双伤痕累累的腿,步履蹒跚地走过去，将每一座小土丘用泥土盖上，遮住天窗洒下来的日光。

最后，他倒在地上，喘着粗气轻声一笑，朝她招了招手。

望舒推开土坑，一路小跑到他身边，将他扶起半身，虚拢在怀里。左右看看，寻找可以用的穗尖，想说什么也不能开口，急得一张小脸赤红。

吴歌用指尖戳了戳她的脸颊，扑哧一笑："他们刚开始睡得死，小点儿声说话没关系的，不会吵醒他们。"

望舒浅浅地松了口气，看一眼他脸上的伤口，心又提紧："谢谢你，吴歌。"

吴歌眉眼松动，淡淡地笑了。

有光爬进窗格，洒在他身上，将他整张脸照得异常清晰。那是一张白皙的，充满少年气的脸。眼尾狭长，自带一股风流邪魅之气，双唇微薄，又平添一丝清贵气息。可他整个人却柔柔弱弱的，眼睛干净纯粹，没有一丝杂质。

不妖不媚，也不矜贵，就是一名普普通通的少年。

望舒被他看得不自在，轻声问了句："你为什么总看着我？"

"你好看。"吴歌脱口而出。

停顿片刻，他有些害羞了，脸颊微热，移开视线问："我在这里许多年了，不知道现在外面怎么样了。"

望舒便同他讲了讲羲和代蓬莱的三山四水和九大奇迹，他听得认真，听到最后弯了弯唇角，轻笑道："原来我是在瓠犀酒楼，原来外面这么热闹。"

他翻身坐起，推开望舒要来搀扶的手臂，朝她无声地摇摇头，从稻草堆里刨了刨，拎出一件全是补丁的长衫套在身上，坐在天窗下远远望着，也不知望着何处，眉眼微垂，肩背平直，弱不胜衣。

他低声说："这是最后一件好衣裳了，让你见笑了。"

望舒瞥一眼他原先的水蓝色内衣，如今已经烂成一块块碎布，从这些碎布缝隙里，她看到他满身的伤痕，大大小小，密密麻麻。

血已经流干了,有的地方已经结痂,有的地方却在化脓。

她从腰包里摸了摸,抽出一盒随身携带的膏药递过去:"这是治外伤的良药,你擦擦吧。"

"你怎么随身带药?"

"我……"她低下头,想到不见她就会发脾气的长元仙君,心里隐隐担忧,声音更显艰涩,"我身子差,经常摔跤,司医就特地给我配了伤药,这药对伤口复原很有效的。"

"不用,我很快就好了。"

似乎是怕她不信,他指着自己的脸,手指一挥,果然,脸上的伤口就奇异地修复了,完好无缺,还似先前那般光滑整洁。

"我天生修复能力就比常人强,所以你看吧,这里面的人都被弄死了,可我还活着,被他们视作玩物,一日日饱受折磨地活着。"他的目光扫到那些拢起来的稻草,望舒跟着他的视线看过去,隐约瞧见一些白骨,心猛地往下坠。

"不要怕,是我将他们埋起来的,以前他们就躲在土坑里,但是没用,总有一天会被杀掉。"吴歌的声音低低浅浅的,穿透在空洞的监牢里,染上一丝寒气。

他又摸她的脸颊,一遍又一遍,目光痴迷,但更多的是一种难以置信,他说原来真的有人来了这里,原来羲和代的蓬莱这么美,原来现在外面有这么多新奇玩意儿。

望舒便知道他无比向往外头的世界,想要出去。

可是,他又知道出不去了。

这种心情是很微妙的,沉重中又带几分绝望的喜悦,喜悦中又带隐秘的期许。

望舒往吴歌身边一坐,低垂着头,十分气馁,她担心录事君的病情,担心雪骊,担心梭罗子,担心修罗,也……也担心那位。

吴歌揉揉她的发顶:"你为什么会来这里?"

"我也不知道怎么会突然到这一步。"她想了想,想到那一日秦昭雪离开时，他将君子协议收入袖中，朝她望过来的那一眼。那一眼当真是需要细致透彻、一清二明的心方能看透。

她埋下头，有些认命的姿态，说："我是来找人的。"

"找谁？"

"……南珠侯。"

吴歌不说话了，细细地观察她，心绪百转，大悲大喜，终究又回到最初："……南珠侯爵微，他是我的兄长。"

这事得追溯到很久以前。

上古之神的大庆日，是变相的诸神聚会。当时月光神还在世，被诸神环绕于左右，疲于应付。

吴歌从没见过那样盛大的场面，悄悄躲在大殿的角落，寻找兄长的足迹。忽然，他听见有人大笑问道："南珠侯爵微？你猜猜他会用几招杀了这群野兽？"

他赶紧循声望过去，只见昆仑镜中，桃止山野兽癫狂，兄长爵微被包围在中心，一袭布衣已经染上鲜血和沙尘，但他往那一站，便是周身的英气。

彼时他躲在人群后面，被天阙南境来的一缕风吹得心里暖洋洋的，还有几分得意。他听见身边的人都在押注，有人说三招之内，也有人说不用三招，月光神轻轻笑了笑，低声附和："一招。"

那是他第一次注意到月光神，他觉得她真好看，也觉得她对自家兄长真是看重。

可谁也没想到，那场对峙竟然最后以百招落幕——爵微一只野兽也没杀。

诸神纷纷咋舌，"南珠侯"这三个字在九州天下素来是高出神祇一般的存在，岂会这般掉以轻心？

有人说："杀兽日的放纵可不是纯良之举，南珠侯未免太过优柔寡断。"

也有人说："能说出如此荒谬之话的，想必九州也只你一人

了。你觉得他当真是优柔寡断？怕是他杀人时，你还未出世。"

吴歌虽然不懂，但还是认真地点点头，只是私心里不喜欢任何人说他兄长的不是。他抬头看昆仑镜，在众野兽爬进兽笼后，兄长还在为它们挨个包扎伤口。

身边议论的声音不绝于耳。

"传闻诸神绶带，都是他亲手画的。"

"活得太久远的上古之神，杀兽之日手不染血，试问九州大地，三千世界，至今还能不失赤子之心的又有几人？"

吴歌说不出话，默默攥紧了腰间的绶带——那是前两日兄长亲手为他画的，上面是一地麦穗和一树桃花。

他生于西海，满树银花，从小就独爱江畔那十里银河的桃花。而他的兄长，却只想做个闲散的农夫，种两亩田地，收一地稻谷。

往日他不懂他内心，那一刻在诸神的七嘴八舌中却突然懂了——他的兄长不是仁慈懦弱，而是杀过太多人，如今累了。

当即，他攥着绶带跑回南珠流光，安生地等着兄长从桃止山归来。

在他身后，风声吹过空荡荡的苍穹，发出了漫长而永恒的响音：庸碌百年成朽木，一世蝼蚁愧春秋。但有片刻繁花簇，怒放豪情争风流。

九州大地，三千世界。

他若活着，谁与争锋？

他第一次感受到兄长是万分受人敬仰的，心里满溢自豪之情。后来他常伴兄长左右，听他讲九州见闻，当世至理。

不久传来消息，那日那些被放过的野兽逃到了山下，吃了一个村落的百姓，引致江首沿岸疟疾狂生，百姓流离失所，伤亡惨重，不久江首沦为废墟。

兄长亲自下凡将野兽全部抓回，囚禁于桃止山，他一念之间未狠下杀手,不料那些野兽竟再次出逃……这一次,它们逃去了西海,撺掇西海的鲛人夺霸主之权,西海陷入大乱。最终,西海的统治者不幸罹难。"

"那位小小的统治者就是我。"

吴歌闭着眼睛仔细想了想,想到当时那血流成河的场景,笑容变得苦涩:"当时西海出现战乱,北荒被拘禁的野兽也突生癫狂,兄长为了镇压北边的异兽,没能及时赶至西海,也没能见我最后一面……他……他应该以为我已经死了吧?"

他轻声笑,笑声里透着酸涩的遗憾。

"但是鲛人族的族长并没有将我赶尽杀绝,而是将当时命悬一线的我交给了一个白头翁,后来我就被那个人送到这里。"

望舒仰头望着他,没有说话。

"我一直都记得兄长对我说的话,他说鲛人天性纯良,所流眼泪皆是珍珠,所以一直到最后我仍心怀期慕。现在你看,兄长说的是对的,他没骗我,鲛人的确纯良,他们没有杀我,我才能一直活到今天。"

吴歌眨了眨眼,因为牵动情绪,身体里面的痛感好像变得明显了。他每动一下,那阵痛就钻心一回。他强忍着痛,忽略残破不堪的身体带给他的绝望,睁着眼睛,瞳仁干干净净的,满怀期待看向她:"我的兄长,他还好吗?"

望舒喉头一哽,忽然想到《九州秘闻录》中的记载,天地初元对南珠侯的评价只有四个字——大佛之慈。

但是那个在传说中或许真的无尽温柔过的南珠侯,现在已经变了。

按照他的模子所刻出来的少年,至今仍活在他制造的梦幻泡影中,对残忍的当世抱有美好想象,坚持离真相很远,离内心很近。

她很想告诉吴歌蓬莱的确热闹繁华,但并不美丽,人人都心怀鬼胎,连她也是……但她又于心不忍,不忍看到他被真相蚕食后的

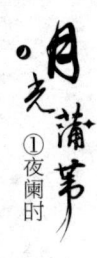

伤心。

"望舒,我的兄长,他还好吗?"

吴歌执着地问,望舒忽略不了他灼热的目光,被迫与他对视,看到他眼底复杂的神色,写满了无言的悲喜。她意识到在这个故事里,吴歌对她隐瞒了些什么,皱眉看他:"你怎么了?你是不是……"

话音未落,忽然一只手拍在她肩上。

望舒吓得赶紧回头,只见身后的小土丘里钻出来只长毛怪,晃着脑袋在冲她笑。吴歌二话没说从地上爬起来,将她重新塞回土坑里,来不及补墙,直接将稻草和麦穗往坑里塞,一边还不忘他那残破的执念。

"望舒,我的兄长,他还好吗?"

他问了几遍,全然不顾身后的情形。土丘一个接一个地松动,孤魂野鬼一个接一个地爬出来。

望舒急了:"他很好,很好,可是吴歌,你……你怎么办?"

她知道这回不一样了,那些原本只会在黑夜出现的孤魂野鬼,竟然不惧日光,再次破土而出,一定是因为感知到了什么。

而这一次,他们的表情很明显变得凶残暴戾,充满杀气。

吴歌听到想要的答案,好像心满意足,又好像于愿足矣,轻声笑了笑,摸摸她的脸:"别怕,我会保护你的。"

他回过身去,眼眶红了。

望舒看到一个万念俱灰的吴歌,用苍白消瘦的身体为她开辟了一条活路。他在血色中微笑,轻声说:"其实我知道你在骗我,你们都在骗我,但我很知足了,这些年不管被怎么折磨,我都咬牙活着,就是为了等一个答案。现在我等到了,我依旧相信兄长,他不会错的……请你替我照顾他,好不好?"

接下来的那一切，她甚至不知道是怎样发生的，只见那些家伙像山洪一般涌了过来，将吴歌堵在角落里，冲进了他的身体里，就再也没有出来过。

吴歌被迫"吃"掉了他们。

他的身体被十八个孤魂野鬼占据，意志不受控制，但仍旧死死地抵着墙，将她堵在身后的土坑里。

不知是哪一刻，地面开始震动起来，发出了隆隆的巨响，这些孤魂野鬼兴奋地嗷嗷大叫，好像为这一刻等待了很久，恨不能载歌载舞。

吴歌被数不清的力量拉扯，左来右去，在地动山摇中晃离了土坑。

望舒顺势钻出来，凝聚她那点儿可怜的灵力，扯出腰带缠住天窗，固定了这一边后，朝另一边大喊："吴歌，快过来，拉住我！"

吴歌听见喊声，拔腿朝她那边跑过去，但奈何身体被撕裂一般，不断有股力量将他往后拽。他一边抗衡那股力量，一边抵制被咬噬蚕食的三魂七魄。

那些家伙占据了他的肉身，还要占据他的意志。

他死死咬着牙保持清醒，眼睁睁看着自己离她越来越远，不断挥动着手臂抬起腿，仍与她越来越远……渐渐地，他没了力气，在混乱中被白骨绊了一脚，摔在土丘中，再也没爬起来。

他远远地朝她挤出一个笑容，将唇咬破了，留最后一丝清醒朝她挥手："望舒，快走吧……"

突然，后墙被撞翻，一大拨孤魂野鬼朝着他们狂奔过来。

吴歌在仓皇间回头，突生一抹笑意，攒足力气飞掠而起，朝着"山洪"撞了过去。他瘦如纸片，那一撞犹如飞蛾扑火。

那些家伙轻而易举就将他抬起来，又重重甩在墙壁上。他在他

们面前连蝼蚁都比不上，奈何那残破的身子还不为他控制，想死都难，想一头撞在墙上，也在半道被拉回……突然某个瞬间，他朝望舒看了眼，眼睛湿润，遍布泪光。

这一刻，他彻底沦为傀儡。

望舒眼睛一酸，来不及扯开腰带，就被一只小妖怪缠上。紧接着，越来越多的"饿狼"踩着吴歌的身体朝她奔来。

整个土牢还在天崩地裂中。

她最终还是放弃了天窗上的腰带，丢出一把五香果，使得两只骷髅怪摔了个底朝天。她仗着个头儿小，在丧尸大军里面东窜西溜。谁料逃过了那些长毛怪细长的爪子，却没有躲过一只小鬼尖利的牙齿。

那小鬼低下头，长嘴一呀，就将混迹在游魂中的她含进嘴里。用舌尖顶着她的脖颈舔了舔，一股恶臭顺势飘进她的鼻尖。

望舒忍着腥臭激烈反抗，反被他咬得更紧。

眼见着就要被他整个吞下去一阵咀嚼，其他家伙不平衡了，前来捣乱。他们相持不下的时候，突然面前整块墙壁直接砸下来。

那小鬼吓得长腿一软，嘴也松了，急忙朝旁边跑，但还是被"轰隆"一声，埋进了地底下，与他一起埋进去的还有望舒和吴歌。

侥幸逃过一劫的孤魂野鬼在上面手舞足蹈，欢庆这场出逃的胜利。

整个十六层天翻地覆，下面的无间狱却还是一派祥和。

正轮到狱卒放饭这日，十五层中间一牢房的美男子蓬头垢面地逃出来，忙不迭地往外跑。狱卒连叫几声，他都没听见。赶巧隔壁一牢房也有个面色肃然、浑身上下充斥着脂粉气的男子被放出来，两个人一碰面，互相瞧见对方的狼狈，各自没声了，转而问到狱卒，怎么好像地震似的。

那狱卒穿着件黑色的大斗篷，整个人都被遮住，看不清长相，只低低应了声："上头有人逃狱了。"

"啊？上头？是十六层吗？那……那今天还放饭吗？"

"十六层临近天机阁，无人可去，去了也没人能回来。"

……话尽于此，狱卒直接把这二人踢出去了。

他们方方回到七层楼，就瞧见了雪骊，三个人照面，上下一寻思，暗叫不好。再想要回去，却死活叫不出那墙上的镜君和狱卒了。

他们神秘莫测，来去无影，将人留在无间狱的顶头，是那般稀松平常的一桩小事。

梭罗子被四头凶兽围攻，半条命已去，徒留半条命，也端不出以往的绝世风貌了。他斜躺在长榻上，任由雪骊帮他上药，连声痛喊，再无矜持。

及至夜半时分，还未见爵微和望舒归来，三个人心下一沉。

雪骊盘腿坐在廊下，望了望楼外楼的风月，长叹一声。

"三千年前丰禾城翻修，有几个小仙被派去粉刷刺文楼，当日刺文楼出现了一道异光。那异光起得突然，我被帝君派去追查，一路顺着线索查下去，却发现那几个小仙死的死，失踪的失踪。我与帝君都觉得事有蹊跷，便又深查了一番。"

她突然开口，对面两个人都将她望着。回廊上光线微暗，四面透风。

雪骊嫩黄色的衣衫飞扬起来，她却毫不自知，顾自陷在回忆中："丰禾城城主上驷大人是个酒囊饭袋，我威逼利诱一番，他就招供了，你们猜是谁？是王邢笑杀了那几个小仙，还将其中一名叫佩方的狐仙囚禁了起来，这些年我一直在追查佩方的下落。"

梭罗子扬眉："他在瓠犀酒楼？"

"这是王邢笑的老巢，也是至今唯一我不曾追查过的地方。"

"可是王邢笑为什么要大动干戈杀几个无名小辈?"

雪骊轻笑一声,从梭罗子手中夺过酒壶,随意灌了几口,用手背随意擦过唇边,方才认真看他:"想必你应该比我更清楚,刺文楼里会有什么值得王邢笑大动干戈。"

梭罗子细细一想,突然明白了。

酒是香的,亦是烈的。

这事也真是够百转千回的。

"难怪,难怪爵微怎么也找不到当年月光神的旧物,原来三千年前就被人拿走了。"梭罗子酒意一醒,眉梢往上扬,冲她眨眼睛,"你初时跟在月光神身边,应该亲眼见过当年的酒神之战,也应该清楚死灵城有多强大……真是好缘分,此番我同爵微来此,也是因为嗅到了死灵的气息。"

雪骊一怔:"难道死灵城又要崛起?"

"你猜得不错。"

"当年酒神之战后,帝将用《亡灵之书》将死灵城重新封印于九处绝密之地。这些死灵密布蓬莱,受无形力量掌控,轻易不可能闯破禁锢,除非……"

"除非有心人刻意引导。"梭罗子抢了她的话,也把酒抢了回去,闲闲摆在一旁,把玩酒壶盖子,姿态慢懒,"你不是说死灵城被封印于九处?无间狱就是其中一处,剩下还有八处,必须要在这些死灵都出去之前,将他们再次封印。"

"可是《亡灵之书》?"

"没有《亡灵之书》,自然不好将他们封印。"

"那……"

梭罗子耸肩一笑,望向一直沉默不语的修罗。后者面无表情地接道:"封印不得,那就全部杀了。"

"一旦死灵复出,蓬莱必将掀起腥风血雨。"

"可是……"雪骊忧心忡忡地抬头,望向浓云霭皚的瓠犀酒楼,"可是三千年前,蓬莱就起风了。"

他们都是遮风人。

但是这一刻,他们遮不了十六层上死灵出逃掀起的一阵狂风。

而这一刻,望舒闷哼了声。

她恰好被砸进一个土丘里,埋了半截身子,好在并无大碍,只是隐隐约约能听见上头那些家伙阴森森的笑声,动也不敢动,干脆就藏在土丘里。

片刻后,她听见几声吃痛的叫喊,伸长耳朵细细去听。

那声音离得很近,她心中一喜,又朝外探了探,没想到头顶的稻草忽然被掀开,楼顶的阳光泻下来。她的眼睛在一闭一睁间,脑海里迅速反应过来,想到十六号和三十六号之间相隔二十间牢房的距离,想到如果她被那尖牙小怪嚼碎了,大喊一声能传出多远,甚至想到如果她今日尸骨无存,怕也没人知道她丧生于此,怕是阿爹得伤心好一阵……可她一睁开眼,却瞧见一株嫩绿的小草在她面前摇头晃脑。

朝上看,一截莲纹暗花的绀青色衣角飘入视线。与此同时,一道清冷的声音传过来:"别愣神,先出来。"

望舒点头,跟跟跄跄地从土坑里爬出来:"上神,你……你怎么知道我在这里?"

爵微捡着空看了她一眼。

全身脏兮兮的,灰头土脸好像小乞丐,他不禁弯了弯唇。

他原先在三十六号监牢,已经能够嗅到强大的死灵气息,预感他们离他很近。后来也不知怎么回事,突然地动山摇。他料想定是死灵闹事,擅自闯破了监牢,改写了瓠犀酒楼的规则,便赶紧追了过来。

好在活香草先前闻过她的气息,能直接将他引至十六号监牢。否则再晚一步,怕是她的小命已经不保了。

眼前形势紧张,望舒也不好细问,识趣地钻到他身后。只见他一手拎住一只小怪,了结了他们,剩下的家伙见形势不对,叽里咕噜说了些什么,朝着一处飞快地钻进去。

望舒指着那一处说:"那里还有个人。"

说时迟,那时快,土石堆下的家伙们开始蠕动,窸窸窣窣几声后,猛然一个飞跃,再次冲了出来。

活香草吓得一个刺溜,钻进了爵微腰间。动静太大,惊扰了在里面睡觉的南珠泰斗,这位情商感人的泰斗揉揉眼睛,钻出来一看,顿觉眼花,又揉了揉眼。

下一瞬,已经化身成人挡在他们面前。

望舒原以为那些家伙集体钻进一处,是要积聚力量群起而攻之,谁知道他们在下面捣了个鬼,知道已经被困于此处,无法再逃出去,索性玩命一搏,全都钻进了吴歌的身体里。

他们没有肉身可用,便占据了他的身体,以及他的灵魂。

望舒看着面前的人,几个时辰前眼明心澈对她微笑的少年已经面目全非了,此刻从地底下冲出来的是一只被数不清的"饿狼"控制着灵魂,全身脏乱不堪,眼睛混浊的大怪物。

他头顶上的犄角不知何时断了,脸上的鳞片也没了,所有一切可以证明自身的外在条件都没了。

不知这一刻的吴歌,在看见暌违多年的兄长时,是怎样的心情。是欣喜若狂,还是泪如雨下?是被那无法回甘的遗憾充斥,还是慨叹命运的残酷?

望舒猜不透,心皱成一团,死死盯着吴歌。

他被死灵控制着朝爵微发起了攻击,爵微连连往后退,迟迟没有狠下杀手,似乎也在犹豫该不该对这样一个被占据身体的无辜少年动手。但泰斗就不一样了,他的心里和眼里只有珠侯,任何人都伤他不得。

他们打斗数百招，相持不下。

眼见着脚下的震动越来越剧烈，好像整层楼都要塌陷一般，泰斗动作更快，双臂举高，配合爵微朝他们砸过去一记重拳。爵微趁机将吴歌的双手束于胸前，单腿踢在他膝盖上。

吴歌始料未及，被迫双膝跪地，泰斗又一记重拳将要砸下。

这一拳下去，他定然没个全身了。

她心下一凛，惊声喊道："吴歌！"

许是她出声太突兀，泰斗愣了神，就这么一眨眼的工夫，吴歌身子一扭，挣脱开来，反掌劈在泰斗肩上。

泰斗被这一砸，直挺挺地跪了下去，整个人都蒙了。

爵微被逼得往旁边退了几步，待得站稳，拧眉看她，声音清冷中又带几分凛冽的寒气："你刚刚叫他什么？"

望舒咬住唇，浑身惊颤。

她知道那些家伙故意寄身于吴歌身上，势必要将他吃光抹净，他的下场只有一死，差别只在于是他的兄长亲手杀死他，还是他被那些家伙折磨而死。

他心里期望着哪一种死法？

"看着我，你刚刚叫他什么？"爵微又问了一遍，声音更沉。

望舒不敢抬头，眼角余光瞥见一道暗影，下意识拉住他的手臂："小心。"

吴歌迎头朝他们劈了过来，她与他四目相对。

只有一瞬。

只是一瞬间，但她还是看清楚了。少年眼眶通红，瞳孔清亮，湿濡濡的带着光泽，还是先前干净清秀的吴歌。

她终于明白当时他为何会悲喜交加，为何会有所隐瞒，想起他最后那句话——望舒，其实我知道你在骗我，你们都在骗我，但我很知足了，这些年不管被怎么折磨，我都咬牙活着，就是为了等一个答案。现在我等到了，我依旧相信兄长，他不会错的。

……

他的兄长给他织了一场做个好人的美梦,他一直活在梦中。

他知道生死早就板上钉钉,而这一刻,他真的累了,想在梦中沉睡下去,想回到先前戚戚望着的远方,那里许是南珠流光,许是他曾经最爱的十里银河桃花岸。

那里是他的灵魂栖息地。

望舒胸口猛地钝痛起来,她抬头望着爵微,强忍着眼底的酸涩,平静地说道:"我叫他吴柯,他是吴柯,他的名字叫吴柯。"

"吴柯?"爵微低声念了遍,又重复了遍,眉头紧了又松,目光变得轻若浮尘。

一回身,数千万年白驹过隙,剩下的渣滓浸在可见的风月里,满目疮痍。

南珠侯和泰斗提起这些家伙,只吐了两个字:死灵。

泰斗从他的眼睛里只解读出了一个字:杀。

最后,吴歌还是被爵微一剑刺穿了身体。

那些家伙死去后,他落到了地上,沉沉的,好似叶落归根一般,了无生息,安静孱弱。褴褛的外衣终究难以蔽体,望舒脱下一层青衣盖在他身上。

他是夹缝里生存的温柔少年,被诛喉长剑刺穿了心脉。

可他笑意安然。

她替他将衣襟整理好,将头发都拂到两侧,附在他耳畔无声地说:"吴歌,你安息吧,你的嘱咐我都答应了,你想要的我会努力做到,我会尽量照顾他,我也相信你是对的。"

因为这些死灵,瓠犀酒楼的格局发生了改变,整个十六层都将毁之一炬。

望舒不能久留，来不及将吴歌埋葬，就被泰斗揽到背上，一个大跨步冲了出去。爵微落后一步，看了眼躺在那里的少年，心口莫名抽痛。

曾经在身体最深的地方，某一处已经痊愈的伤口为何又撕裂开来？

他想不明白，眉心深蹙，踟蹰再三，还是上前将少年背起。

外面昏天黑地，十六层即将覆灭。

爵微于生死关头，强行用修为抵抗自然之力，镇压窥天之术，但实在杯水车薪。以他之力，虽然可以扭转乾坤，但用此法将耗尽毕生修为不说，即便回到格局大改之前，也不能清除死灵。一旦破坏规则，十六层还是会重蹈覆辙，毁于一旦。

仅这片刻迟疑，天地间飞沙走石，一片灰暗，他们被挤入越来越狭小的缝隙之间，呼吸受阻，沙尘蒙眼，似乎要将他们都埋在此处……忽然一只小手攥住了他的衣襟。

爵微抬眸看去，望舒那张巴掌大的小脸被泰斗用大掌护在肩上，已经被压变形了，依稀只能看得清一双琉璃双眼，透彻明亮，带着股韧劲。

他不由得问："你怕不怕？"

她点头："怕。"

"那为什么要来这里？"

望舒咬住唇，想了想，在震颤中大声回应："因为比起我的生死，我还有更怕的事。"

她只是一个方方修炼了几千年的仙灵，害怕的时候却不哭不闹，只会皱起一张小脸，端出大人的模样。她的心思很深，但她筹谋得又很少。

爵微忍不住摸了摸她的脸："你后悔吗？"

"我不后悔。"

也许是生死一线,也许是被吴歌触碰了某根心弦,这一刻的她抛下了心机,只想同他说一两句真心话。

"上神,我想细致透彻了,我知道录事君为什么会说那句话了。"

——我们签订个君子协议,待出了这瓠犀酒楼,我藏阁的大门为你敞开,你自可随意出入。只有一条,每次离开前须得来陪我喝一盏茶,和老头子说说话。但我要补充一点,倘若有一天我不准你再来藏阁了,到那时你就得离开蓬莱,永生不得回来。

天地间只余一道暗光。

望舒看着他黑白分明的眼睛,一字一顿道:"现如今,他能容得下蓬莱有第二个秦昭雪,却万万容不下有第二个萧演了。所以,一旦我不被接受进入那藏阁,便是行差踏错,离开正道了。"

她将泰斗的手推开,强行钻出脑袋,露出整张脸叫他看着。她长相清秀,生得文弱安静,虽被灰尘糊了脸,但一扬眉,骨子里那股难言的气性还是叫人转不开眼。

"但其实……只要你在正道上,我就不会走歪的。"

她承认了,从一开始她就对他不怀好意。
她的眼角余光,全是他,只要他在正道上,她就不会走歪。

十六层高楼之上,终究还是没有琼楼玉宇,吉光片羽,亦没有落花流水的人间沧桑,只有一方狭小的天地,一瞬动情的剖白。

哦,还有一位聒噪不休的南珠泰斗。

忽然间飞石乱撞,接连几声巨响,嚷嚷了半晌的泰斗被飞沙眯住了眼,不得已一个弯腰摔下。望舒不知道爵微有没有听见那句话,只觉一阵天旋地转,身体好像被绞碎一般,一线暗光终将熄灭。

忽然，一道微风拂面而来。

她的意识在黑暗之下来了个急转弯，从模糊到清醒只是一瞬，悄悄睁开眼，面前又是另一番情状了。

十六层的飞沙走石不复来，好在南珠泰斗和他的主人都还在身旁。

眼前是一间古色古香的茶室。

茶室上方端坐着一位白发老翁，岿然立于乱象中，稳坐如山。瞧见他们几人，眼睛一眯，和蔼笑问："外头来的？"

泰斗率先反应过来，大嗓门地应了声："嗯。"

"那老翁送你们出去？"

"好啊好啊！"泰斗忙不迭地点头，过了会儿脸色一沉，又问道，"你这么好心？"

白头翁笑得更可亲了，撩起花白的长发，露出一张布满刀疤的脸，瞅瞅望舒，又瞅瞅爵微，两只眼睛被沟壑纵横的皱纹包裹出细密的深思，笑意一眼望不到头。

片刻后，他将头发散下来，继续遮住大半张脸，只是指了指爵微身后的少年："你们出去可以，里头的人就别带出去了。去了外头也只是一座小山丘，还要时不时受蛇虫鼠蚁打扰，不敌我这里安生。"

说话间，天地六合一片宁静。

十六层无间狱已成一抔黄土。

白头翁拎起茶壶，将水满上，上好的雪山毛尖被热水冲出了杯盏，溢出一室香气。老翁的声音缭绕在水雾之中，低浅而深："鱼游于沸鼎之中，燕巢于飞幕之上。此次出去莫要再来，否则天机之阁，亦是一潭死水。"

水雾中，白头翁渐渐模糊，只余手边一道虚化的门和一位领路相送的仆人。

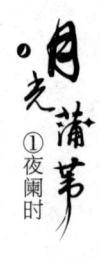

那仆人竖着一条狐狸长尾,目光略显呆滞,看了他们一眼,便低下头去,在前面领路。

望舒总觉得这人有些熟悉,一时间却又想不起来在哪里见过他。

穿过门是一条狭长的甬道,好像先前在兵器室的回形甬道,三绕四绕,便看到了光。望舒回想起先前种种,意识到整个瓠犀酒楼都是一个八卦阵,只不过这是一个立体的八卦阵,被先人用五行术数隔开了空间,使得上下穿行都是无形的屏障。而在每个楼层之间,又以幻术制造了不同情境,让人分不清是在暗无天日的牢狱之中,还是在一道屏障外得见天光的茶室。

综观全局,其实瓠犀酒楼的每一层,每一间房,都是八卦阵中的一个机械零件,牵一发而动全身。难怪这么多年下来,没有一人敢擅自乱闯无间狱,不是因为他们闯不得,而是它的存在,本身就是一个死局。

如同被摧毁的十六层一样,是个终将同归于尽的死局。

那么,为什么那位白头翁可以救他们?又可以随意送他们出去?

望舒想来想去,只有一种可能。

熟知瓠犀酒楼的格局,能够将五行术法用到出神入化的地步,可以在生死一线扭转乾坤,想必只有建造这座楼的先人才可以做到了。

那么,他又为什么要救他们?

仆人送到微光渐亮处停了脚步,恭恭敬敬地朝他们行了一礼,狐狸尾巴翘在身后。

望舒转念想起这一幕,有了印象:"你……你是佩方仙君?你还记得我吗?三千年前,你去过长庚岛找我阿爹,我阿爹就是星宿长元仙君。"

那仆人迷茫地看了她一眼,摇摇头:"我是谁?我不记得了,我不知道我是谁,我究竟是谁?我不知道……别问我,我没看过那幅画,我不知道在哪里。"

他宛如痴傻般自言自语了几句,捶捶脑袋,似乎陷进了死循环。

临回身前,他朝爵微作了一揖,面无表情地复述:"我家主人让我捎句话给上神,鱼游于沸鼎之中,燕巢于飞幕之上。蓬莱大势难辨,孰是鱼孰是燕,孰是沸鼎和飞幕尚且不知,改朝换代不无可能,还望诸位珍重。"

话音未落,这仆人就消失不见了。

长长的甬道也变成虚像。

泰斗生怕又出岔子,往前大迈一步,又急急刹住脚。抬头张望,风从八方来,他们已在瓠犀酒楼外,再往前一步就是万丈悬崖了。

远远地,似还能听见丰禾城中的鼓乐之声,高山流水,余音绕梁。想来蓬莱众人安于享乐已成大势,素来只知"半醒半醉日复日,花落花开年复年。但愿老死花酒间,不愿鞠躬车马前",却不知四面楚歌,山雨欲来风满楼。

望舒忽然想起黄土妖给她传的消息——瓠犀酒楼百年以内,必然倾覆。

孰真孰假,倏忽明了,届时三川四海又将重来,那无以登顶的天机阁也该揭开神秘的面纱了吧?

这般一想,沉郁之气如抽丝剥茧般从四肢抽离,左不过还有百年,且走且看吧。

她望向身边这位上古之神,后者竟难得有几分春风化雨的温和,似同她所想一般无二,似又毫不在意,总之他眉眼微微一展,九州大地都落到他身后去了。

你问上个时代那些人的阵仗?

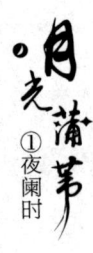

这等恣意风流,还称不上千万人难敌的阵仗?

望舒心中热流滚滚,思绪几变,这一趟来瓠犀酒楼,见识又多几分。鼻间一动,轻笑了声,暗道萧演那厮又算什么。

爵微忍俊不禁,朝她虚做一个手势,唇角噙着浅笑:"走吧,我送你回长庚岛。"

第七章 冬日烈焰，夏日初雪

　　一深一浅，两道青衣。
　　在瓠犀酒楼变幻莫测的百年间，他们似乎达成了某种不可言说的默契。

　　望舒曾听星宿君提起过当年的酒神之战，也看过九州秘闻录，在录事君的藏阁偷偷背过许多史料，对死灵城是有了解的。
　　想起镜君和那白头翁的提醒，以及她在十六层亲眼所见，便不难猜想他与梭罗子此行的目的。原来真的有那么一群家伙，试图解除封印，改变蓬莱的格局，建立自己的帝国。
　　原来他突然归来，是因为他们。
　　"想什么？"
　　望舒愣怔了一会儿，抬头看他："上神，当年酒神之战，你与其余三神合力才将死灵城镇压，现如今……"
　　"现如今担心我一己之力，压它不得？"爵微唇角往上，忽地抬起手臂，又顿了顿，还是屈指敲了敲她的头，"你未免心思过重，这些都与你无关。"
　　他方才还在想，先前在十六层险些罹难时她那句话的意思，是为了表忠心，还是要叫他另眼相看的又一举措，或者可能有那么一两分真心？

如今想来，若论心思缜密，深藏不露，他怎敌她半分？论攻心之计，他又能猜对几分？也罢，多想无益，免得自作多情，闹了笑话。

"死灵城于九千年前的蓬莱而言，是一个兵临城下又突然退兵的梦魇，并未真正伤到蓬莱人分毫，所以他们耽于享乐，没有危机意识。可是你，又太过风声鹤唳，太过在意长庚岛那巴掌大的小地方。"

望舒努努嘴，话到嘴边又咽了下去，似乎不愿意与他争辩。

"我知道你在想什么，你心里定然是在与我叫板，要告诉我你在意的根本不是长庚岛，而是长元仙君，对吗？"

望舒抬头，目光清明，没有狡辩。她摘了一朵小黄花拿在手上，甩来甩去，过了会儿还是狡辩道："……我没有你说的那样无情，我也在意黔公，在意门前的茶梅树，在意后山的雪骊姐，还……还有帝君。"

"周臣？你似乎与他走得很近？"

望舒浅笑了声："嗯，帝君待我很好。"

爵微敛下眼眸，轻轻地哼了声，笑意未达眼底便散了。

他们回到长庚岛，连唤几声没有得到黔公的回应，望舒心下一沉，知道出事了。

她这趟去瓠犀酒楼，离开长庚岛十日有余，料想到长元仙君定然会发病，却没有想到他病得那般严重。

院子里一片狼藉，黔公被打昏在廊下。

茶梅精方槐见她回来，从地底下钻出来，哭得梨花带雨："小主人，你终于回来了，你快看看长元仙君吧，他这回真是疯了，险些杀了黔公。你瞅瞅这些茶梅树，都叫他砍得七零八落了，要不是我跑得快，我……我也……"

望舒没听完就大步朝里屋跑。

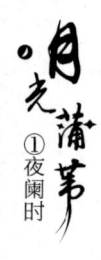

方槐又道:"长元仙君他……他方才去后山了,我瞧着他是冲帝君拼命去了。"

望舒脚步一停,又赶忙朝后山跑。穿过一大片荷塘时,被身后突然而来的一截绀青色衣角包裹,还未看清,便叫人攥住了手臂,虚拢在怀中。

她抬头望,依稀还是瞧见一截漂亮的下巴。

"抓紧我,我携你上去。"他的声音又变作先前的清冷,淡淡的,没有丝毫感情。

望舒心急如焚,说不出话来。

往日她沿天梯一步步走上后山,少说也要一炷香的时间,此番却是须臾之事。顾不得多谢,衣摆方方落下,她就推开禅居的院门,埋头朝里面冲,冷不丁撞进一人怀中,嗅到一阵清茶香,听得一声温柔浅笑,脚步硬生生停住。

"别急,长元仙君已经没事了。"

望舒心下顿松,来不及细细望一眼这位多日不见,不知何时出关的帝君大人,匆匆颔首示意,就朝着长元仙君走去。

长元坐在廊下的小木扎上,睁着一双大眼睛,眼底尽是迷离,面上痴痴傻傻地笑着,摇头晃脑冲她做鬼脸。

望舒没忍住鼻头一酸,眼眶倏地红了。

她走过去蹲在长元仙君面前,轻声喊道:"阿爹,我是小藕啊。"

"小藕?小藕啊,你是我的小藕!"长元仙君激动地拉住她的手,眉宇间又有几抹紧张的神色,"小藕小藕,你去哪儿了?我找你多日,还以为你不要我了。"

"不会,怎么会……小藕怎么会不要阿爹?"

"嗯。"长元仙君重重点头,笑嘻嘻地靠在她肩上,"我就知道小藕不会不要我的,小藕最喜欢阿爹了。"

望舒柔柔一笑,替他整理好乱七八糟的发丝:"阿爹,我们先回家,好不好?"

长元仙君闹腾了一阵,也有些累了,眼皮子不停打架,嗫嚅了一声答应下来。

望舒便背过身蹲下来,拉住他的手臂环绕在胸前,双手一托,咬着牙将他揽到背上。这事她做了很多年,背习惯了,也不放心让别人背。

她生得瘦小,背着长元仙君好似小蚂蚁背大树,一步一蹒跚,走得摇摇晃晃。

到门边时,爵微顺手帮她托了一把,她笑了笑,再多的帮助就不肯要了。倒是长元仙君还未熟睡,见她停顿了片刻,睁开眼瞅了爵微一眼,用鼻子哼了声,若有若无地嘟哝了句:"姳贞,你要听话,别喜欢他。"

爵微脊背一僵,顿时如遭雷击。

望舒也是愣住,咬着牙解释:"阿爹,我是小藕。"

"不是的,你是姳贞,你是姳贞!"

长元仙君突然又生癫狂,翻手一掌,直将望舒打落山下。爵微离得近,飞身追上,长臂一捞,将她重新带了回来。

"姳贞,姳贞你在哪里?"

长元尚还痴傻不知,顾自迎风展开双臂,放声大笑:"姳贞,我知道你已经回来了,三千年前你就已经回来了!那你为何……为何迟迟不肯来见我?"

整个山顶皆是他的笑声。

"姳贞……姳贞,你来见见我好不好?"

他癫狂至极,突然双眼一闭,血溅当场。

望舒赶紧从爵微怀中挣脱,脚下不稳,摔了一跤。她起先在瓠犀酒楼就受了伤,此番又被一掌重击,一个猛摔,忍了又忍,仍没忍住上涌的血腥气。满嘴落了红,衬得她一张脸越发苍白,往日藏在眉眼间的那股子气性也弱了。

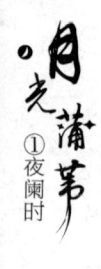

　　爵微上前,她强撑着一口气抓着他的衣襟,苦苦哀求:"上神,救救我阿爹……求你了,救救他吧。"

　　论修为,周臣比爵微差不了太多。

　　可长元仙君病重的这些年,她却从来没有向他求助过。一来她知道周臣常需闭关来调养身子,或可能有心无力。二来她私心里不想让他们之间的关系,添上一笔还不清的恩怨债。

　　可是爵微呢?

　　从猜到他已经归来的那一刻起,她就已经欠着他了吧?

　　所以望舒后来明白了,潮起潮落,云卷云舒,都是自然规律,包括一个人的离去和归来,都是碾在尘土里未归根的落叶。

　　谁欠了谁,都会还的。

　　华井原先还在家中养一株新生的活香草,刚刚将小绿苗细溜溜的根茎扶正,便听见前院里三声急喊,说是长元仙君不行了。

　　他后背一寒,拎起药箱腾云而去。

　　到了长庚岛,见爵微和周臣在门前说话,脚步一轻,神色渐缓,溜达着朝那边踱去。

　　周臣心性豁达,一心向禅,这些年一直隐于市井。

　　酒神之战时,他都不曾出面。若不是后来四神相继重生,九重蓬莱无人做主,他也不会出世,当上那有名无实的帝君。虽说坐拥着九天最极致的风月,但事实上,他还是当年那个不问世事,不饮酒食荤,规规矩矩如惊堂之木的修禅人。

　　可说到底,在其位谋其政,真一概不理也是不可能的,否则蓬莱那说不出道不明的规矩和界限又来自何处?

　　他与爵微相交已久,彼此深知对方的为人。

　　从酒神代的烽鼓不息到羲和代的太平盛世,他们之间早有默契,这份默契忠守于蓬莱稳定的大局之下,早在周臣去录事君的藏阁之前，早在爵微归来之前。

两个人说了会儿话，一抬头见华井就在门前溜达，却不往里面走，不禁相视一笑。

"你来长庚岛还摆架子？莫不是要我为你领路？"爵微上前一步。

"我瞧着你俩还有闲情逸致在这里看风景，便晓得长元仙君一时半会儿死不了，索性就再等一等，免得此番过去，偷听到什么不好的，惹上麻烦。"华井浅哼一声，将药箱绕在手里，提着走过来，"怎么？你刚出关？"

他望一眼周臣，眉眼泛青，唇色苦白，手疾眼快地捞起他的手腕，搭脉听了会儿又放下："你呀你呀，闭关的时候分神最容易走火入魔了，是不是又想着蓬莱的大小事？以后谁还要说你不闻不问的，让他来找我！啧，假逍遥。"

周臣也不说话，颔首轻笑了声。

"最近这是怎么了？蓬莱还没开战，你们一个个就大势已去的样子！连你也是，莫非是遇见了难缠的事，难缠的人？听说此番瓠犀酒楼闹了场大笑话，鉴宝大会变成夺宝大会，王邢笑的珍藏险些去掉大半？"华井瞅瞅爵微，拎起他的衣袖闻了闻，嗅到一阵浓重的血腥气，没忍住掩了掩鼻。

"你怎么知道？"

"丰禾城都传遍了，昨儿个我去红楼喝了杯小酒，顺道听来的。"

"还听来什么？"

"王邢笑拿鉴宝大会当幌子，忽悠萧演，将他诓骗进了瓠犀酒楼不说，还早早给他布下了天罗地网，听说是以火断路，将其困在什么兵器室三天三夜不得出吧？与传说中的火麒麟对阵数十场……最后萧演腿折了，勉勉强强捡回一条命，现如今正躲在家中养伤，闭门不见外客。嘿，真是偷鸡不成蚀把米。"

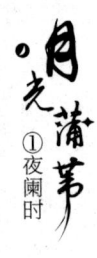

华井扬眉吹了声口哨,三个人自是心照不宣。

走到屋内,长元仙君正闭目躺在长榻上,呼吸平和,微不可闻。华井凑近一看,简直吓了一跳,抚着胸口问:"望舒呢?"

"她也受了伤,在阁楼上小憩。"

华井点点头:"那就好,叫她看见长元仙君这副鬼样子,不得同我拼命?"

他长长一声叹息,掀起衣角坐下,从药箱里拿出银针,端详长元仙君这张脸,左看右看,难以下针,没忍住又是一声长叹。

照理说,长元仙君是蓬莱修为上乘的大仙,哪怕受心魔折磨,也不应当落得这般凄惨下场。

他依稀还能记起当年长元主持蓬莱大局时意气风发的模样,谁能想一夕之间就风华尽退,整个人像是深秋的寒霜里剥下来的一层老树皮,苍老嶙峋,正在消耗着身体里最后的浆汁,等待枯竭。

天寒起风,不得入夜就凉了。

华井回头望了一眼床榻上的人,摇摇头,低声说:"我只能尽力。"

爵微不懂药理,由着他二人赶回司医局,连夜相商治疗良策,他则留下来等长元醒来。身上还带着血腥气,他唯恐刺激到长元仙君,跟着方槐去到一处偏房换衣裳,回来时天色已沉,秋风狂扫一地落叶。

廊下摆着的几只竹箩筐都被吹倒了,横七竖八地倒在那里。

望舒不知何时熬了药,药炉煮得"扑通扑通"一直响她都没察觉。他将火熄了,才发现里面的药都熬干了。

他走得近了,她依旧没有察觉,坐在门槛上,半边身子躲在屋里的暗光中,半边身子敞在劲风里,多厚的衣裳都被吹成了一股绳,包裹着她瘦削的身子,像根瘦巴巴的绿竹竿撑在粗麻花绳上。

她把头埋着，谁也不知道她在想什么。

"华井说的你都听到了？"

听到响声，望舒干瞪着眼睛看了看他，然后转开视线。

见她不理会，他走进屋里将蜡烛点上，合上门挡住穿堂风，又站在廊下守了她一阵，这才说道："这几日你也辛苦了，早些休息，明日我再过来。"

她还是望着远处，目光没有焦点，唇瓣有些发干，翻出了些白屑。嘴巴一张，她的声音喑哑干涩："……阿爹将我错认为月光神。"

她说得很慢："其实这些年，他每每犯病，都要将我认错的，让我千万不要喜欢你。"

"你说这话是何意？"

"上神，我……"

"你别说了。"

爵微打断她，拧眉看了她一阵，猜不出她想做什么，亦有几分不敢猜。忽地转身，大步离去。

他走了很远，望舒才意识到什么，裹着胸前被风吹得鼓鼓的衣裳哆嗦了下，随后跑回屋里，用罩子护着烛火追出去。远远地看见那道身影忽然又停住了，在星光璀璨的云端缓慢转过头来。

"上神，我……"

"你知道长元这般活着其实已无意义，我再强行为他续命怕也不是他需要的，更何况连华井都束手无策，我又怎可能救得了他？你何必……"

"我需要！是我需要的。"她急声打断他，胸口一阵起伏，又缓缓恢复平静，只余下喃喃，"我不能没有他，我需要阿爹活着。"

"为什么？"

"阿爹是我唯一的亲人。"

爵微哑然了一阵，终究还是只字未提。

曾见过她因长元仙君而生出的戒备、杀意、费尽思量和无所畏惧，也明白即使是取了她的性命，只要能救长元，她也甘之如饴。

究竟是为什么，能让她对并不是骨肉至亲的长元仙君如此看重？

望舒看他迟疑，料想他不会再严词拒绝，伏低身子将烛火照在他脚下："上神，我送你回去吧。"

他深深看了她一眼，依旧没说话，却好像默认了她这番讨好意味分明的作为，任由她跟着。偶有几个瞬间，他用眼角余光瞥见她的身影，弓着背，弯着腰，一直在离他不远不近的位置，恭谨有加，又有几分疏离。

她的脸颊映在烛光中，白皙细腻的皮肤被衬得好像能挤出水来，眼睛干净纯粹，想要的和不想要的都太一目了然。

这场景太相似了，这人也太相似了。

他强迫自己转过头去，目不斜视地看着前方。临到南珠流光上空，他将肩上的裘衣解下来，犹豫了一瞬递到她手中。

"拿着御寒，快些回去吧，长元仙君那边我会想办法，不过你也要做好心理准备，我只能……尽力而为。"

"多谢上神。"

她扬起头，因为莫名的欣喜，整张脸都变得生动灵活起来，和她平日里表现出的老成大相径庭。

他忽然心念一动，想起当年因他松口得以去刺文楼的姞贞，也是如今这副模样，高兴了也不见得笑得多开心，只是眉眼会展开来，不再绷着，眼睛里柔柔的，会发亮，会闪出光，像寒夜里一抹月华，像沙漠里一摊浅水。

他凝视着她，目光温和："你这般看着才像是几千岁的丫头，好了，快回去吧……"

南珠流光和长庚岛一北一南相距甚远，可这样往返来回，望舒却一点儿也不觉得累。她高高兴兴地回去，给长元仙君重新煮了药，将他唤醒，哄着他喝下去，然后守在床边看着他睡着。

她想起小时候为了将她养成，阿爹总是日夜不休地睡在荷塘边上，稍有风声便会惊醒，然后看一眼依旧肉身堪忧的她，担心得一整夜合不上眼。她勉强能将灵气和莲藕相接时，他高兴了足足半个月，拿出许多珍藏的好酒，大摆宴席邀请蓬莱众仙，逢人就说他家女儿初长成了。

那时紫华君与他来往最为密切，常瞅着荷塘里四不像的她皱眉头，阿爹每回见了都要赶他走，大骂他晦气。紫华君哭笑不得，只得好话谎话赔着，将她夸到四海八荒去，这才能逗乐长元仙君。

后来有一日她突然长大成人，变成一个俏生生的小娃娃，阿爹却偷偷抹了眼泪。从那之后，他就经常一个人躲起来，或是与黔公唠叨，每每醉酒总说自己福分薄，今后不能常伴于她身侧。

当时她并不懂阿爹为什么会说那样的话，只是每回听见都很不高兴，会从后头跑过去，抱住他的胳膊小声撒娇："阿爹，你老糊涂了，又瞎说……"

他佯装恼怒："怎么总偷听阿爹说话？"

"谁偷听了？你说得这般大声，我在外头都听见啦。"

"阿爹，你以后别喝酒了，好不好？"

"看你眼睛红的，是风沙进眼了吧？来，小藕给你吹吹。"

……

数千年轮，日月如梭，弹指之间。

往年她不懂，现在她懂了，什么样的人才会在自己尚且龙马精神的时候，就预料到死期？

只有存心想死的人吧。

静谧的夜，最后这屋子里只剩下几声虚弱的喘息："阿爹，我

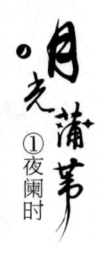

今天又骗南珠侯了,我骗他你常常将我错认为月光神。你从小照看我,知道我与她有多不同,我怎么可能是她呢,对不对?我求求你了,别离开我,好不好?"

……

这世上原本并没有孤独,与人隔阂久了,倒把囹圄当成庇护,这才有了孤独。

望舒不知道自己在等待什么,一夜未眠,第二日黎明乍现微光时就出了门,开始煮茶、熬药、擦洗回廊、整理书架,站在长庚岛最高的地方看着远处,直到那抹熟悉的绀青色衣角飘入视线,她高兴得不知所措,反应一阵后才提着衣角匆匆迎上去。

与爵微一同来的还有华井,他远远打量她一眼,便知她一宿没睡。离得近了,他抢先凑到她面前,勾着她的肩嗅了一阵:"小丫头浑身脏臭,多日不曾梳洗了吧?"

望舒面色一僵,悄悄屏住呼吸。

华井大笑:"好啦,我这回给你带了良药过来,你且放一百颗心吧。先回去梳洗,我与爵微在廊下等你,慢慢来,不用着急。"

"好……好。"她大喜过望,转过头一路跑进阁楼,换下厚重的青衣,拧出一条干毛巾擦了擦脸。听见声音推开窗户,她忽地一愣,半晌后莞尔一笑。

不知何时,庭院里又多几人。

梭罗子冲她挤眉弄眼:"几日不见,小女娃越发娇俏。"

雪骊嗔骂道:"你这张嘴真真是抹了蜜糖,谁尝谁甜。警告你啊,不许调戏我家小藕。"

"岂敢岂敢,这可是能召唤修罗的小女娃,小仙讨好还来不及。"说罢便斜瞄了眼身旁的修罗,后者依旧不苟言笑,只是在撞见他的目光时,硬生生地挤出了一丝笑容,比不笑还难看。

望舒合上窗户,好似还没回过神来,机械般用毛巾再擦了遍脸,已经冷了。隔着一扇窗,她依稀还能听见下面谈笑的声音,忽然间心房软成一摊水。

她迫不及待地换好衣裳，重新跑下去，见长元仙君也醒来了，难得有几分精气神，坐在回廊下被几人包围着，不知在说什么，脸上笑盈盈的。

雪骊递过去一盏茶，他捧着闻了片刻，赞道："好茶，好香。"

望舒脚步一顿，想上前又停住，过了会儿背过身去，抹了抹眼睛。

爵微眼角余光瞥见一抹青影，抬头望去，神色一怔，从众人之间退出来，跟着青影一路到后院，见她蹲在荷塘边上发呆，步子放轻，缓缓踱过去。

"在这里做什么？"

望舒没有察觉，眼睫上还挂着泪珠，慌忙擦了擦，直起身来："阿爹已经很久没有这么开心过了，是你将他们叫来的吗？"

"我只是让泰斗去瓠犀酒楼叫他们回来，却不知泰斗是怎么传话的，将他们都叫来了这里。"

望舒想到那位话痨，没忍住轻笑了声，以他的情智，传错话也是极有可能的。不过她心里很感谢刚刚那一刻，那一刻带给她无尽希望和感动。

她浅浅笑道："你们方才在商量下一步的计划？"

"有何高见？"爵微负手身后，朝她微抬下巴，一副要受她指教的谦虚模样。

望舒心里漾起一丝甜，连带着笑容都变得温柔几分。

"梭罗子大仙搭桥之举，引发了鉴宝大会，使得雪山君元气大伤。照理说，这个时候从澄云岛下手，趁着雪山君还在养伤自顾不暇，实施一些计划是最为合适的，但是……"

爵微微微眯眼，从高处看她。

"但是依我拙见,瘦死的骆驼比马大,雪山君风声鹤唳必当行事小心,再不济还有数百门生当前,其中有没有绝顶高手都很难说。可王娘子就不一样了,她此时最为得意,若是出其不意,或许能攻其不备。"

"……继续。"

"但是王娘子这人生性狡诈多疑,要对她下手须得先做一手准备,博取她的信任。"

"如何博取?"爵微掀起唇角。

"声东击西。"

梭罗子手下美姬无数,各有本事,趁萧演养伤期间,假扮成王邢笑的人伺机引诱其门生,佯装对澄云岛有了想法。另一面王邢笑也不知梭罗子是打着她的旗号过去的,总之是要对萧演不利,就正中她下怀,高兴都还来不及。

这个时候便是攻其不备的最佳时机,梭罗子大仙即刻拨另一批人马,趁王邢笑正得意,假扮成雪山君的人对其发起攻击。

这件事里虽然两边都是梭罗子的人,但都打着王娘子和雪山君的旗号,不只落了好处,明面上还留住了名声。事后萧演与王邢笑一寻思就能摸清楚里头的门道,可到那时已经晚了。

爵微听她这一席话,半晌没回过神来。及至荷塘中拂来一阵冷风,才叫他倏忽间轻笑出声,细细看她一眼,这一眼又有不同。

"难怪秦昭雪会与你论道,你的确冰雪聪明。"他淡淡一笑,随即又道,"声东击西是良策,不过要叫梭罗子在里面浑水摸鱼,他怕是会嫌身上痒。"

"为何?"

"瓠犀酒楼已经摸了趟鱼,这要再摸一次,以他那心性恐怕坐不住。你这计策我会转告于他,究竟如何实施还要看他。"

"有上神你在,梭罗子大仙如何都会坐得住。"

她这话一出，倒是有些意思了。

他从未和她提起过蓬莱诸事，但他知道这些都瞒不了她，她能同周臣亲近无间，能与秦昭雪论道，能与雪骊畅谈酒神代那些事，能为久病的长元仙君续命到今日……她还有什么做不到，想不到的？

她应该早就猜到，他与梭罗子合起伙来了。

爵微细细回味，不禁失笑："……不了，这一回得由着他了，近来可能会有些其他事要做，会力不从心。"

望舒心下默然，能让他力不从心的定然是一桩大事了。也没细问，忽然想起什么，说道："对了，丰禾城明面上是上驷大人主掌，但他为人耳根子极软，怕是早已成为王娘子的裙下之臣。梭罗子大仙若要想办法对付王娘子，不妨从上驷大人这里着手，应当会有不错的收获。"

"裙下之臣？你听谁说的？"

"我……"望舒哑然，耳根微热，"都……都是丰禾城的小妖怪瞎说的。"

爵微眼底似有玩味："那些小妖还同你说这些？"

"……"望舒低着头，晃了晃脑袋，闷不吭声。

过了会儿，他递过来一只盒子，将话题转移："这是给你的药。"

"我的？"

"华井同我提过你的内伤，也需要好生休养，伤筋动骨事小，损伤心脉事大，长元发起病来下手没有轻重，你这身子骨恐怕支撑不住。这是帝将曾给我的护心丹，仅此一颗，你吃了吧。"

望舒伸手接过檀木盒子，细细打量，盒面上的图案是蒲苇，雕刻之人技艺纯熟，将蒲苇刻得栩栩如生。她一刹那想起那尘封已久的蒲苇图，想到那是月光神的遗物，忽然间神色黯淡了几分。

她盖上盒子，妥帖地收入袖中，又问："这个可以救我阿爹

吗?"

"你这话还真是同华井猜测的一模一样,当日他给你的活血草可还在?"

"在……在的。"

"长元是心病,药石罔效,这些对他起不了什么作用。"顿了顿,他似乎还是很不放心,微蹙眉头,"你还是当着我的面吃下去吧。"

望舒心下不愿,她能感受到近来心脉越来越弱,但也没到需要服用救命丹的地步,本想偷偷给阿爹用,没想到叫他看穿了。眼下万事都还需要讨好他,她实在不敢与之对着来,迟疑了片刻,还是把药盒打开来,取出护心丹含在嘴里。

一阵凉意突然从胸腔处蹿开来,很快游离至全身,她安静地等待了会儿,身上的疼痛感果然减轻了,整个身子都好像轻盈了些。

她轻声问:"上神,这药好神奇,我突然觉得四肢都有力气了。"

"那就好,接下来长元仙君需要有人日夜守在身旁,你须得留足精神。"

望舒抬眉,细细一想,忽然神色变了。

待回到廊下,经由华井一番解释,她才肯承认原来唯一可以救长元仙君的办法,真的只剩"神魂假离"了。此法她有所耳闻,需得内修深厚的人逼出元神,进入另外一个人的身体,强行为之护养幽精以及七魄。

道家谓人有三魂:一曰胎光,二曰爽灵,三曰幽精。幽精主灾衰,断一切情事,又为欲神。

道家谓人有七魄,各有名目。第一魄名尸狗,第二魄名伏矢,第三魄名雀阴,第四魄名吞贼,第五魄名非毒,第六魄名除秽,第七魄名臭肺,分别主喜、怒、哀、惧、爱、恶、欲。

长元仙君幽精堪灭，易喜易怒，对情执念过深，药石对他的身体无用，这是唯一的办法。但此法危险性极大，且不说幽精能不能护养得当，光是施救人强离元神就要大损元气。

　　也就是说，这般进一次他的身体，爵微的修为必将损耗过半。

　　……

　　望舒心下隐隐作痛，咬住唇。

　　原来他所说可能力不从心的事，竟是要用"神魂假离"之法救长元仙君。她承认，就在昨日听见华井说只能尽力而为时，她曾动过那样卑劣的念头，曾一再骗他，强行套上与月光神的关系，想以此换取他一点点的温柔……当时的他，似乎有过那么刹那的动情。

　　所以他才会愿意耗损修为救长元？

　　望舒不敢往深想，端看这几个人面色凝重的模样，便知此法有多冒险。为了一个一心向死的人，这么做真的值得吗？

　　她茫然四顾，心慌意乱，不知所措，忽地拎起裙摆，在众人的注视下一路小跑了出去，只留一句："不要跟来。"

　　望舒去找了录事君秦昭雪。

　　这位蓬莱前无古人后无来者的大智之才正在家中准备沐浴的花瓣，来去除身上的异味，见到她在门前徘徊也不惊讶，大手一招，唤她进来："怎么这个时间来找我？你应当晓得我的习惯，我只给你五句话的时间。"

　　他古怪脾气上头，谁的面子也不给，往汤池里撒了把药材，拍拍手走出来，与她并肩走向藏阁。

　　望舒心里盘算着五句话的内容，率先问出一句："神魂假离是上古用法，可有成功的先例？"

　　"不曾。"

　　"那施救者会有可能遭被救者其余二魂反噬吗？"

　　"如果被救者其余二魂旺盛，能够预感到侵入，会强烈反扑。

换句话说,施救者极有可能遭到反噬。"

望舒心下一凛,手指绞在一起,张张嘴:"那……那此法……"

"我提醒你,三句话已然没了。"

她赶紧捂住嘴,皱着眉头,想与他辩论刚才那一句分明并未问出,但又想到如果辩论,她即将又失去一句话的机会。

望舒心乱如麻,跟着秦昭雪走进藏阁。往日这里的一桌一椅,香案乃至一烛灯芯,她都是熟悉的,可眼下全然没有追忆过去的心情。

她想了又想,声音忽沉几分,有些破釜沉舟的意味在里面。

"我阿爹究竟是个什么样的人?"

秦昭雪愣了一瞬反笑,意味深长地哼了声:"你这小女娃,枉费七窍玲珑心,竟是来了我这藏阁数次,却没有一回找找有关你阿爹的记载?你心里在怕什么?"

她不说话,咬紧牙关。

秦昭雪走到一排书架前,上下望望,抽出几本典籍扔到她怀里,转头见她一双细眉还皱着,便大发善心地说了几句。

"长元仙君是个正人君子,我说他君子,那便是真君子,未曾做过什么鸡鸣狗盗、欺师灭祖之事,想来也没有碰过横刀夺爱、背信弃义的底线。"

话说一半,他觑了眼望舒,见她眉头皱得更紧,忽而一笑:"原来外界所传不虚,长元仙君果真对你这个半道上捡回来的女儿十分喜爱,竟连他生平唯一丑事都说给你听了。"

这世上有一种人,光是靠察言观色就能诛心,秦昭雪就是其一。

他有大智之才,纵横蓬莱上下不只是靠一张铁嘴,一身才学,更有一颗慧心,一双火眼。

他不爱同人绕弯子，有什么自然就直说了。

"长元仙君前身是麟，仁兽，最是看重礼义廉耻，做出星点逾矩的事就要浑身不舒坦，一生为其所累。当年西海鲛人闹事，北荒异兽突起，他曾因护军西行不慎进入迷障森林，失去方向耽误战情，而一举卸下全部军功，拒不受封加阶，也因此令南珠侯对他另眼相看。"

秦昭雪话锋一转，哼笑了声："可这份另眼相看也不是谁都消受得起，长元有幸与四神相交，却也因此跌进了恩义两难的深渊里。他因醉酒，亲手杀害刺文楼楼主，逼得月光神沉睡沧江，犯下如此大罪，以他那仁礼至孝的心性，当时就该一死了。他活到今日，强撑着一口气，是因为还有心愿未了。"

秦昭雪又抽出几卷竹简甩给她，简单概之："小女娃，将来你还要同我论道，今日我便同你说句不好听的大实话，长元仙君逃不过'情'字一劫，终有一死，心愿达成之日，就是他撒手人寰之时。"

望舒浑身僵硬，神色也冷了几分，她勉力抱着这些卷册，移开视线。

"怎的，话不好听？良药苦口啊。不过你还有一问，想好这最后一个问题，好生问道问道，也许能从我嘴中得到你想要的答案，也好成全了你那明知不可为而为之的卑劣之心。"

她手臂忽然一软，书散了一地，也顾不得去捡，呆呆地看着秦昭雪。

"你心里早有答案了吧？不管我说什么，你都会试一试神魂假离之法，但是你又心怀几分愧疚和难堪，不敢直面自己，所以才来找老头子，想要我来帮你做这决定，是与不是？"

望舒心下更是难堪，蹲下身来，把头埋得低低的。

秦昭雪见她那细窄的肩头止不住地颤抖，一向心冷如铁的人竟难得叹了口气，收起了大实话，再次好意提醒她："刚刚那句算我

赠给你的,你还有最后一个问题。"

她不吭声。

秦昭雪转身即走,到了门边又回头看。屋内光线晦暗,排排书架规矩呆板,没有一丝人情气,远远望那一眼,只觉书海沉沉,而她立在旁边,莫名乖巧,难得的是通体灵动,如空谷幽兰,平白给他这藏阁添了一笔烟火。

她朝他望了眼,他便止住了脚步,等她这一问:"当年萧演闻达诸侯,险些与你齐名。你不曾提携,还逼得他走上歪路,可曾有过后悔?"

"呵……"秦昭雪眉眼一松,面朝苍山云海笑了又笑,"小女娃,你果真绝顶聪明,这一问真叫我自叹弗如。我便说后悔,也已成定局,但你尚且不知将来,还有初生牛犊不怕虎的勇劲和那任性妄为的资本。我便给你七个字,当时只道是寻常……你自己慢慢想去吧。"

当年他打压萧演,难道真的只为"无双少年,智绝鬼才"的虚名?

而今她剑走偏锋,要令南珠侯舍身救长元,又可曾想过将来蓬莱的四方安定?

当时只道是寻常。

然一切寻常物,都无回头时。

……

望舒一步步走回长庚岛,想了一路,及至苍梧树洞前,远远瞧见梭罗子与爵微在树下对谈,尚未归去。

月影婆娑,剪裁出两道颀长的身影,配合寂静无声的夜,演出一秋冷清。

她的脚步莫名顿了顿,唇边还是苦涩滋味。即要换条小道,却突然听见一个熟悉的名字，不得不转过身来。因她这一转身，脚下的落叶发出几声簌簌的颤抖，扰了那二位，纷纷朝此处递来探寻的目光。

她只得硬着头皮走过去，到了近前，梭罗子率先笑道："小女娃这一夜去了何处？都没看到好戏。"

"好戏？"

"还要多亏你那一计良策。"梭罗子拂了拂衣袖，眉眼间颇有几分豪爽，"昨日晌午按照你的授意，我来了个声东击西，你可知怎的？萧演这一伤，他底下那些门生多少也有些蠢蠢欲动，竟与我不谋而合，都动起澄云岛的心思。我那女婢使了一招美人计，令得其下一位门生偷摸着进了萧演的密室，不小心闯入他布下的阵法中。那门生也是小有本事，知道自己逃脱不过，索性连他的密室一起毁了。

萧演大怒，清查内府，闹得整个澄云岛上下鸡犬不宁。入夜，王娘子在上驷大人小院里畅饮，上驷要得手好嘴皮，哄得她云里来雾里去，甜到心坎。王邢笑见他这么多年没有功劳也有苦劳，对她也甚是忠心，心一软，就将丰禾城金库的钥匙交给他了。我派去的人偷龙转凤，将钥匙换出来，早一步打开了金库大门，你猜里面有什么？"

梭罗子故意顿了顿，转而又是一声大笑。

晨光中，他的眉目晕染出一丝露水的清亮，当真是九州绝色。

而他身后的人，掩映在树影间，消的是寒夜的风霜，摆的是空前绝后的阵仗，一身清贵也没被梭罗子的美色压下去半分。

"呵，难怪王邢笑敢在瓠犀酒楼举办鉴宝大会，原来她手中的王牌不止一张两张。起先我以为瓠犀酒楼的稀世珍宝已经不胜枚举，谁料想真正绝无仅有的大乘之物都在那金库中，好比父神帐下军策书、天后发间凤血钗……啧啧，那可真叫人叹为观止。小女

娃,你有什么喜欢的,尽管说来,我都送你!"

梭罗子说了几句正经话,旋即又变得不正经起来,将她逗笑后,拊掌又道:"王娘子这招太厉害,料得最危险的地方最安全,谁能想丰禾城那不起眼的小金库里藏着这些玩意儿?不过有意思的还不止这点,我叫人清点宝物时,还发现一样东西。"

他卖了个关子,瞅瞅面前这两个人,将手伸到腰后,两边摸了摸,递出来一样东西。

望舒定睛一看,忽地皱眉。

其实那物件很普通,是一支翠竹削制而成的毛笔,末端以金丝相缠,足见一二分价值。要说多么凤毛麟角,是万万称不上的。

可就是这样普通的物件,她曾经见过。

梭罗子见他二人一头雾水,连连摇头,撑开头顶的树梢,令月光洒下,徐徐说道:"你们再仔细看一看。"

晨间最后一抹月华,端的是无比清亮。

望舒只消一眼,便看见笔端金丝线中浮现的三个字——月光神。

很显然,爵微也看见了,从梭罗子手中接过毛笔,神色晦暗不明,只余声线清清冷冷:"在金库找到的?"

"嗯,你且听我说,这是我将金库搬完后,从底下一堆白骨手里拿到的,原本也没当回事,心想着王邢笑收这玩意儿定然有其特别之处,便拿在手上把玩。一出那金库大门,对月寻思了阵,再仔细一看,哎哟,可不得了,这才发现了里面的玄机。我赶紧回到金库将那堆白骨也扒拉出来,里里外外收整了好几遍,却怎么都瞧不出更多的玄机了。"

梭罗子压下唇角,无可奈何。

爵微低眉望了他一眼。

梭罗子没沉住脸,扑哧一声笑了:"哎,还是兄弟你懂我,若是没查出来什么，哪能卖弄到你面前来？"

他左右看看，又道："虽说那堆白骨无从查证，不过我又一想，既然是月光神的毛笔，又是在丰禾城地界，莫非是有人从刺文楼带出来的？联想当日在瓠犀酒楼，雪骊同我说的一件事，嘿，我大概明白了。"

这么一来，三千年前刺文楼翻修的事又扯了出来。

雪骊一直在追查佩方的下落，不惜为他闯无间狱，谁料他却在那天机阁上。原以为此事无法转圜，谁知今日王邢笑的小金库被捣毁，梭罗子竟找到了月光神的遗物。

约莫那白骨就是当日去刺文楼粉刷的小仙，手上的毛笔许是偷偷藏起来的，也因此惹来了杀身之祸。

望舒联系前因后果，记起佩方临走前，长元仙君给他的一粒药，忽然明白所谓保命一说。他失去了记忆，便有了价值，想害他的人才没有直接下杀手，他因此能一直活到今日。

可是阿爹怎么会知道他将有危险？

望舒忽然有了几分猜测，顾不得与他们多说，疾步回到家里。

长元仙君一夜未睡，正在天井边看星星。见她归来，高兴地朝她招手："姥贞，你回来啦！你快来看，今天后山有好多星星。"

望舒放轻脚步，扬起笑容走过去："阿爹，你今天感觉怎么样？"

长元仙君晃晃脑袋，犹如三岁娃童："我很好呀，今天见了好多人，他们陪我玩，我好高兴，都睡不着。"

"那我有些事想问你，你告诉我，好不好？"

"嗯！"他重重点头。

望舒顺势在他旁边坐下，眼角余光中她瞥见落后一步到庭院的那两位，以及一直守在阁楼上等她的修罗，此番三个人都站在不远处。

第七章 冬日烈焰，夏日初雪

她深吸一口气，低声问道："阿爹，三千年前刺文楼翻修，那日你在家里接待了一位客人，你还记得他是谁吗？"

长元仙君用鼻子哼了声，噘着嘴说："记得，一只目无尊上的臭狐狸！"

"……那天你是在等他来吗？"

长元仙君歪着头想了想："那天我看见一道异光，我就知道你要回来啦……等了他好半天才过来寻我，这只死狐狸竟敢在我面前装腔作势，哼！"

"可是你怎么知道那异光就是月光神呢？"

她还想再问，长元仙君却突然闹了脾气，接连捶她几下，嚷嚷着困了想睡觉。她好生哄了一阵，才让他情绪平复。

忽然天边一道极光闪过，那极光色彩炫目，与当日刺文楼上空的异光十足相像。长元仙君双目圆瞪，连忙跳上天井，手舞足蹈地大叫道："姳贞，姳贞，我没忘记你的嘱托，守住刺文楼，总有一天你会归来……你看，我真的没忘，我哪里敢忘，我都记在心里了！"

他又哭又笑，没一会儿就累得睡着了，嘴里还念叨着零零碎碎的话。

望舒拼凑起来，大意是当年沧江地心火后，阿爹曾在刺文楼看见过月光神的最后一缕亡魂。她告诉他要守住刺文楼，总有一天，她会归来。

于是三千年前，刺文楼出现一道异光，佩方送来月光神在这世间最后的物件，长元仙君以为月光神复又归来，大喜过望，长久以来唯一支撑他活下去的信念得以松懈，余愿将了，一夜之间悲恸欲绝，华发顿生，尔后便在一日日的绝望中等待死期的来临。

如若没有月光神这一嘱托，他早该魂断刺文楼。

但也正因月光神这一嘱托，他这些年生不如死。

望舒一时间不知该说什么，突然对这个传说中的女子有了几分恨意，恨意之中又夹杂着难言的苦涩和感激。

她拖着一双灌铅般沉重的腿爬上阁楼，从书架顶上取出那只落灰的红漆盒子，端在手里望着。

谁能想到让蓬莱三股飓风欲争相得之的月光神遗物，能够封印死灵城的《亡灵之书》，竟会在她这一方小小的天地里，甚至都不曾多加几道锁？难怪修罗会说蓬莱起风的源头是她，其实应该是这盒子里的物件吧？

因念着是月光神的遗物，这些年来她从无怠慢，珍而重之地将其摆在床头柜上，时不时还捧下来，放在日光下晒一晒，但她一次都没有再打开过。

说不准是顾及阿爹和月光神的关系，还是单纯怕了当日那灼心的痛感，又或是从层层书架间的遥遥一望，被某种难以预料的命运打败，从此每每看到那红漆盒子，都会忍不住望而生畏。

想到这里，她一阵失神，缓缓抚摸雕花的红漆盒面，手指停在中心，掀起锁芯，翻开盒盖，取出几支断裂的毛笔，将蒲苇图铺在桌案上。

时隔三千年，那蒲苇丛依旧栩栩如生，好似活物。

只是这一次再看它，心境全然不一样了，但每回碰触火烛噬心的痛感却没变，她虽早早做好了准备，仍不免一退三步。

她仓皇间转身，好像看见了清晨水雾中的遍野蒲苇。

重新回到廊下，天边已泛出鱼肚白，丝丝霞光从地平线钻出了脑袋。

院子里只剩一人。

天已微亮，她却还是以烛火相送，一路恭谨有加，照亮他脚下的路。及至天渊河上，南珠地璀璨耀眼，她才将红漆盒子奉上。

第七章　冬日烈焰，夏日初雪

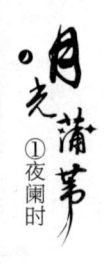

　　爵微扫了眼盒子中的蒲苇图和毛笔，又重新合上，顿觉命运无常，天意弄人，兜兜转转找了这么久的《亡灵之书》，竟一直触手可得。

　　"我以为你至少得在神魂假离之后才会给我。"

　　"……你特地等到半夜，不就是在等我做一个决定？"望舒轻轻地笑了声，抬头看他，眨了眨眼睛，有些泛酸，"现在给也是一样的。"

　　"如今我已经知道姳贞并未故去的真相，你再将此交给我，在长元仙君身上，我再得不到任何东西，你就不怕我会反悔，不肯救他吗？"

　　望舒目不转睛地看着他："在上神心中，我是否真的那般工于心计，不择手段？"

　　其实她也会难逃自责，但是这些都不重要了。

　　等不及他回答，她又说道："当作交易吧，上神不会出尔反尔的，对吗？"

　　"交易？"爵微细细看她，不免失笑，"我真是从未猜对过你的心思，你也果真只将我视作冷血的人。也罢，权当交易，这样你便不欠我什么，我也落不着你一丝好处。"

　　他一拂衣袖，转过身去："天已大亮，快些回去吧。"

　　听不见有任何响动，他率先跃过天渊河，一袭青衣很快消失不见。望舒盯着那背影许久，忽被一阵冷风吹得哆嗦了下，摸摸手臂，浑身冰凉。

　　她扭头往回走，不知为何，满心落寞，覆满灰尘。

　　修罗无声无息地护送了她一路，她也不曾察觉，心上惦记着远方。

　　而这一边，跃过天渊河的人，临至南珠流光地又忽生几许凄凉可笑，干脆沿桥又走了回来，叨扰莲花海的俊俏岛主。

也是奇了，梭罗子竟然没同女姬厮混，就在苦苦等他，甚至还摆好了酒菜。

"啧，你说我们是不是心意相通？"

"……"

梭罗子但笑不语，眼神斜睨着他满是探询的深意，奈何他却不为所动，敞亮地任由他看，也不搭腔。

倒还是梭罗子先没了耐性，摇头微叹，哀怨地说着大实话："这么多年时常与你对弈饮酒，却从不见你对我上心过一分半毫。南珠侯啊南珠侯，你也该自省一二。"

"自省不对你关怀备至？"

"嗯哼。"

"你且问一问莲花海这些女姬可允准吗，再不济也得征询一番修罗的意思。"

"问他做甚？"梭罗子挑眉看过来，尾梢尽是风情，"你如此说的话，我倒要为那些女姬说句公道话，人与人之间的交往，一向是有来才有往。我与她们只有来之，素无往之，这样自然称不上交往，就更没有立场提起关怀之事了，于是与我亲近的机会只得留给你了。"

不待他反驳，梭罗子又徐徐笑道："你若不肯待我以关怀备至，想来是你的精力都交与了旁人。我这么说，你可懂了？"

话题还是转到最初，关于这一夜的连番变故。

爵微知晓这人八卦心极重，又不会轻易罢休，许是心上确实落寞，思忖片刻后竟然松了口："我与长元相识已久，他对姳贞的心意我不是不知，在这件事上，我没有立场去评论他分毫，也怪责不了他分毫，但他实在是有几分狠心，竟然早早就知道姳贞尚在人间，却对我一再回避和欺瞒，我知道他是恨我，恨我当年未曾接纳姳贞……"

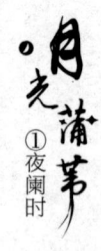

一口酒灌入愁肠,他的声音染上几分潮湿气。

"可他怎知我和姞贞之间那种说不清道不明的感情,若说不爱,那绝无可能,人非草木,我非磐石……但若说爱,是时我对她似乎又亲情更重,再加上深恩大义,千万年相守,夹杂的东西太多,难以断出个明白。"

酒神之战前,他是曾血杀千万人的南珠侯,是曾经亲手毁了吴歌的兄长,是数万年间漠视姞贞的等待与坚守的至亲好友,是对情爱避之不及的懦夫。

酒神之战后的三千年间,他失去记忆,恋上帝将妻子晨光,与她历经九世,一直爱而不得,方才懂得当年姞贞一直站在他身后的那种绝望。

也正因为深知那份绝望,他的每一步才更加艰难。他迟疑过,仅是一刹那的迟疑,事态急转直下,有了后来种种。

……

"所以,今日从长元仙君口中得知月光神还在世的消息时,你什么心情?"

"悲喜各半。"

"竟然还有悲?"梭罗子不可置信地看着他。

爵微抿了抿唇角。

可悲的是,在引颈而望数千年后的这一个夜晚,在知道姞贞尚在人间的大喜中,他的心中有了杂念。

"……真是叫我猜对了?你今夜孤枕难眠,是因那小女娃?"梭罗子拊掌轻笑,"想来你对她确实有几分不同。"

爵微沉默了一阵,依旧无话,拎起衣角,蘸着零星酒意晃回了南珠流光。

从天渊河上经过时,他莫名地在一处停了停,望向远处,笑意浅浅的,荡平了一地南珠色。

最难妄想是冬日烈焰，夏日初雪。
最难权衡是两者皆想。
最无耻是那骨子里烂到渣的温柔。

第七章 冬日烈焰，夏日初雪

第八章 云心水心，你信我信

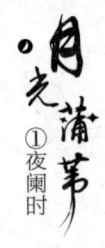

　　神魂假离之法需有四人护阵。

　　这一日望舒正在廊下摆茶，冷不丁地碰到了滚烫的茶嘴，手下意识地往回抽，可茶壶却倒在了茶几上，刚煮好的热水全都往两侧洒了。

　　爵微坐在上头，倒也无关紧要，手疾眼快地抽走了茶壶，握住她的手腕："烫到了？你心思不在，不必客气了，快去用凉水浸一浸吧。"

　　她点点头，朝外面走去，过了一会儿端着盆凉水进来，视线一瞥，果然见他膝下到脚的衣衫都湿了。方才以为水洒两边就没在意，走到一半才想起那方桌案矮得很，殃及池鱼也容易得很。

　　可是水那么烫，他怎么还和先前被冷茶泼到一般，全然没有任何反应？

　　望舒轻叹一声，把铜盆摆在他旁边："上神，对不起，我去拿膏药给你。"

　　"无妨。"

　　"烫伤可大可小的，我还是……"

　　"你还是坐着吧，等华井出来。"

　　隔着一扇门，华井在屋内施针。他们敲定了午后就进行神魂假离，望舒从早上开始就神游太虚，整个人不在状态。

两个人正说着话,那头雪骊还没进屋,远远地便递来一声爽笑:"小丫头,看我将谁带来给你护阵?"

望舒抬头,恰与周臣的目光撞上,心中顿时一喜。

前几日在后山见到他,当时阿爹正在发病,她心乱如麻,不曾认真多看他几眼,其实细细想来,她已有近百年不曾和他好生说过话了。

周臣温柔如春风,长身鹤立,站在茶梅树的尽头,对她柔柔轻唤:"小藕。"

她点点头,提着厚衣朝他跑过去,一直提在嗓子眼的心好像突然回到了原位。

有他在,她放心许多。

雪骊没有说错,九天之大,除了阿爹,她只看重他。他是风华绝代的修禅圣人,是长久以来萦绕在她心上的清茶香。

走得近了,周臣也细细看她一眼,顿觉她比往日又消瘦沉闷了些。

在下山的路上听雪骊提到近来种种,他不禁有些咋舌,奈何这百年里他一直闭关,雪骊又一直在外追查佩方的下落,不曾真正了解她的生活状貌。

只是这么看着,看她从当年活蹦乱跳的小娃娃到如今这心如深海的大姑娘,忽觉岁月有了残忍的痕迹,密不透风地渗入这日日夜夜的心魔中。

他无声地叹了叹,上前一步。

望舒提着衣角走路,手背露在外面。

周臣看到那白皙的手上触目惊心的红色水疱,赶紧将她手掌翻过来看了看:"烫伤了?"说罢将她带到廊下,将她的手浸在凉水里。

"这几日小心些,别再煮茶了,以后也别忙活,嗯?"

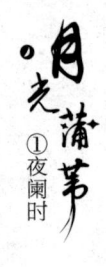

"嗯。"她轻柔地应了声,眼角余光瞥见一道暗影,惊觉回廊下还有个清醒的人,当即将手抽出来。

雪骊毫不掩饰地爽笑一声。

是时华井推开门出来,她循声看过去。隔着几重人影,目光在他身上一擦而过,与往日无二,还是淡漠清冷,与人隔着距离。

华井嘱咐了几句要点,等到人齐了便在屋内摆出阵形。

爵微与长元坐在中间,周臣、梭罗子、修罗和雪骊于四象位护阵,望舒和华井退到门口等着。

"神魂假离"之法耗时很久,受不得一丝干扰。她与华井等着,就是干等,在廊下东张西望一阵,又大眼对小眼。

瞧见她端着张脸面不改色,几个时辰下来眉心的痕迹没有过一丝变化,华井被逗乐了,戳戳她的手臂,小声问:"你想过将来吗?"

"什么?"

华井靠近了些,嗅得一阵淡香气,有些神魂颠倒:"你用的什么香?怎么和红楼那些女子身上的味道不一样?"

望舒小脸一绷:"我不熏香的。"

"哦,原来是体香。"华井故作夸张地点点头,伸手挑起她耳边一缕头发,想了半晌,才接住上头那个问题,"假如长元仙君不在了,你想过将来吗?"

望舒二话不说从他指间扯回头发,转过头去。

华井倒也不在意,勾起唇角,望着天:"等到那一日,你若能想起我一二分的好,想起里屋这些人都曾对他舍命相救,便是我们烧高香了……"

他这话颇有几分凉薄,将她说得里外不是,却是提醒远大过于指责。

望舒绞着手指不敢深想,憋着口气,将头埋得更低。过去大半天,华井回身看她。她还是那个姿势,肩背往下压,头似要埋进胸口。

沉甸甸的，埋了太多年少心事。

这一年寒冬来得急，从瓠犀酒楼出来后便起秋风，转瞬半月，长庚岛已冰冻三尺。

长元仙君的幽精得以有了生机，已经是三日前的事。这些天华井干脆夜宿在长庚岛，寸步不离左右，方才使得幽精渐成一脉。

三日前那扇门打开时，屋内几个人都疲惫不堪，爵微更是累晕过去。夜半过后他慢慢转醒，气血不平，脸色苍白难看，倒也没觉得耗损大半修为是件多么严重的事，推拒了华井为其疗伤的好意，仅是披着一件中衣就离开了，在那之前他还与众人简单交代了几句话，其中提到"情蛊"二字。

原来长元仙君落到今日这地步，除了受心魔影响之外，还因为他曾中过蛊毒。

华井研究后得出，他幽精中的蛊虫是由七十二种罕见剧毒之物炼制百年而成，须与特殊食材混合服用三年，方可形成情毒。

中此蛊者，一旦用情就会心痛难当，生不如死，身体一日日萎靡下去。

众人面面相觑，没有再往下说，但望舒知道，整个蓬莱能将情蛊用到出神入化且不让人察觉的地步，只有王邢笑。

但是她为什么要对阿爹下手？

望舒想不明白，翻来覆去一整夜没合上眼，早间趁华井还未醒，偷偷去香室看了眼长元仙君。

屋内点着数百盏锁魂灯，见不得风，烛火稍有灭的迹象，就得赶紧用双手护着。黔公一双眼熬得通红，见她进来，冲她摆摆手，压低声音："你才回去多久，怎么又来了？"

"我想出去一趟。"

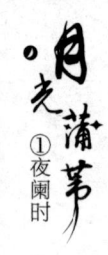

黔公眉头微皱:"去找王邢笑?望舒,你不是她的对手,不要轻举妄动。"

"我不去找她。"她挤出一丝笑容,"我去找可以给我答案的人。"

她曾几次提灯相送,却每每止步于南珠流光上方,不曾真的下去,此番还是她第一次正儿八经地来串门。

南珠流光地远远看着像星海,与苍穹之下的星光连成一片,身处其中恍若徜徉璀璨珠海,只有白日里清亮如银和夜色中点点如漆之别。

时间尚早,天边只有一抹红云。

她以为南珠战灵都是见过世面的,不想他们表面看着乖巧,实际上却淘气得很。她一路而过,他们时不时挠一挠她的脚板,又或扯住她的衣角,要将她的外衣剥下来,更过分的还有聚众挡在她面前,问她收取过路费的。

她不觉哑然失笑,摸了摸全身上下,只掏出来一罐糖藕浆,还是原先准备送给爵微的。

南珠们看她这般寒碜,自然不买账,堆在一起不让她过。她无可奈何,正要返回,却听见一声中气十足的大笑,南珠泰斗逆着微光朝她跑过来。

"是我让他们逗着你玩的,起先我同他们讲了在瓠犀酒楼的事,他们都夸你聪明。不过我被那火麒麟咬了一口肉的事你就别提了吧,实在太丢面了。"他大嗓门地说着,摸了摸后脑瓜,完全没意识到这话说出来的同时,也叫旁边那些看好戏的南珠都听去了。

望舒松了口气,露出浅笑。

泰斗将扑过来同他打闹的南珠一颗颗从身上拨下去,红着脸冲她笑:"你是来找珠侯的吧?我领你过去呀。"

望舒点点头,跟在他身后寻思着问:"上神他身子可还好?"

"咦,珠侯不好吗?"泰斗仰着头想了会儿,还是坚定道,"珠侯还和往日一样,夜半起身喝了一壶酒,到清晨时分小睡片刻,然后就去后面那片林子了。哎……看在你救过我的分上,我就跟你直说吧,珠侯他一直都是这样,外面人不晓得他生活有多清苦,其实我们兄弟都看在眼里。他平日里不好酒,但难以入眠,所以不得不出此下策,不过他这几日倒没有饮酒,好像确实有些累,前些天从外头回来,脸色白得吓人,睡了整整一宿。"

说到此处,泰斗特地压低了声音:"后面那片林子往常是不许人过去的,因为数万年前珠侯的弟弟曾住在那里,但是后来……"

他叹了声气,话止于此。

望舒见他憨智如此都欲言又止,便猜到那人心里有多在意吴歌。想到当日在瓠犀酒楼舍身救她的少年,心里的愧疚又多几分。

他们穿过流光地,来到后面那片林子。远远看着一条沟渠隔开两片天地,一片是桃林,一片是田地。

桃林里树木凋零,桃树死了大半。田地里不曾秋收,稻穗也都倒了。

天际浮现出一片霞红,这边颗颗南珠柔美如晶露,那片淡光中蒲草凋零,岁寒风冷吹起一片涟漪。

她不曾想象过血杀千万人的南珠侯,身着一袭布衣,拿着锄头耕地的场景,但这一刻,她亲眼看到了,那是吴歌口中闲散的农夫,是双手布满茧子的霸世之主,是一抬头满目温柔的山中雪。

他将衣袖卷至臂弯处,露出紧致匀称的小臂。

望舒走得近了,看到他手臂内侧刺青的图案,是一丛蒲苇。忽然心神一散,想到月光神遗物中的蒲苇图,虚像中交缠在一起的手臂,也是这般从内侧起,绘满蒲苇,呼吸滞住一般愣在原地。

那……那里面的男女,其中就有他吗?

望舒不敢再想,强迫自己将视线转移,眼角余光一瞥,又看到沟渠中零落的一簇蒲草,心口泛起一阵苦。

蒲苇蒲苇，性强硬，耐寒，喜温暖，他与月光神当真与此物渊源深厚。

"在想什么？"

"没。"她愣怔了半晌，回过神来，把糖藕浆递过去，低眉顺眼地说着巧话，"多谢上神相救，我阿爹一日日在转好了。"

爵微松了脚下的土，扶着锄头站立，在半明半昧的晨光中打量她的脸。

眼底一周都是乌青，脸色差得很，想必多日不曾合眼了。他轻轻地哼了声："你每每示好，总有所求。此番来南珠流光，约莫是为了那情蛊吧？"

话虽如此，他倒也没让她太为难，大大方方将糖藕浆接了过去，浅尝一口，眉眼间生出几许温和。

望舒松了口气，也不辩驳。

"王邢笑擅以情入蛊，所以这些年来为她送死的痴男怨女多如牛毛，你以为她能轻易与萧演抗衡，拿下蓬莱多处绝胜奇迹是为何？不过都是那些傀儡的功劳罢了。瓠犀酒楼是她收集消息的地方，还有一处也是她的巢穴，不知你可听过？"

望舒舔舔唇，吐出几个字："蟾蜍阁？"

"不错，蟾蜍阁妙领世间男女情。那里便是痴男怨女的集中地，也是唯一可以晓得长元仙君身上情蛊由来的地方。"

爵微起身，许是心力不够，轻咳了几声，额头上也出了层薄汗。

望舒手上还捧着糖藕浆，想递过去，又有迟疑，手在腰间摸索半天，还是把帕子揣回兜里了。

爵微瞄到她的小动作，也不点破，索性收起锄头，走到小山头坐着。

"其实你应该已经去过了吧？"

望舒愣住。

她站在他身前,虚掩住长河尽头的霞光,低下眉眼望他,这一次完全没有回避他的视线。

这话若是秦昭雪问出来,她会觉得他洞察人心甚是厉害,可从他嘴里出来,却莫名变了味,她只觉自己那心机一日日变得狼狈和苟且了。

心下更是闷堵,一口气压在喉头缓解不得,她的脸绷得更紧,声音也越发艰涩:"前夜我与修罗大仙去过丰禾城,但找了一圈没找到蠵蛴阁的入口。"

她的"信鸽"告诉她要去蠵蛴阁,须得里面的人牵线,还要给王邢笑过目,方才有机会进到那里面瞧一瞧别致的风月,但这牵线人不容易找,王邢笑也不容易糊弄,尤其前几日她还被人窃了小金库,元气大伤,眼下防卫更严。

这个时机要进蠵蛴阁,比往日都要难上几分。可是,如果他要去,念着"南珠侯"这响当当的名号,也会容易许多。

望舒不敢看他了,移开视线,声音轻得让自己都觉难堪:"上神,你此番归来,原先也是准备好要出世的,不是吗?"

"所以这罐糖藕浆就是你用来交易的附赠品?"

望舒不置可否,沉默了会儿,点点头:"……我欠上神一回。"

一川两地,林寒涧肃,零落山丘。

爵微细细回想,从开天之战到如今,他想要的哪一样是真正实现过的?他不想要的,又哪一样没有实现过?想来真是事与愿违。

活到这把年纪,脾气远不及心性了。

否则依她这般,利用过他对姤贞的感情,公然和他提"交易"的字眼,如今又想拿他的名号去买卖……他早该擒住她的手腕,声色严厉地质问一句:是否什么都能在你的算计之中?

但他没有,因为他骨子里已经那样疲软,又如何能同一个小丫

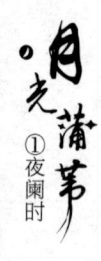

头锱铢必较,讨那点儿不值钱的脸皮债?

于是他想了又想,提着锄头在她脚边点了两下,迫使她不得不抬头望他。巴掌大的脸,一双明眸比那天光还亮。

他无端端心房软塌。

"也罢,便陪你走一趟吧。"

瓠犀酒楼的惊鸿一瞥,让九重蓬莱许多人都在猜测南珠侯的归来。他在丰禾城的正式露面,更是将此传闻变为真实,而不是空穴来风。

望舒仔细地跟在他后头,用眼角余光可以看见许多女子前赴后继地过来对他示好,却又碍于他周身难以接近的清冷,故而左右徘徊,跃跃欲试。

她们皆各有风情,美艳不可方物。

望舒还是第一次瞧见这样多婀娜多姿、美艳不可方物的女子,忍不住多看了几眼,等到她反应过来,他已经一一绕过那些美姬。

丰禾城是蓬莱都城,繁华热闹,有各色茶楼和酒坊,还有红楼赌场等,总之民间的集市有什么,这里就有什么,品种多到让人目不暇接。

他们从街头走到街尾,对各种酒家商铺视若无睹,径自绕过河坊到最里面的屋子。那屋子已经破败了,荒废了很久,从外面看来到处都是厚密的蜘蛛网和灰尘,包裹在风中,以一种寂静安详的姿态被岁月掩埋着。

门楼上的牌匾倒还坚固,隐约可瞧见三个金漆大字——刺文楼。

望舒感受到一种莫名的熟悉,好像这里的一梁一木,一桌一椅的陈设,都能在她脑海中呈现。

她不由得上前一步。

爵微按住门环朝里一推,厚重的楠木门发出了一道尖锐的声响。望舒尚未察觉不对劲，已经被他抓住手，疾步往外退去。

像是划破宁静时空的响箭，突然在这门被推开后冲上了天际。这座摇摇欲坠的空屋子，终究在尖锐声中坍塌，变成了一堆废墟。

事情演变得太快，似乎刻意而为，就等着这一刻的来临。

她还沉浸在屋子突然倒塌的惊愕中，那堆飞扬的尘土中就飞出数片黑羽，直朝他们而来。

爵微将她挡在身后，将那些黑羽收入掌中，尽数揉碎，迎着利刃朝那片模糊光晕中飞掠过去。她隐约从身形辨别出来里面是个女子，与他缠斗在一起过了几十招，很快被他一掌击中胸口。

光晕骤然消失，那女子也跟着黑羽一齐消失了。只是她消失前，若有若无递来的一眼，幽幽紫眸，叫望舒一瞬如坠冰窖。

是先前出现过几次的黑风。

望舒愣了个神，爵微已回到她身前。

对方是个好手，他又有伤在身，气血不足，没忍住咳了两声，脸色越显苍白。望舒赶紧将他扶到旁边的河坊石级处，远远地又看一眼倒塌的刺文楼，眉头皱得更紧。

爵微抬手示意她无恙，凝神想了片刻，方才开口："这出动静闹得太大，就算我再想隐瞒，王邢笑和萧演也该听到风声了，恐怕这会儿已经在路上，正朝这里赶来了。待会儿见到毒娘子，我便同她说想去蟪蛄阁喝杯茶，你看如何？"

望舒没作声，顺着他的后背轻抚了两下，片刻后意识到自己的动作，倏忽间回过神来，冲他摇摇头："不能直接和毒娘子说。"

"为何？"

"这件事有蹊跷，月光神曾交代一定要守住刺文楼，阿爹前不久才道出此事，今日刺文楼就突然塌了，显然是想掩盖什么。那紫眸人还早早蛰伏在此处偷袭，是算好我们会来这里？往日她只敢凝成一股黑风远攻，今日却有些激进，几次露出正面，还与上神近身

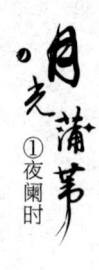

过招,好像有备而来……莫非她晓得你有伤在身,所以才这么有恃无恐?"

她在短短时间内想过许多可能,只得出来一个结论。

爵微与她对视,瞬时有了猜想:"你怀疑长庚岛有内鬼?"

"晓得这些事的人屈指可数,且都和长庚岛脱不了干系。"

……

爵微心中亦是一紧。

从他初回蓬莱放出风声,到今日重回刺文楼,其间发生过不少事情,的的确确都和长庚岛有着密不可分的联系。

望舒沉吟片刻,笃定道:"倘若情蛊真是王邢笑种下的,想必她早就和内鬼通了气,收到风声,知道我们要来。如此这般,就更不能直接提出去蟪蛉阁了。"

"这样的话,就要看看毒娘子的脚程有多快了。"

果不其然,他们方方说完几句话,王邢笑便赶到了。她来得太快,目的太过明显,摆明了就是早早候在此处的。

望舒与爵微对视一眼,心下了然。

这一次露面,王邢笑依旧以面纱遮面,只露出半张脸,还是万种风情,妩媚感人,身段丰腴。在她身后是丰禾城的城主上驷大人,不知是从何处被拽来,衣衫不整,胸口露了大半,戴着一顶乌纱帽,半只脚在长靴里,半只脚光溜溜踩在地上,左眼一大块瘀青,脸上还有大小伤口,看起来像被人揍过。

望舒想到定是小金库被盗之事牵连了他,但他明面上还是帝君亲封的丰禾城城主,王邢笑一时之间又杀他不得。

还差几步远,上驷大人停下脚步理了理凌乱的衣袍,眯起小眼睛朝这边看,将信将疑地问出一句:"阁下可是南珠侯上神?"

王邢笑抚着他的后背拍了下:"上驷大人,你眼花了?"

上驷被这一拍,身子朝前倾,"扑通"一声跪下来,立即改口:"小仙有眼不识泰山,不知南珠侯大人前来小城私访,治安有欠，还望上神莫怪。"

一抬头，泪流满面。

"小仙三生有幸，有生之年竟……竟还能再见到当年的四神。"

因这响动，在这附近的城民都朝此处聚拢过来。

想当年九重蓬莱差点儿遭遇灭顶之灾，若无四神相助，怕是没有今日的歌舞升平。他们心中将四神敬奉为天，也无可厚非。

只是时隔多年，这份敬重隐藏在蓬莱的暗刀冷箭之中，早就被磨得没了。

爵微与他简单说了几句，上驷大人便顺势引荐王邢笑。好比凡间那些宫廷，小官向大官引荐人才，推举幕宾。

只是王娘子这谋士来头略微大了些，上驷大人只能略微起到承上启下的用处。她开了口，就没他什么事了。

她先说起不久前瓠犀酒楼斗宝之事，好一番解释，将自己与南珠泰斗的关系撇得干净，把责任都推脱到萧演身上。她是笃定了神珠泰斗情智欠缺，说不清里面的门道，所以干脆都把脏水往外泼，却又不能肯定当日爵微是否就在瓠犀酒楼，是否看过全程，故而话说到最后，又十分谦虚地将罪责都揽回自己身上。

爵微并无计较，只是虚提了一句口干舌燥，想喝口茶。

上驷大人一听，便想将他引入自己府宅，谁知王邢笑抢了他的话，媚笑着说："蟠蛴阁就离这儿不远，上神不如去那里歇一歇？"

所谓盛情难却，大抵如此。

他假意推拒了两次，使得王邢笑放低戒备，许是猜到他们还一无所知，笑眯眯地领着他们朝一处走去。

路上王娘子好心地同他们讲了个故事。

丰禾城以前来过一支商队，十几头骆驼骡子拉的货琳琅满目，

一路上从城东到城西,浩浩荡荡的,引得城中妖魔鬼怪驻足观望。有一个瘸腿少年偷偷地跟在人群后头,见商队到城西四方斋口,一行人停下来歇脚,却没有卸货。他脑子聪明得很,立即察觉到不对劲,也不走,就蹲墙根下守着。

这种数九寒天,天黑得早,等丰禾城的鬼怪都回去钻被窝后,四方斋里就出来几个人把货一齐撂到马车上,上赶着送到了四方斋后面的巷子,七绕八绕没了踪影。

不过少年知道,那货是进了蟠蟒阁。

他常年混迹在丰禾城的大小胡同里,对蟠蟒阁早有耳闻。于是趁着夜色摸进了四方斋,贴着墙根在里面摸索,寻找可以进蟠蟒阁的门路。忽然头顶一黑,眼瞧着面前出现的一群人,知道自己栽了。

他赶紧高举双手,连声求饶,向来人解释。

商队进城的时候,他就发现他们货量很大,目的又很明确,猜想是来给某一家送货的,而丰禾城只有蟠蟒阁能有这么大胃口。

他盯着四方斋不是一两日了,那里是进入蟠蟒阁的一个点,所有人和货物都得在那里进行筛选才会送到蟠蟒阁。

后来,这位少年成了蟠蟒阁的大掌柜。

望舒就在这胡同里绕了又绕,原先还能记着路,到后面实在记不清,索性放弃,细细观察胡同的样子。墙头很高,路面微窄,两侧挂着灯笼,远远望着,一条道没有尽头。

从这个故事里,她只得出一个结论,丰禾城的大小铺子和胡同都有王邢笑的暗线,也就是说不只是蟠蟒阁,这整个丰禾城都在她的掌控中。

王邢笑的声音柔柔的,带着丝蛊惑人心的慵懒:"我那大掌柜虽是个瘸腿的,脑子却好使得很。这些年我已不大掌事了,阁里的大小事务都交给他来打理。是人是鬼,叫我那掌柜一看,保准原形毕露,在他面前最是卖弄不得的。哎呀,你们是不是不信,那就进来看一看？"

话音未落，王邢笑推开一扇门。

望舒跟在爵微后面走了进去，屋里光线暗，四处蒙着黑罩，只有不远处的暗窗里有圈烛火的光晕，依稀映出里面人的玲珑侧影，伴着袅袅透骨清香，让人冷不丁糊了心智。

王娘子笑得越来越浅，声音飘飘荡荡的，仿佛晃在一汪温柔水中。

望舒眼前一花，意识有些迷离，摇了摇脑袋，很快意识到她被螭蛉阁的迷香惑乱了神志，脚下一软，摔进一个温暖怀抱中。

她张着嘴轻声说："迷……迷香。"

"我知道，别分神。"

黑暗中有人握住她的手，从掌心渡来一股真气。

她的心田被暖流包裹，缓缓地沉淀出几分清醒。待睁开眼，见自己还在爵微怀中，她心跳陡然漏拍，下意识起身。

他在层层黑罩子间看她一眼，也不说话，继续朝前走。

待穿过这间密不透光的黑屋子，便踏进那极乐之地。酒池肉林，百兽率舞。

王邢笑没有穿楼而过，而是从偏门拐了个弯，将他们带入后院一间茶室。未几，一名瘸腿少年推门而入。他甫一入内，望舒便闻到一阵气味，这味道当真是想忘都忘不了，和秦昭雪身上的异味有些许异曲同工之妙。

望舒没有与少年直接对视，而是四下望了望屋内的陈设，装饰简单，称不上有多奢华，但也不简朴。看起来只是一间普通的厢房，没有特别之处。视线转了一圈，又回到少年腿上。那少年左膝往下一截没了，右腿倒是正常，臂弯里夹着根木拐，走起路来除了姿态与常人略有不同，其余无二。

他三步一跨，拎着茶壶给他们满上。

　　王娘子陪着坐了会儿，就被前头叫过去了。望舒这才抬头，迅速地看了少年一眼。这不看还好，一看确实有些心惊。少年的脸上全是丑陋的伤疤，密密麻麻好像一条条蚯蚓，除了眼睛炯炯有神外，其他五官难见原状，都被伤痕覆盖了。

　　"被我的脸吓到了？"少年面无表情地敛下眸子，硬生生地吐出一句，"害怕就别看！"

　　他这张脸究竟有多恐怖？

　　少年不用对镜，光看这些人的反应就知道了，不然也不会被叫作鬼刹，只是他忘记了一些事，不清楚以前的他是否也这样丑，丑得令人作呕？

　　来这里的男女被带进黑罩屋，对着他的脸看一夜，甭说来这里只是玩乐了，怕是前八辈子做过的亏心事都恨不得掏心掏肺说给他听，只盼着能离他远一些。更有甚者，被他瞧上一眼，吓得抹了脖子，宁死也不愿与他说上几句话。

　　但他知道这屋内两个人是王邢笑亲自带进来的，必定与寻常男女不一样。看那女子的反应便知，她虽然只看了他一眼，很快就低下头去，但他瞧得清楚，她脸上没有鄙夷和嫌弃，只有一丝丝惊讶，而那名男子从头到尾连眉头都没皱一下。

　　鬼刹扶着圆桌落座，瞄了眼望舒，收回视线，上下打量爵微："你们来这里做什么？"

　　"喝茶，歇脚。"

　　"什么时候走？"

　　"……再过半炷香吧。"

　　"半炷香能知道许多事了，你们想知道什么，不妨直接问我。"

　　爵微莞尔，摆下茶盏，重新斟了杯新茶推到他面前："不妨事，随意说说，打发时间也好。"

　　"说什么？"他盯着茶杯里打着旋儿的绿叶看，片刻后，绿叶不动了,他又抬头看爵微。

"你什么时候来这里当大掌柜的?"

"有好些年了。"

"三千年前在这里吗?"

鬼刹愣了一会儿,也不管烫与不烫,端起茶杯仰头灌入,忽然咳嗽起来,一手将茶杯打碎在地,浑身不停地颤抖,目不转睛地望着掉在鞋尖上的绿叶。

沉默片刻,他摇摇头:"不在,那时我还在丰禾城四处要饭。"

"你脸上的疤是怎么得来的?"

"……"他没作声。

望舒将手边完全没碰过,已经凉了的茶推过去:"你喝一口吧,缓解一下。"

"我不需要!"鬼刹轻蔑地扫了她一眼,转头就走。

他的性情实在太古怪了。

望舒喊住他:"你脸上的伤是被王娘子弄的吧?"

"你不要瞎说!"鬼刹冲她吼了一声,却不再往前走,迟疑了片刻,又坐回来,恶狠狠地盯着她,"你再瞎说我就把你的嘴缝起来,让你出不了这里的门!"

望舒有一分害怕的,其余九分都是镇定,目不斜视地望着他,眼也不眨一下。

鬼刹又吼一声:"看什么!"

他凶巴巴的,好像被踩了尾巴的野猫。

望舒莞尔一笑,轻声说:"你帮我查一查这三千年间,蜻蛉阁中和长庚岛有来往的人吧。"

"我凭什么?"他板着脸问。

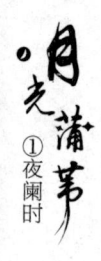

"……王娘子非善类,你久居于此,不是好的出路。看你当初偷摸着进蜻蛉阁的路数,有胆有识,颇有几分干大事的志气。这里仅是烟花之地,埋没你的才能了。"

"你凭什么?"

望舒抿了抿唇,冲他露出一个笑容,朝茶盏努了努嘴。

鬼刹拿乔了片刻,还是将她示好的茶喝了,果真凉丝丝的,灌入心田还有一阵清香。

"我凭什么,这个答案等到你给我交代的时候,自然会告诉你。"顿了一顿,她又补充,"绝对不会让你失望。"

鬼刹左右望望,犹豫再三后点头,咬着牙说:"好,你要是敢骗我,我一定会杀了你!"

他将望舒和爵微送出门后,刚回到黑罩屋就被王邢笑单独叫去盘问了一番。

王邢笑被梭罗子将了一军,又和萧演撕破了脸,丢了一个小金库,可谓伤敌八百,自损一千,这几日杯弓蛇影,脾气大得很,谁让她不痛快了都要大骂一顿。今日甫见传闻中的上古尊者南珠侯,在心里算盘打得哐哐响,可到底对他尚有几分忌惮,一方面对南珠流光又有妄想,另一方面也摸不准他和梭罗子之间的关系,一时之间不敢打草惊蛇,故而才没多说什么。

好在鬼刹起先就有准备,对答如流,未露破绽。王邢笑心口一松,对他又看重几分。

这边望舒离开了丰禾城,确定再无王邢笑的耳目跟随,方才同爵微交底。

"我也不敢确定他是不是录事君那失踪已久的小儿子,起初觉得他们身上的气味实在相像,但没往下想,后来看他那古怪脾性简直与秦昭雪如出一辙,才大胆猜测了一番。"

爵微轻轻一笑:"倘若不是,你又拿什么去换交代?"

"他行事乖张，性情张扬，断然不会甘心将一身气性交托在蜘蛴阁那样的地方，否则也不会答应我的要求。倘若他不是秦昭雪的小儿子，那我可能又要亏欠上神一回。"

爵微无话可说，在心里浅叹了声气，眉眼漾着不可察觉的柔和。

望舒朝他福了福身子："到那时让他给南珠泰斗打个下手也好，倘若再不行，我便只能去帝君那儿为他求一份大好前程了。"

临至莲花海上方，她同他告辞，腰往下弯，十足恭谨。

他愣怔了半晌，等回过神来，她已经踩着云渐渐远去。小小的身影，收入广阔无垠的苍穹之间，余留一地天光。

想当日在瓠犀酒楼看她与秦昭雪论道，便知她所有乖巧与安静的外壳下，是那明珠蒙尘的大智，便知她绝不是只会耍点儿小聪明的女娃娃，而是能将一切不可控之势都握在手中的绝顶鬼才。

现如今看她教梭罗子盗取金库，猜到长庚岛有内鬼，借王娘子之手策反鬼刹为之行事，跃过先前只为长元筹谋的一步步算计，如今对她又多几分另眼相看。

想来蓬莱真会有第二位秦昭雪了。

他转而一想，思绪百转千回，最终落归原处，回想起黑罩屋里那一抱，温香软玉，柔弱无骨，平白又生出一些杂念。

拂去又来。

往年长元仙君还有意识的时候，虽不见外客，但还有三两好友时不时地来串个门。现如今长庚岛人迹罕至，连长元的至交紫华君都不来了，剩下可以猜到的内鬼，十个指头都数得过来。

望舒还未回到家中，半道上就碰见前来寻她的修罗。

修罗不善掩藏情绪，一张脸凝重肃穆，张了几次嘴不知该如何开口，望舒便猜到是长元仙君那边出了问题。

她急声问道："我阿爹怎么了？"

"幽精原先还好好的,午后却不知为何突然急转直下,锁魂灯几近全灭,只余下三盏。华井说情蛊奏效,回天乏术,长元仙君怕是时日不多了,待剩下三盏灯也熄灭,就是……"

话未说完,身前掠过一袭青衣,修罗急忙伸手抓了把,却是落空,未捉住她的衣襟,果然见她踉踉跄跄不多远就摔了下来。

他随即飞身而去,将她揽到背上。

两个人一路经长廊转进角门,刚到水榭云楼,便听见一声闷响。

望舒等不及从修罗的背上跳下来,飞奔进屋,没瞧见华井,只看到长元仙君从床榻上滚了下来,半坐半躺在地上,药汤洒了一地。黔公从里屋拧了条汗巾跑过去,正要给长元仙君擦擦脸。

望舒猛地冲上前,一把将他掀开。

黔公猝不及防,被推得往后趔趄了两步,撞到屏风,脚下一滑趴在地上,"哐当"一声发出了巨响。他上了年纪,这么一摔,手掌被蹭破了一大块皮,露出树面人身的半原形,禁不住嗷嗷低喘。

望舒没有察觉,一门心思都在长元仙君身上,直到将他重新扶到床榻上,才后知后觉地反应过来。

一回头,修罗和华井都站在门边,神色不明地盯着她。

她拧着衣角站在床边,喃喃道:"黔公,对不起。"

黔公摆摆手,憨笑了声:"怪……怪我,方才喂药的时候没注意,大概是烫着他了。"

事实上是长元仙君吃不进药,在昏睡中尚有反扑意识,将黔公推了一把,把药碗都打翻在地上,也不知怎的,自己翻到床下来了。这些话黔公都不说了,自己憋进肚子里,晓得她是关心则乱,自然计较不得。

他在地上歇了会儿,由着修罗搭手,一瘸一拐地出了门。

望舒看着黔公苍老蹒跚的背影,衣角拧得更紧,眼眶也有些泛酸。

"黔公陪伴在长元仙君身边多年，你尚且如此，若是旁人，你当非直接动手了？"华井倚在门边看了全部，不禁失望透顶，"如果这间屋子里的镇魂灯一盏都不剩了，你这一巴掌是不是该落到我身上？"

望舒不吭声，瘦巴巴的身体低垂着。

华井的声音越发低沉："望舒，抬头看着我。"

她浑身颤抖地仰起脸。

"这些年我同你说的话，你当真是一点儿也没记住。"

每个人都是独立的个体，谁也不能成为谁的依附品。

因为一旦灵魂不再独立，依附品最终只会成为殉葬品。

华井叹了口气："我知道长元仙君对你来说很重要，但你并不能……"

"我依附阿爹的时候太早了，早到我对这个九州大地还没有感知，阿爹就已经陪伴在我身边了。"她打断他，深吸了口气，缓慢说道，"在荷塘的那些岁月，没有你们，没有蓬莱，只有他……你问我为什么要依附他生存，我也想知道。为什么我会变成这样？为什么我不能坚强一点儿？为什么我长大了，阿爹却在一日日苍老衰微？"

她哽咽难言，转过头去继续照顾长元。

华井死死盯着她的背影。

这一番话，这些年来一直安静乖巧的她从未说过，不可避免地让人感受到了她身上的戾气。

那股戾气莫名让人畏惧。

华井没再往下说，扭头朝外走。

望舒僵持了一阵，听见脚步声离去，忽然好像机械的零件停止了运作，浑身酸软瘫在床边，戒备与癫狂都暂且被搁置，只留下夹

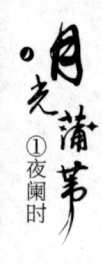

缝中生存的一抹柔弱。

眼睛一圈圈泛着红,却是怎么都流不出泪。

这一夜,又一盏锁魂灯熄灭了。

穿堂而过的一缕寒风,轻而易举就将那烛火吹得左右摇曳,任由望舒怎么护,烛火都越变越小,最终"刺啦"一声,消失无形。

庭院里的茶梅树叽里咕噜讨论了一阵,料想长元仙君怕是活不过十日了。话音未落,一棵树苗直接倒地。

方槐战战兢兢地往上瞄了眼,不知何时,望舒已站在身旁。

她面无表情地看着他,他心里一瞬擦过害怕、恐惧、求饶、告罪、逃避等种种情绪,还没理清,动作已经快过于思绪,他本能地钻进地下。

望舒未置一词,却是踢了几抔土盖在他头上,末了将院里的茶梅树都砍去了半截。

她尚留有一丝理智,没有将他们全都赶尽杀绝。只是这一夜过后,再也无人敢妄自议论长元仙君的病情了。

夜里飘了一阵小雨,望舒靠在回廊的柱子上,眯着眼睛哼唱当年长元仙君哄她入睡的曲子,那已经陌生却又熟悉的音律萦绕在心怀,晃悠悠的,流淌至遥远的夜灯河畔。

她知道方槐没那胆子,黔公百年如一日对长庚岛忠诚,他们绝不可能是那内鬼。那么还有谁呢?

帝君、雪骊、修罗、华井、梭罗子、南珠侯……

究竟是谁出卖了长庚岛,逼得阿爹油尽灯枯,逼得她走到这一步?

清晨时分,天还未放亮,望舒浑身湿漉漉地出了门,来到丰禾城四方斋。等到日暮西斜,鬼刹才露了脸。

她递过去一张纸,纸上赫然写着"秦昭雪"三个字。

鬼刹不识这名姓，但心里已然有了计较，为防望舒诓他，他只交代了一半。

"蜻蛴阁有一紫眸女子，不常出现，但每次回来，都会住在阁楼最高层。她是王娘子的心腹，身份神秘，一向来去无影，鲜少有人看过她的真面目。据我所知，她是这些年来唯一和长庚岛有过来往的人。"

"你怎么知道？"

"我隐约记得有一年她归来，从黑罩中走过，满身都是藕香气。蜻蛴阁男男女女众多，脂粉香料味极重，只唯独她身上那股清香是与众不同的，让人印象深刻。"

"她去长庚岛找谁？"

鬼刹上下打量她，见她浑身脏兮兮的，发丝凌乱，鞋履下染了一块水印子，不禁望了望已经放晴的丰禾城，嘟哝了声："你从哪里来的，湿成这样？"

见望舒不理会，他翻了个白眼，哼声道："三千年前的事我不大清楚，从阁里一位老嬷嬷口中得知，和紫眸女有来往的人在蓬莱应该颇有名望。"

……

锁魂灯又灭一盏。

爵微同梭罗子赶到长庚岛的时候，见常年盘旋在门口的苍梧树连声长叹偷偷抹着眼泪，一进门看到满院子的茶梅树都矮了半截，敢怒不敢言地呜咽着，寻思搬家。

华井这素来洁癖大过天的人，一身白衣也几日未换，都沾满了灰尘。

见是他们过来，华井眼睛一眯，束着衣袖嗤笑了声："我那小媳妇真是让我有种士别三日当刮目相看的感觉了，你们猜怎么着？她为了那奄奄一息的老爹，打伤了黔公，砍了茶梅，与我争吵，还将我养了数万年的活血草强行喂给她老爹吃了。她那老爹虚不受

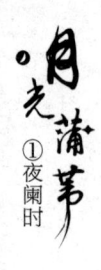

补,又吐了出来,我折腾了一夜才勉强给活血草接回了身子,用天渊河水养着……唉,你说她怎么这般冥顽不灵?真真是气得我浑身发颤,夜不能寐啊。"

梭罗子遇见有意思的事,拎着衣摆小跑几步,到华井身边听他倒苦水。

华井捞起廊下的竹篓就是一阵摔打,气撒不出去,背着手来回走,念念有词:"这忘恩负义的小东西,真……真是气死我也!"

"哎哟,想你为她看诊数千年,日日悉心为她调养身体,竟也换得如此下场?"

"……哼,你这是摆明了看好戏!"华井瞪他一眼,气到极致也无可奈何,索性朝廊下一坐,指着爵微问道,"她方才不知是从哪里急匆匆地回来,看了眼长元仙君,便朝后山上找周臣去了,你可知为何?"

他眼下尚且不知内鬼一事,也不知望舒从鬼刹那儿得来的消息——三千年前在蓬莱有名望之人,除了当时闭关的帝君,就只有隐世的南珠侯。

一个闭关,一个隐世,按理说只要她稍微动一动脑筋,就会将这二人都排除在外。可眼下她简直着了魔,发了疯,素来的镇定和聪慧都好像被狗吃了,遂常言道,当局者迷。

若是叫华井晓得她此番去后山,竟是怀疑起周臣,那他真真该给尚且安好的自己多烧几支高香了。

"唉唉唉……"华井一连三叹,抓着头发蹬了蹬腿。

"你不是一向尊奉闲事莫管的至理?至理就是至理,我看你还是尊奉到底,这回晓得栽跟头是什么滋味了吧?"

梭罗子见他好不苦恼,忍不住一阵打趣。两个人正一来一往酸着对方,望舒便回来了。

打眼一瞧院子里立着三尊大佛,她缩着脑袋没应声。过了会儿,她抬头看向爵微,眼眶泛着红,小声道了句:"上神,你想吃糖藕浆吗？我拿给你，好不好？"

梭罗子当即笑了声，斜着眼瞄旁边的华井，后者都快背过气了。

爵微知道她心里许是有了答案，只是想同他借一步说话罢了，点点头答应下来："我随你一起去吧。"

没走多远，她就停住了脚，盯着脚尖看。

爵微闻到一阵很淡的茶香气，不由得问："方才在后山和周臣喝茶了？"

"嗯。"她点点头，"喝了一盅茶，随意说了几句话。"

"找到你想要的答案了吗？"

望舒轻笑了声。

这一回再被他看破心思，她已全然没有了闷堵，心里好似开了道口，呼啦啦地穿着冷风，已经不痛不痒了，有的只剩麻木。

她看着他，一字一顿地说："普天之下除了阿爹，他是我最信任的人。"

所以她去了后山，却是什么都没有问，什么都没有探询，只是简简单单同周臣喝了盏茶，随意道了几句家常。

爵微似乎明白了她的意思，似笑非笑地问："那我呢？"

她起先晃了晃脑袋，没有说话，这般看着还是乖巧的，安静的，完全想象不出来她这样的性子也会伤人，气得华井都说不出话来。只是她一抬头，眼眸里深深沉沉的，好似被雾霭蒙住了，怎么也看不进去。

他便知道，她骨子里并不柔弱，是带着刺的娇花。

"……阿爹曾隐瞒月光神故去之事，又逼得她沉睡沧江，上神你与她感情甚笃，对阿爹有恨也不奇怪。"

"所以，我是最有可能给长元下蛊的人，是吗？"

爵微掀起唇角，临到这一刻，纷纷乱乱的杂念都堆积到一块儿了，愁绪满溢，要没顶一般。"在你心中，我不爱姳贞，但她却又是你唯一

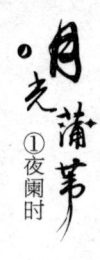

可以用来伤我的人。望舒,你当真是为了长元可负尽天下人。"

多余的话,他不想再说。

走到这一步,全是他咎由自取。

望舒紧紧抿着唇,抢先一步挡在他身前,佯装出来的满身气性因他这一句气话全都消散了,散于风尘中,拂开了雾霭。

她张了张嘴,浑身止不住地颤抖:"可是……可是如果不是你,还会有谁?"

"会有谁?你心里不清楚吗?"

不知何时华井跟了过来,眼下实在看不过去了,沉着张脸走过来。

"望舒啊望舒,你那么聪明,怎么在长元仙君的事上这么糊涂?我真是没想到你竟然会怀疑他?你怀疑他?若他真要害长元仙君,怎么会提议用神魂假离之法来救他?大伤元气不说,他还被长元的其余二魂反噬,却是只字未提,足见他对长元是尽了心力的。可你呢?你竟然怀疑他?再退一万步说,帝将留下来的唯一一颗护心丹,我左右求了不下百次,他都没给我研究研究,却是给你吃了,你也不想想那时若他自己吃了,何至于伤到这地步?也不想想他对你、对长元仙君是做到何种份上了!"

华井指着她连骂三声:"愚孝,愚不可及,你走火入魔了吧!"

望舒一抿唇,眼眶红透。

她的探问如风中浮尘,一吹即散。

其实她都知道,不是他。

但她依附着生存的土壤已经坏死了,她也快走到尽头了。

她慌不择路地在黑暗中碰撞,不怕疼,不怕伤,不怕背叛,不怕失望,只怕土壤会失去最后一滴水,干裂嶙峋,最终变成一块无人问津的枯地。

她是初生牛犊不怕虎,可以负尽天下人。

可说到底，她又只是一个至亲危在旦夕的普通小丫头。

她强忍着酸涩转身，顶着风跑起来。
爵微愣了一瞬，随即快步上前握住她的手腕，轻轻一带，扶着她的肩蹲下来，仰着头看她。
"你别这样，好像我们几个老家伙不知羞耻，欺负了你。"

梭罗子轻笑一声，华井也即刻没了脾气。
爵微无可奈何，拍拍她的手臂，从她透亮的眼眸里看出一丝丝胆怯和害怕，惊觉这才是无意而真实的孩子气，声音也轻了："还剩最后一盏锁魂灯，不是全无希望的，我来帮你守着吧。你……听话些，别到处伤人。"
望舒眼一眨，抬起手背盖住眼睛，点了点头。
爵微浅笑一声，胳膊往下落，顺势牵住她的手，往回走。

从山丘经过时，她站在高地从上而下打量他。
他今日穿一袭浅藕色的衣衫，胸口绣着一朵黑茶花。看着远处突然扑棱棱而起的一只丑麻雀，目光平和淡然。
许是第一次用这样满怀感恩的目光端详他，她发现他的眼角已有细纹，当他微笑时，这些细纹会从眼角往外延伸，带着弧度勾勒出一张新的面庞，少去锋芒，多了沧桑，是一种近乎残忍的温柔与宽容。
他的确如外人口中所说，像极了深山老林里的雪，茫茫密密，覆遍山脉。
她嗅到空气中一阵暗香。
微不可闻。
却又经久不衰。

第九章 天下只应我爱，世间惟有君知

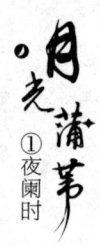

最后一盏锁魂灯燃了半夜,终究还是熄灭了。

长元仙君醒来后痴痴地望着众人,环视一圈,神情木讷地问:"我什么时候过生辰啊?"

望舒抹了抹眼睛:"阿爹,就在明日了。"

"好……好,明日我就过生辰了,真好。"

其实他已经记不清这是羲和代的第几个年头了,但他隐约记挂着这事,记得早几个月就让黔公发了请帖出去。

先前他病重,三盏锁魂灯全熄,长庚岛上下虽然没有直接挑明了话,但彼此都心照不宣,不想好好的红事变成白事,索性都揣着明白装糊涂,愣是谁也没提生辰的事。但如今他自己先提起了,大伙只能按照他的心意张罗。

人之将死,白事也当红事办。

长庚岛人丁单薄,他座下又无弟子,望舒哪里懂那些七七八八的规矩,所以万事都得落在黔公头上。黔公一整夜脚不沾地,忙得连喝口水的时间都没有。

周臣从别处拨了些小仙过来帮忙布置长庚岛上下,雪骊重新对了一遍宾客名单,梭罗子从莲花海运来一些仙果酒浆……望舒看着他们忙前忙后,想搭把手都不知该从何处开始,嘴张了张,又合上,愣怔地看着人来人往。

许是晓得明日就是生辰，长元仙君精神矍铄，容光焕发，乐呵呵地喝着喜茶，任由左右沐浴更衣，梳头发，穿新鞋，从头到尾配合得很。

天蒙蒙亮时，望舒喂他喝下两碗汤药，将他扶着走出房间，沿着回廊一直走，穿过廊桥，便到宴客厅。

清晨的水露气带着湿凉，从脚底穿到头顶，令人忍不住打了个寒战。她替长元仙君拢了拢裘衣，将他鬓角的水珠抹去，温柔地冲他微笑。

长元仙君难得地安静，看着她一言不发。

谁也没有先开口。

倒是不远处一道贺喜声先打破了这份宁静。

紫华星君来得极早，还没到正日就挑着两大担好酒过来了，被告知长元仙君还在梳洗，就没有打扰，同周臣和爵微在大厅说了几句闲话。

他是长元仙君的知交好友，往年长元还未疯魔时，他常来长庚岛采藕，与长元胡天侃地，顺带逗弄望舒。当年三杯两盏把酒言欢，一杯好茶促膝长谈，都是挂在嘴边的逍遥日子。

眼下长元尚在桥这头，他还在那头，隔着碧波云海就迫不及待地冲他打招呼，长元也傻乐呵地同紫华君挥手。

望舒将暖手铜炉递到他手中，望着云海对岸轻声说："走吧。"

长元仙君没反应。

她率先朝前面跨了一步，转过头来搀扶他："阿爹，今日是你的生辰，小藕在此先恭祝你日月昌明，松鹤长春，南山欣作颂，北海喜开樽。"

话语一哽，她满含深意地望着他："阿爹，你有什么话要跟我说吗？"

　　长元仙君紧紧抿着唇,手臂颤抖了下,似是想说什么,但转念停住,摇头晃脑地眨眨眼,注意到云海之中翻腾跳跃的鲤鱼,立即转移了视线,嚷嚷着要捉鱼。

　　望舒好一阵哄,他才不闹腾。

　　到了偏殿,他同紫华君说了会儿话,很快就气力不足,不想动了,瘫软在太师椅中。逢客来,黔公就将其引着到他面前站一小会儿,送上贺礼,说两句客气话就又出去。

　　大殿里只有几个人。

　　紫华君同他叨咕了许多,他有些还记得,有些就全然抛在脑后了。快到午时,他完全不理会人了,眯着眼睛望向窗外的日光,望着望着眼睛湿濡一片。

　　望舒替他擦去,轻声问:"阿爹,要不要吃些糕点?"

　　长元仙君愣怔抬头,摸了摸她的脸颊,语调温柔:"好。"

　　他吃得慢,一块糕点只吞下去半个角,便不肯再吃了,继续望着窗外。忽然,他将头转过来,环视一圈,将目光落到望舒身上。

　　这还是三千年间,他第一次这样细致地看她。

　　"阿爹……"望舒战战兢兢地唤了一声。

　　长元仙君眉峰一挑,怒道:"好好的一个丫头,整日穿这些男儿的衣裳像什么话?小藕,快去换一件来。"

　　望舒愣在原地。

　　长元见她不为所动,朝她挥挥手:"还不快去?你连阿爹的话也不听了?"

　　紫华君是个通透之人,见状朝她颔首示意:"你快去吧,穿件漂亮的花裙子给你阿爹瞧瞧,这老头活了一把年纪都没怎么修过边幅,如今倒讲究起来了……过去就知道他爱女心切,没想姑娘都长这么大了,还这般珍爱。"

　　"嗯。"望舒强忍酸涩,跑回屋里换衣衫。

　　她在柜子里翻了许久,也只找到一条绿罗裙,是她成形那日阿爹送给她的。她还记得穿上这条裙子时，阿爹没忍住掉了眼泪，满怀安慰地说她是他唯一的亲人。当夜阿爹喝醉了，痴迷地看着某个方向许久，许久……

这衣衫好久不曾穿了，她刚套上时还有些不习惯，扯着裙角转了个圈，傻笑了声。好在长庚岛湿冷，这裙子也长，她又找了条雪白的斗篷系在脖子上，勉强能遮住身上的伤口。

等她回到正殿，宾客都已经落座，长元仙君坐在最上方。

在场的多半都是长元的老朋友，此番见他岁值中年，却已双鬓斑白，气虚羸弱，连坐也坐不直了，得有人扶着才能上殿过这最后一个生辰，想到昔年那些豪气干云的岁月，不禁老泪纵横。

紫华君搬起一坛酒，二话不说往口中灌。旁边的人劝了一句，知晓无用，索性陪他一起不醉不休。

长元强撑着力气说了几句客套话，气喘个不停，黔公正要安排他先离席，谁料他突然起身，举着杯酒摇摇晃晃地从主座走下来，停在爵微面前。

他连站都站不直，身子往前倾，一只手扶在桌案上，方才能与他四目相接。爵微想要扶他一把，他大笑着挥开，喝罢杯中酒，忽地沉声一问："南珠侯，你爱过她吗？"

全场鸦雀无声。

望舒一进门就瞧见这场景，心猛然一沉，低头望了望身上的绿罗裙，手指绞着衣角，恨不得将其撕碎了。

阿爹是故意将她支走的。

意识到这点，她的双腿好似千斤重，艰难地朝前迈了一步。

长元声音一声更比一声沉："你在等她回来吗？"

"你宁愿隐匿于世做那懦夫，也不肯出来找她的踪迹。六千年过去了，你到底还要逃避多久？"

酒杯坠地，碎成渣子。

"……你放过她吧。"

长元声嘶力竭之后,忽然全身一软,瘫坐在地上,茫茫然望向九重天阙,被烈酒呛出了一声悲情的喘息。

望舒终于穿过人群走到他面前,一声不吭地蹲下来,将他背起,一步步走出了大厅。

整个蓬莱山雨欲来风满楼,黑云压城城欲摧。

修罗忽地眉心钝痛,全身凝聚成一股无形的力,力随风而走,翩然绕过大殿的雕梁画栋,吹拂在金樽美酒之间,恍个神又被风中的蜉蝣包裹,碾作尘土,洞穿天地间每一个角落。

梭罗子等人追着风走出大殿,遥望千顷荷塘之上,露出真身的修罗棋盘。

那上面赫然已经有了第二步棋。

望舒走得慢,每一步却很稳。

走到老榕树旁的水塘,长元仙君忽然拍拍她的肩,她脚步一顿,动作轻缓地将他放下,让他背靠着树。

寒风中捎来一阵清香,长元仙君闭着眼嘟哝了声:"是藕香,可以采藕了。"

望舒盘腿坐在他身侧,也不说话,就只是看着他。也不知过去多久,她柔声唤道:"阿爹。"

长元仙君已经油尽灯枯,及至此刻,方才被这一声"阿爹"戳得痛彻心扉,如梦初醒,眼泪止不住地往下掉。

"小藕,你恨我吗?阿爹对不起你,阿爹对不起你……"

"阿爹,你别说话了,留点儿气力,我去叫华井司医过来,他一定有办法救你的。你答应我,再撑一撑好不好?"

她慌张地望了望四处,整个荷塘十里长风,却无一人跟来。她心下更是着急,跌跌撞撞朝一处跑,也没注意脚下,被藤草绊住摔了一跤。

长元仙君赶忙扑到她身前，柔情百转终化成长长一叹："小藕。"

望舒眼泪"唰"地往下流。

"阿爹，我在这儿，我在这儿呢。"她顾不得脚上的藤草，半跪在长元身前，半拢半抱将他扶起，小心翼翼地擦拭他额头上的泥污，声音很低很低，好似低进尘埃里，"阿爹，就算是为了我，也不能再撑一撑了吗？"

长元仙君没听清这话，但他还是猜到了。

做了几千年的父女，怎会不知这小女儿的七窍玲珑心？他颤颤巍巍地抚了下她的后背，声音沉哑，透着无尽的沧桑和愧悔："小藕，你这么聪明，应该什么都知道了，是不是？"

"阿爹……"

"我恨他，我恨死他了。"

千言万语，逃不过一个"恨"字。

其实望舒早就有了答案，三千年前在蓬莱有威望的，除了那闭关的帝君，归隐的南珠侯，还有就是德高望重受人敬仰的星宿君。

从头至尾，这场三千年间的生死局都是他一手布下的。

"是我去找的王邢笑，求的那情蛊，我早就不想活了，只要一想起姞贞，我就会痛苦难当，夜不能寐。每痛苦一分，我就恨他一分。三千年了，姞贞已经回来三千年了，他至今没寻过她的下落，她至今不肯来见我……小藕，我真的很痛苦。"

他的手苍老嶙峋，抚在望舒的后背，更像是将全身的力气都压在她身上。

"王邢笑给我情蛊的时候，和我说将来我会失去情智，有可能伤及身边的亲友，于是我闭门不见外客，将你送去西海，我想着总有一天，我会悄然无息地死在长庚岛，黔公会守着我的坟头等到南珠侯现身的那一天，等到姞贞肯来见我的那一天……"

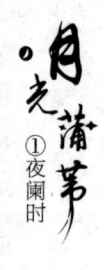

后来在被情蛊折磨的那些日子里,他时常记不清自己是谁,时常看着望舒就会想起茗贞,更多时候他深陷在罪恶的泥泞里,挣扎咆哮。

他没有想到她会偷偷从西海跑回来,也没有想到他会将她视作疯狂发泄的对象,更没有想到情蛊能把他变成那种丑陋的东西。

"小藕,我不甘心,我虽然一心向死,却没有勇气自裁,是因为我始终不甘心,我始终还想再见一见她……可是我等不下去了,我的等待是凌驾在你的痛苦之上的,我真的不知道发病时会对你做那些事,是不是很疼?你自小就最怕疼了,从树上摔下来都要抹半天眼泪,而我还那样……那样打你。小藕,阿爹错了,阿爹伤你太深了,可是我也很痛苦……"

他被爱所囚,逃不出恨与悔的深渊。

原先他以为爵微不会救他,可爵微竟然愿意舍去自身修为来救他,他心底那份龌龊的揣测,无限放大成对自我的谴责,被套进环环相扣的死循环中。

对南珠侯妒忌成恨,对月光神爱悔难言,对望舒一生愧疚,在这数千年间湿冷的等待中,他被情蛊所控身不由己,被爱与恨撕扯得面目全非。

他一遍遍抚摸她的脸颊,泪流满面:"小藕,阿爹不能再这样下去了,不能再拖累你了。"

望舒扶着他的双肩,眼眶熬得通红,眼泪打着转,她使劲忍着,深吸一口气,挤出笑容:"阿爹,没关系的,我不疼,我只想你活着,我知道……我知道你心里也想活着的。"

长元一愣,瞬时悲怆落泪。

虽千万人,唯她矣。可经过这三千年的事,每每清醒时分一闭上眼就浮现出他将她摔打在廊下,将她打得气息奄奄倒在地上的场景,他就觉得自己多活片刻,对她而言都是折磨。

长元仙君摇摇头,笑着说:"小藕,阿爹很爱你,所以阿爹不能再活下去了。"

他攒足力气,从怀里掏出只锦囊交给她:"那个紫眸女名叫顾乘媛,是阎水的女儿,她恨不得将南珠侯千刀万剐,所以你记着,不管他日蓬莱发生怎样的变故,你都不要管,别去理会,别蹚那浑水。但有一日,当你躲不过那浑水脏水,遇见危险的时候,将这锦囊打开来,或许能护佑你平安。"

长元缓慢抬起手,摸了摸她的头。他想起当年的小小莲藕人,想到许多年前推开刺文楼那扇门时看到的人,眼泪似流尽了。

"……小藕,在刺文楼那些日子是阿爹这一生最快乐的时光了。"

望舒颤抖地收紧手臂,将他抱入怀中:"阿爹,和小藕在一起的日子,你不开心吗?"

长元合上眼,微微一笑:"阿爹……"

话尚在嘴边呼之欲出,望舒屏住呼吸,眼睛眨也不敢眨。

忽然,长元仙君猛然将她一推,顺势扑倒在她身上。一道闷哼从他唇间溢出,紧跟着鲜血染红了大片衣襟。

望舒还未反应过来,一阵黑风绞得枯叶狂飞,沙石乱象,眯得她睁不开眼。她下意识伸手去捞,身前竟空无一人。

她的心突突往下坠,竭尽全力追上去,脚却还套在藤草间,一个不察又一次狠狠摔下。脸砸进湿泥间,吃了一嘴草,身上痛得麻木一般,她却好像丢了魂,茫茫然四顾,大喊一声:"爵微上神,快来救救我阿爹,快来救救他啊!"

片刻后,狂风渐去,藤草剥离。

她跌跌撞撞跳进荷塘,远远地,看到长元仙君被一堆枯黄的荷叶掩映着,漂浮在水中央。

眼泪鼻涕糊了一脸,她也顾不上,大步跑过去。

离得近了,长元仙君的背先露出来,上面有数道黑羽造成的伤痕,那些黑羽将他身上暗红色的寿衣割成一块块碎布,嵌进他的血

第九章 天下只应我爱,世间唯有君知

肉里。

望舒眼睛一眨,泪水蒙了眼,她喃喃地唤了声:"阿爹。"

荷塘中毫无回应,她的脚步终于顿住,好像灌了铅,怎么抬也抬不起来了。她又唤了声:"阿爹……"

风擦过水面,带来这年寒冬最透骨的一阵冷香。

望舒忽然想起阿爹送她去西海的前一夜,那时的长元已经中了情毒,时不时会拿着藤条抽打顽皮的她,会将她打得不断求饶方才停手,她有点儿怕那样的阿爹,偷跑出去几次后就不敢了,也不敢再上蹿下跳,每每都逼着自己在阁楼里看书写字,做足听话乖巧的模样。

每当听见一丝响声,她都会凝神去听。若是长元归来,不管在做什么,她都会立马蜷缩在书案前装乖……

可那一夜长元却是温和的,陪她喝茶散步,和她讲蓬莱趣事,好像又变成当年那个无限宠溺和纵容她的阿爹。

他问她:"小藕,阿爹养大了你,你开心吗?"

"开心呀,陪在阿爹身边小藕最开心了。"

他却摇摇头,缓慢捋着她的头发叹了声气,看着窗外遍地的茶梅树说:"开心的孩子怎么会不想要出去玩呢?小藕,我是不是做错了?"

她想跟他说,阿爹,你没有错。

可是当时她为什么不说呢?

她让阿爹不开心了,对吗?

所以这些年,阿爹只是在惩罚她的,是不是?

……

长元仙君仙逝了。

红事终究还是变成白事。

望舒在荷塘边站了很久,不准任何人碰长元,直到夜幕垂下,山野之间阴寒阵阵,她冷不丁地瑟缩了下,这才背过身去。

黔公等人随即上前,将长元抬去了早先布置好的灵堂。

望舒一直干瞪着眼睛,像是看着荷塘,又像是看着虚无的景象,眼球里密密麻麻全是红血丝。

爵微张了张嘴,想说什么终究还是放弃了,双手一拢,将她揽到怀里。

她毫无反抗地蜷缩在他胸膛中。

"上神,我的阿爹走了,他会去什么地方?"

"他并未羽化,想来是要叶落归根,重返人间的。"

"人间温暖吗?"

他将身上的斗篷解下来,披在她肩上,轻声说:"有阳光的地方,不会太冷。"

她没有应声,埋着头动了动身子。他这才注意到她的衣裙,往日有那厚厚的青衣罩着,高矮胖瘦皆难断定,如今绿衫婆娑,影影绰绰勾勒出玲珑身段,他方才醍醐灌顶般意识到,她已经是一个大姑娘了。

玲珑玲珑,昔年他与帝将对弈的棋局也名为"玲珑",他曾在那棋局之间回头,凝神端详树下的婼贞,漫无边际地想过一些事,尔后竟不知是如何醉到那种地步的。

他愣了一瞬,慢慢找回意识,手臂松了松,最终还是放开怀中的人。

望舒被突然而来的一阵风吹得哆嗦了下,抬头看他。她数次张嘴,都只发出了闷哼,声音好像卡在喉咙里一般,顿了许久才顺畅。

她又低下头,细语呢喃:"我再也没有阿爹了。"

"你还有很多人。"

他犹豫了片刻,还是弯下腰来替她系紧斗篷,轻声重复:"你

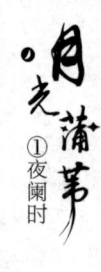

还有很多人。"

"其实你已经知道了吧,我阿爹才是那内鬼,他想借顾乘嫒的手杀你。"

"……我猜到也许是他,但我并不知道那黑风就是顾乘嫒。"他浅浅叹了声气,从下往上凝视她的眼睛,"望舒,这事你别管了,我会查清楚。"

望舒轻轻地眨了下眼,没作声,将他推开,一步步走出荷塘。

爵微注视着她离去,那背影太消瘦了,仿佛随时能被风吹折。她走得很慢,可每一步都踩在了结实的土地上,让她感受到自己还活着的重量,步子沉,身子轻,稳稳当当却不需要任何人的搀扶。

这已经不是第一次,让他看到她身体里那股隐藏很深的阴沉和黑暗,他明白她并没有把他的话当回事,她是不会善罢甘休的。

黔公很久很久以后回想起来,还能清晰地回忆起这个夜晚。长元仙君的骨灰撒入天渊河后,数千年未曾飘过雪的九重蓬莱竟迎来了一场大雪。

那场雪毫无预兆,洋洋洒洒布满了所有枝头,将星光隐没,将繁华空洞的苍穹覆上银白的绸布,入目皆缟素。

那么美,美得那么庄严。

以前他问过长元仙君,用莲藕养出肉身的精灵能有感情吗?长元板着脸将他训斥了一顿,说当然有,一定会有。

他记得她幼时很调皮,经常爬到树顶上眺望长庚岛以外的景致,好几次都从树上掉下来,不是摔断刚长出的脚趾,就是扭伤胳膊,哭哭啼啼地撒娇,被长元骂得狗血淋头却还偷着乐,笃定了长元宠爱她,不舍得对她下重手。

有时候她被罚不准吃饭,在院子里顶着烈阳晒茶,在廊下跪一夜,如此类屡见不鲜,却从来不闹腾,晃着脑袋冲长元笑。她一撒娇,长元就什么气都没了,只会更加尽心尽力地照料她。

如今他细细想来，忽然惊觉到一点，过去她也是个淘气的孩子，也曾爬树看热闹，上山看星星，踩着祥云闹着要飞出去……可不知从何时起，她的笑容渐渐变少了，也不喜欢说话了，对人总是阳奉阴违，表面乖巧安静，实则孤僻阴暗。

她在黑漆漆的屋子里放声痛哭，发泄，咆哮……无人推开那扇门，无人将再为她挡风遮雨，她成神成魔，都只在一念之间。

九重天上，知晓月光神伤心痛哭时蓬莱会下雪的只有两个人，一是刺文楼前楼主，二是星宿君长元。现如今这两个人都走了，普天之下谁又晓得"豪饮三千场，梦醒华夏前"那场旧梦还真实存在着？

谁又能握住那雪花，不让它消融？

这期间秦昭雪来了一回，风风火火地闯进内院，见望舒还把自己关在房间里，不同任何人说话，也不许任何人探望，脚步一滞，抬起手又放下，终究不曾砸门而入。

他也没有当即离开，而是站在廊下，徐徐吁了口气。一抬头，同爵微打了个照面，彼此看看，顺道站一起去了。

茶梅树精走了一大拨，留下来一小拨，现如今院子里空落落的，打眼望去，满庭积雪，寂寞深深。

秦昭雪竖着眉毛看了看雪，说道："好生奇怪，那年蓬莱也下了场雪，和长元仙逝那一晚一模一样，举目飞霜，彻身严寒。这些年我东搜西刮，勉强拼凑出来一些有用的消息。好像那年下雪，月光神在刺文楼见了长元，不知说了些什么？"

爵微没有应声。

过了会儿，见秦昭雪还记挂着这事，他垂下眼，淡淡问道："和如今这场雪有何关系？"

"你不知？"

"我不知。"

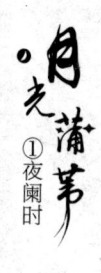

"那我不提了,凭空猜想无以佐证,全是假话。"秦昭雪挑眉,若有所思,"待确定这事再同你说吧。"

爵微点头,眼角余光瞥见回廊下的莲藕羹。这天气摆在室外,不消半炷香便冷透了。他拧眉沉吟了片刻,引着秦昭雪往旁边走几步,声音微沉:"她把自己关在屋里好些天了,我有一点儿疑惑尚未解开。"

秦昭雪便晓得他神思不定,是心里揣着事了,双手拢在一起理了理袖口,轻笑着问:"你心里的疑惑我知道,是想着她何至于到这一步?"

爵微没有反驳。

"这事早些年我就听说了,有一回华井给长元看诊完离开,溜达着到我那处小憩了片刻。提起这茬,我想起凡间有个李疯子,逢人就骂,骂山骂水,骂草骂土,但凡是从她眼底过的,她都要骂。可她去旁人家里做客,就变好了,温柔贤淑,很是讲理,你说这样的人奇不奇怪?"

秦昭雪拍拍袖子,负手身后,沿着回廊一直朝前走。

"关于李疯子这人,典籍上记载得不多,唯有一条令我印象深刻,是时有个老和尚说她心里住着鬼,这鬼即是心魔。她应当是经历过些不够顺遂的事,才将自己分裂成那样的情状。但她一面柔和、一面暴躁,犹如她内心住着鬼,却同时也渴望着春雨般的温柔。"

爵微跟在他后头,步子落得轻而慢,全因积雪太深。

"我同你说这些,是想告诉你,每个人的内心都很复杂,没有单纯一面两面的模样,你是上个时代的远古之神,但也许你见过的人还不如我多。"

秦昭雪这人不爱整规矩那一套,尤其是当他知道与望舒的君子协议还在爵微手上后,便晓得面前这人怕是已经将他老底都揭穿了，以往那些自以为是的装疯卖傻便都揣起来了，与他好生说道说道经年间的闲散事。

"如果说月光神是长元心里的鬼，是他心疾的由来，那长元就是小女娃心里的鬼，是她心疾的一切源头。长元的身体和精神都是病态的，那他施加给小女娃的爱又能明亮温和到哪里去？你要知道，她生来对这个世界的所有规则和情感，都来源于长元。他以那种痛苦难当的心理残存于世，将所有无可发泄的苦恼都发泄到她身上，将她逼疯逼傻一点儿也不奇怪。倘若今日在我面前的是如那李疯子一般的小女娃，我倒没觉得有什么了，可奇就奇在，她不是。"

秦昭雪抿唇，站住不动了，仰起头看他。

"她好像是去别人家中做客的李疯子，安静乖巧，睿智深沉，她将疯的那一面收拾得很好。她能这样不是因为她比李疯子聪慧，而是因为在她内心深处，尚有一丝回旋的余地，她知道长元是爱护她的，也知道许多事情长元是身不由己。"

秦昭雪想起当日与他论道的小丫头，眉目淡然，不卑不亢，自成一股子气。想到前几日他将猫在藏阁外多日的瘸腿少年一把揪起，撞进那炯炯有神的双眸间，忽然泪湿的眼眶，不得不对望舒又多几分赞许。

静水微澜，必起大浪。

他全身舒爽，轻笑道："她的内心既有风暴般的沉暗，又有深海般的宁静，她既坚如磐石，又柔若云雾。她是我看重的女娃娃，假以时日好生引导，必然错不了。"

爵微愣了一愣，想必这是上下五千年间，从秦昭雪口中出来的最重的一句话了，可他还是隐隐担忧。

他对秦昭雪说："我知道你看人从不会走眼，但是如今，长元并非是生老病死的自然仙逝，而是有人刻意为之。"

话说到一半，他垂下眼眸，指着脚下缠结在一起的子母云让秦

昭雪看。

不管母云飘去多远的地方,子云都会依照某种联系与她缠结在一起。纵然两者之间隔着成片白蒙蒙的云,它们不惜一切代价,即使变得面目全非,也要在一起。

"在我看来,长元待她是真的好,她也真的一直守着当初那份美好,可是他给她织的那张网太深了,她未必走得出来。"

他忽而回头,顺着一路踩过积雪留下的羊肠小道,看向尽头那漆黑宁静的屋门,声音也沾上丝雪气,凉津津的:"她不会善罢甘休的。"

秦昭雪顺势看过去,揣度他话语间的思量,心下有几分了然。

"当年桃止山野兽闹事,引发霍乱,你的弟弟吴歌也死在那场变故中,自那之后你便不爱理会凡尘间这些事。我忽然觉得,这凡尘真真是叫人无可奈何,置身其中总有伤怀,伤怀总大过快意。你不与它计较,它还是要与你计较;你不与它讲理,它的歪理却比人心还硬。善恶也总难持平,好坏都不成,一碗水要时刻端平,做人十分难……可是如今为了那小女娃,你是又想理一理凡尘间的事了?"

爵微沉吟片刻,唇角扬起一抹笑:"过去这些年,除了已经仙逝的长元,便只有你敢和我说及吴歌了。"

他这话既没有直接承认,也没有一口否决。

秦昭雪是多么通透明白的可人,也不将话说得太满,点到即止:"如果只是对那小女娃,多一些宽容和耐心是值得的。只是如今的事与当年也不一样了,那会儿的人也不如现在复杂了。南珠侯,你可要想好,这里面是脏得不能再脏的臭水沟了。"

两个人走到一半又回程了。

这一回路好走了些,只需沿着先前的脚印重新走一遍就好,可是路能重走,覆水就难收了。

他归来之时亦不曾想到,现如今的蓬莱会这样云谲波诡,一块小小的石头就能激起千层浪，亦不曾想到死灵城会是笼罩在蓬莱静流下的一张暗网，牵一发而动全身。去了一趟瓠犀酒楼，杀了一些死灵，却又拉扯出更多的东西，理也理不清。

如此真是有些烦人了。

走到屋前，又见茶梅凋零，一门紧闭，廊下是扫不完的冷雪。
他又忽然莞尔。
不管是不是为了里面那人，这臭水沟他都已经蹚进去了，还管什么臭不臭？

秦昭雪与他相视一笑，眉眼犹如拂开云雾得见一片清光般明亮，死皮赖脸搭着他的手臂轻拍了拍，郑重道："世间诸多享乐，不及友人一句真话……南珠侯，你是真的心性软，心性太软。也罢，这日子还得往下过，以后可要经常来找老头子喝茶谈心。"

说罢，他大步离去，湿冷的雪气中只余下一声爽笑："总之日后你是免不了要常去我那里串门的了。"

爵微此时尚不知这话何意，不过不久之后，他便知道了。

三日后，望舒被周臣唤出门。

她身上还是那厚重如枷锁一般的青衣，眉眼间清瘦苍白，了无生气。抬头望着旷野，雪消融了一半的廊桥，伶仃凄凉的几株茶梅树，一院子寥落的寂静，转过视线，迷蒙地环视四周。

爵微将莲藕酥摆在地面前，她好像完全没有看见一般。雪骊上前哄她，她也木讷地眨眨眼睛，却不应声。屋子里站了一圈人，她自己却还在那个大雪纷飞的夜晚。

直到周臣过来，往她身边坐下，与她一起东张西望，偶尔眼神交会有个停留，随即又飘走。这般过去半个时辰，她总算有了意识，唇角一抿，肉粉色的下巴往上微抬了抬，嘴唇张开："我饿了。"

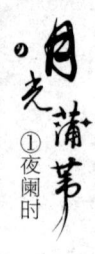

那一声无尽沙哑，又透着无尽的酥软。

周臣笑着摸摸她的头顶，将那碟早已冷掉的莲藕酥喂给她吃。她一边细细咀嚼着，一边将视线聚焦，最后她的眼底终于出现了一片微光。

她客气地对众人道谢，同他们说她已经振作了。

华井见她这般，脾气又上来了，甩给她一包药，二话不说扭头就走。气是真气，疼也是真疼，要不是以往真有几分拿她当小媳妇疼，何至于这么一出事就让他发了好几回脾气，可生气归生气，该调理身子的药也没落下。

修罗不善言辞，默默地拿着药去煎了。

长庚岛只走了一人，却莫名有种人去楼空的凄凉。

梭罗子打趣了一两句，便要告辞，爵微朝他点点头，示意一起走，转过头来想对她嘱咐两句，张了嘴也不知该说些什么，犹豫再三只留一句"保重身子"，就离去了。

刚走出长庚岛，梭罗子就忍不住了，满肚子的酸话不吐不快，先是哈哈大笑一阵，掀起眼尾瞄他："怎么着？鞍前马后一月余，最后连句话都没说上，这心里可不是滋味了吧？"

不待他回应，他轻哼一声："要我说你这人就是太冷清了，稍微热乎点儿，别说那有血有肉的小女娃了，怕是冰块都能焐化咯。你说你，明明还是有些担心的，也想照顾着长元的面子，日后对她多加照拂，但你冷着张脸，什么也不说，你以为她会知道？"

爵微低头望着脚下，没有搭理。

梭罗子更来劲了，非得说得他认理一般，干脆停下步子，挡在他身前："兄弟我传授你一句大道理，只有在意你的人，才会想着办法去揣摩你的心思，除此以外你哪怕是把心都掏出来了，只要你不说，那明眼人都能是瞎子。我这么说，你可是懂了？"

"……你到底想说什么？"

爵微许是猜到他的意思，但又猜不尽全，忽而明白，也许他并不是很在意面前这位蓬莱第一美男子，故而也猜不出他在想什么。

梭罗子一声长叹，还要再与他说道说道，嘴巴都张开了，忽然一拢，溢出声浅笑，附在他耳边："哎，兄弟我看走眼了，没想到你这些日子装哑巴也不是全无效果。瞧瞧，小女娃追出来了。"

爵微忽而一愣，随即意识到什么，转过身去。

这一年的寒冬，好像格外漫长。

梭罗子再说什么，他却一个字都听不进去了，等到那被青衣包裹的小人儿喘着气站定在他面前时，长野空旷，只余他二人了。

望舒一阵没说话，倒是他先沉不住气，开了口："不如绕着长庚岛走一圈吧。"

"好。"

长庚岛的风景没什么意思，除了那一片片枯萎的荷塘，便是一道道高地，以及攀爬过高地后渐渐明朗的星光。

走得累了，她的脚步放慢，先是瓮声道了谢，没听到他的客气话，半晌后又说："上神，我昨夜梦见我阿爹了，他托梦给我。"

"说了些什么？"

望舒轻轻笑了下："都是些老生常谈的话，嘱咐我要好生修炼，不能贪玩。长庚岛虽然偏僻，但也安静，最主要是不管蓬莱刮多大的风，拂来此处的寒冷都不会伤人。他总是担心我离开长庚岛半步，就会遇见危险。"

"他的担心不无道理。"

"可是就算我寸步不离，危险也会主动找上门来的。"

爵微敛下眼眸，在一棵老榆树下转头，与她对视。

她的眼睛已经不如前几日红肿了，可是隔着很近的距离细细打量，依稀还能看到她眼睛里残留的血丝，眼睛一周乌青未散。

这是她生理的反应，不能由大脑控制。所以不管她看起来多么云淡风轻，长元的仙逝都在她心中留下了不可磨灭的痕迹。

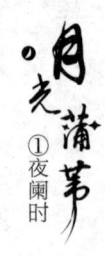

她一张小脸端的是大人的模样,藏的是比大人还深的心思。

他不由得蹙起眉头:"你想好了?"

望舒没应声,踢着脚下的碎石头,白得发亮的脖颈儿动了一动。

"为什么要告诉我?"

其实不管她做任何决定,都没有义务要通知他。说到底,她心里对他应该多少有些怨怪的。不为其他,单就顾乘媛出现时,她那一声出于本能的呼救,而他却未能及时出现,这就已经够让他心里泛苦了。

他曾经答应过要替她守住长元的,最后还是失信了,她要怪他也是应该的。可是她却同他说起这些,这一回他不敢再猜她的心思。

望舒想了会儿,抬头看着他:"我想问你,那次在录事君家中,你明知我是去偷东西的,为什么不拆穿我,还要帮我解围?"

不知不觉间,她对他的称呼发生了变化,她不再拘着身份唤他"上神",但这种改变是有代价的。

他一声浅笑。

"我想不出数千年后的某一天,还会有谁在冒险去录事君家中偷东西时,还顺手偷走我的画卷。当时你心里在想什么?"

他不知道为什么,而她也不知道为什么。

一切都是临时起意。

……

望舒晃着脑袋在原地走了几步,被他拉回来。她稳住身子后轻轻地说了句:"上次你领我去蟾蜍阁,我还欠着你一回。"

"所以?"

"不管日后发生什么,我都会记着的,我还欠了你一回。"

她这次再看他,神色已全然变了,没有矫揉造作的乖巧,没有故作镇定的柔和,她的眼底灰蒙蒙的,只有一丁点儿的光。他透过那层朦胧的光晕,看到里面随风摇曳的一株小火苗。

星星之火,足以燎原了。

他喉头一哽,终究有些缓过神了,仔细再想也就明白她是什么意思了。

她这般聪慧,早就看清蓬莱风起云涌的大局了,猜不到将来的变数,但势必会为长元报仇。可不管怎样,她都欠着他一回。

特地追过来告知的决定,只是想让他明白,他们今后再无关系。那些恩与债全在她心上,有着条目,一清二楚。

爵微想了又想,舌苔上苦涩更甚,好像不知何时那上面结出了一颗苦果。

他再次问她:"何为正道?"

望舒的回答同当日在瓠犀酒楼,和秦昭雪论道时的答案一模一样。

"身前铁血风刀,身后有肉有酒。"

"少一些烦恼,多一些快乐。"

"尊重小人,被大人尊重。"

……

她埋着头,肩背细窄,像是一条长扁担。

"其实我本无道义、侠义与仁义,是秦昭雪错看我了。我希望有酒有肉,是因为过去阿爹常挂在嘴边,每回他与紫华君畅谈总要酒肉佐茶,点一盏灯,聊到星辰落幕……

我常常会想到人间的侠客,想到他们在刀光剑影的数十年间,大口吃肉大碗喝酒的豪气干云,可一回到残屋破瓦的家中,黑灯瞎火万籁俱寂,身前身后都无一人,心中万分落寞时还要强打精神,给自己拾掇着煮出一碗苦茶。

兴许这世上的每一个人都有悲喜,而这份悲喜只有自己能尝,

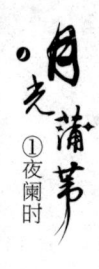

于是我就在想，阿爹的心里也是悲喜交加的。他这些年一直在罪海中挣扎，还想着能多爱护我几分，我便希望他能少一些烦恼，多一些快乐。"

"你心里只有长元仙君。"

"是。"

她没有迟疑，直接承认了。

上回她还同他辩驳，说她心里也有黔公，有荼梅树，有雪骊和帝君，可是一转身她伤了黔公，打了方槐，不理会雪骊，甚至怀疑周臣。

她的心里再也摆不下那么多人了。

"那尊重小人，被大人尊重又是为谁？"

"……这一条是为我自己。"

她揉揉脸，深吸一口气，声音又软了些："我希望被大人尊重，是因为我想有一天被人记住，不是因为我是长元仙君的女儿，不是因为我同周臣亲近，不是因为有修罗大仙的保护，不是因为我被你另眼看待，而仅仅是因为我就是我。"

爵微沉默了许久。

久到最后他已经尝不出心里那份苦，想不起近日来发生了些什么，更是无法去猜测更多的变数，只能受某种难以言说的直觉驱使，从袖子里将君子协议递给了她。

递出的一瞬，他了然秦昭雪当日离开时说的那句话了。

如今长元已经故去，她再无后顾之忧，与秦昭雪论道必是早晚之事。

既然如此，何不放手让她去？

让她成为那个"我就是我"，而不是第二个"秦昭雪"。

"你说那是人间的江湖，我原以为那江湖离得很远。如今想来，刀光剑影即在枕边，夜灯苦海触手可及，九重蓬莱远不及那人间多彩，可这里的江湖却是一次次逼近到眼前。"

他抬起手，与她错身之际揉了揉她的发顶，满目温柔："望舒，咱们来日方长。"

第九章 天下只应我爱，世间唯有君知

尾声

　　望舒与秦昭雪签订了君子协议。
　　她没有听长元仙君的话,还是搅和进了蓬莱那臭水沟里,但她也答应秦昭雪,如若有一天她离开正道,就会永生离开蓬莱。
　　修罗信守诺言,一直如影随形,伴她身后。
　　后来有一日,就在爵微离开长庚岛不久,她去了萧演拿下冰城后推演出的格局"山间事"中,听闻那里可以看到自己的前生。
　　她想知道,她究竟是谁。
　　而同一日,南珠泰斗在冰城附近寻找死灵,突发地陷,下落不明,爵微与梭罗子赶赴冰城。
　　那一日,丰禾城还发生了件大事。
　　王娘子不知为何在蟾蜍阁对鬼刹大发了一通火,离开四通八达的窄巷子时,突然失去了踪迹。她这一失踪,吓得上驷大人屁滚尿流,好像天塌了一般,连夜叩响了长庚岛后山上那道柴扉小门。
　　第二日,多少年没管过事的帝君周臣,下山了。
　　究竟长元仙逝那日,在修罗棋盘上显现的第二步棋是什么?
　　……
　　江湖还有很远,可这里的人都很近。
　　近到什么程度?
　　只要从袖口递出剑,就会出现血。

只要想问情，千回百转遍地长情。
你度化苍生。
我度化你。

尾声

神秘力量兴起 ／ 两族再爆争端

胭脂将（二）
破梦
YANZHI JIANG

作品 王琛

白鸦媸婳 兴风作浪
腥风血雨 一触即发
胭脂女将 何去何存

2018年3月上市
敬请期待

凝欢峰意云
天朝烈舒
华厉唐哥初
　　　　白鸦媸婳

受白鸦媸婳的影响，初云心智混乱，盲目闯入敌营，却不慎被俘。白渊族女皇哥舒意亲临战场，发现初云体内孕育着魔魂，她企图收服魔魂，炼成魔魂珠，助自己增长功力，并给予厉朝欢致命的打击。
与此同时，华天凝也得知，魔魂与白鸦媸婳竟是天生的宿敌，如果要救厉朝欢，克制白鸦媸婳，必须借助魔魂的力量。于是，华天凝开始密谋营救初云。正当计划秘密进行时，局面却由于唐烈峰的意外介入而发生了翻天覆地的变化。唐烈峰与厉朝欢的生死，竟然同时系在了白鸦媸婳的身上……

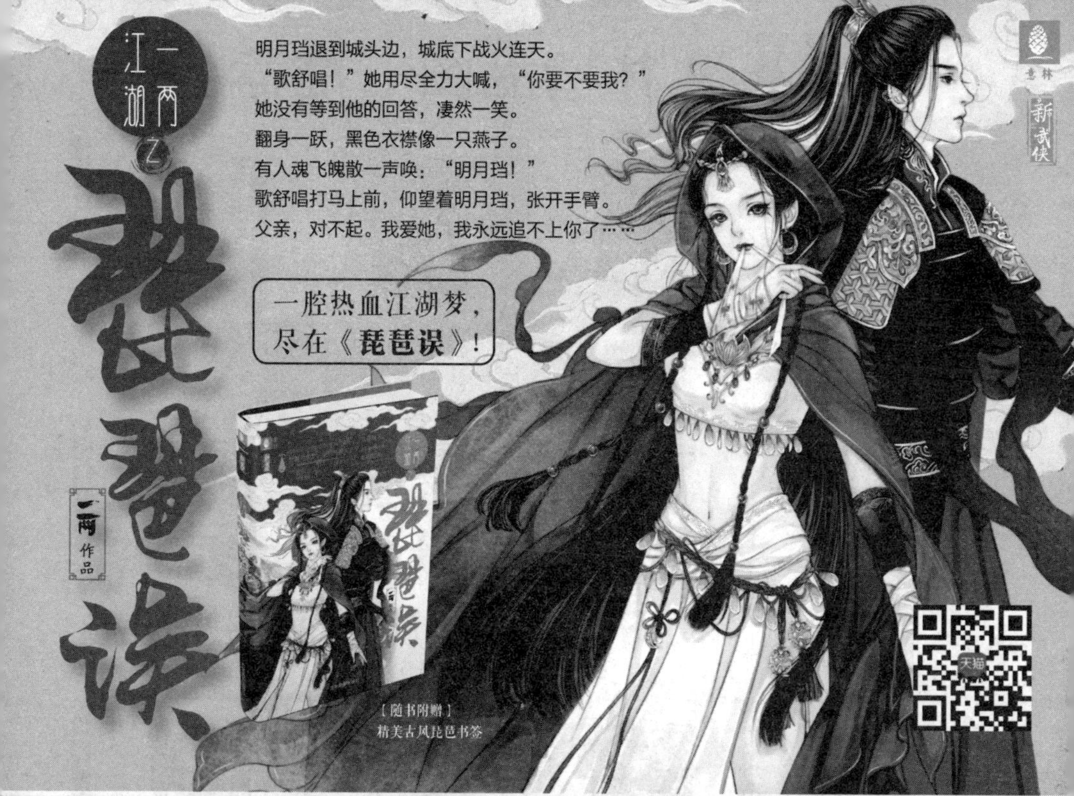

一两之《琵琶误》

明月珰退到城头边,城底下战火连天。
"歌舒唱!"她用尽全力大喊,"你要不要我?"
她没有等到他的回答,凄然一笑。
翻身一跃,黑色衣襟像一只燕子。
有人魂飞魄散一声唤:"明月珰!"
歌舒唱打马上前,仰望着明月珰,张开手臂。
父亲,对不起。我爱她,我永远追不上你了……

一腔热血江湖梦,
尽在《琵琶误》!

[随书附赠]
精美古风琵琶书签

一两 作品

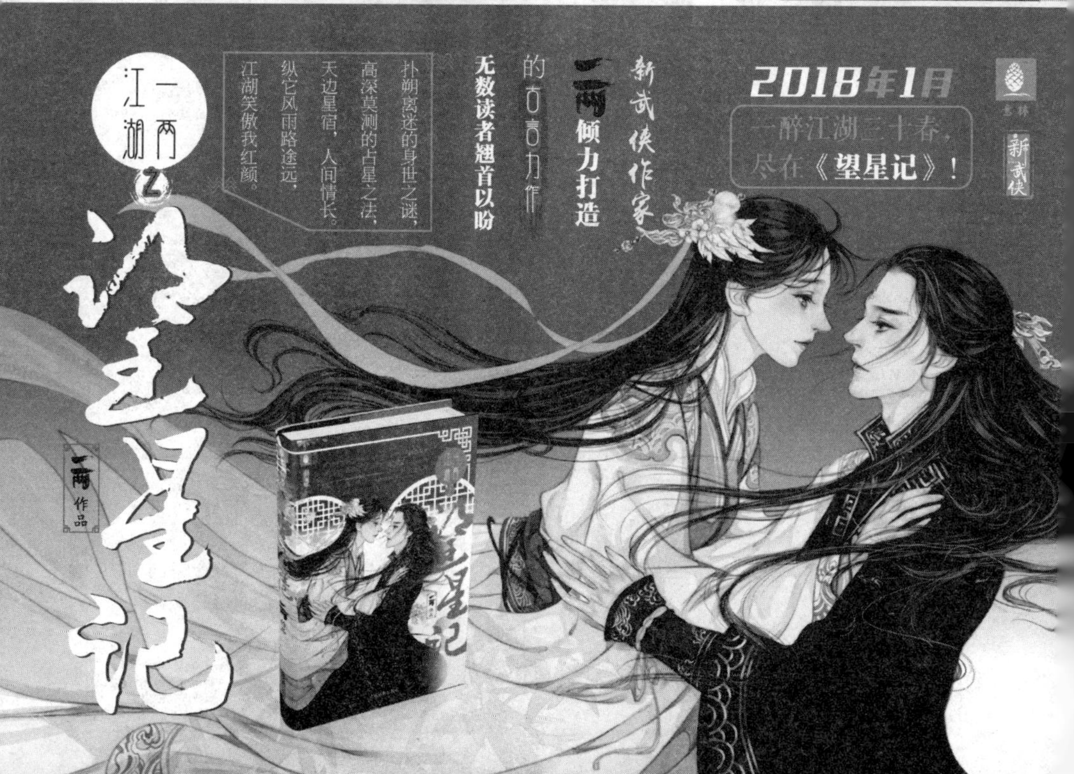

一两之《望星记》

2018年1月
一醉江湖三十春,
尽在《望星记》!

新武侠作家
一两倾力打造
的古青力作
无数读者翘首以盼

扑朔迷离的身世之谜,
高深莫测的占星之法,
天边星宿,人间情长,
纵它风雨路途远,
江湖笑傲我红颜。

一两 作品

意林精品图书推荐

《雪鹰领主1》
简介：我吃西红柿全新力作！少年骑士惊世崛起，铸就为人类荣誉而战的英雄传说！
定价：29.80元

《禁域①墓地神婴》
简介：皇者重现世间，只为触底反击，再创传奇！踏破乾坤纵横时空，禁域绝密即将揭晓！
定价：28.80元

《禁域②宗门斗者》
简介：扶桑谷内迷雾重重，时间长河、神秘女子……时空彼端，究竟有着怎样的秘密？
定价：28.80元

《风之守望者》（①、②）
简介：一个关于青春和魔法的故事，一些于崩坏与爆笑的校园日常，一次爱的救赎。
定价：24.80元/册

《我不成仙 一 断尘绝念》
简介：不想成仙却毅然修仙，她见愁只想有朝一日对那人说："纵你成仙，亦不可逃！"
定价：28.80元

《我不成仙 二 杀红小界》
简介：血衣作战袍，刻骨为利刃。她的通天坦途，便是他的穷途末路！
定价：28.80元

《我不成仙 三 流星赶月》
简介：敏锐与直觉，无一欠缺，缜密与果决，兼而有之。力敌群雄者，舍她其谁！
定价：28.80元

《我不成仙 四 鏖战空海》
简介：为成大道，葬痴情、斩尘缘者有之，可若寻仙问道是这般模样，她宁愿永不成仙！
定价：28.80元

《符神传说①斩焰少年行》
简介：接通元灵符界，交易、对战、派单……现实与虚拟之间，体味什么叫酣畅淋漓！
定价：28.80元

《符神传说②东川起风云》
简介：逆转鬼纂岭、人蚕荒探迷城，跨越空间界限，开启度奇幻热血征程！
定价：28.80元

《符神传说③刀芒惊天下》
简介：巧进黑狱筑识海，烈焱龙雀惊天下。勇探天符浩土，领略异闻传奇！
定价：28.80元

《符神传说④地下悬赏令》
简介：识妖族斗南洲，符驱四方见奇谋。游历异界空间，探索奥妙人生！
定价：28.80元

《倾世萌狐1》
简介：避难遇到了王爷家，竟有去无回？冷酷王爷"情斗"憨萌灵狐，甜宠升级，深情不改！
定价：29.80元

《倾世萌狐2》
简介：心悦君兮，矢志不渝！当一切线索都指向了天界，他们真的要"天人永隔"？
定价：29.80元

《我的画风不太对①》
简介：当外星玩家遇到地球萌妹，爆笑爱情悬疑大戏惊喜上演！
定价：29.80元

《我的画风不太对②》
简介：一不小心成了外星玩家的目标对象，千回百转的拼图游戏，谁是最后赢家？
定价：29.80元

《仙萌奇缘①》
简介：迷糊弟子"约架"冷傲少女，无厘头话本奇袭玄天剑宗，非正统仙侠大戏反转上演！
定价：29.80元

《仙萌奇缘②》
简介：大战一触即发，"仙门叛徒"云悠与"魔族卧底"白溯携手，为天下苍生而战！
定价：29.80元

《灵犀1》
简介：龙族、赏金猎人、千年火龟……山海异兽玄奇登场，谱写一个暖心温情的历险传奇！
定价：29.80元

《浮玉仙魔》
简介：跨越六界的情仇离合，仙家养成，爆笑开演！看一代魔尊，如何搅翻浮玉仙山！
定价：29.80元

意林精品图书推荐

《那个神秘的宣愉小姐》
简介：心理分析小说，一次亲情伤痛造成的人格分裂，一场治愈并守护爱情的计划……
定价：32.80元

《对方正在输入中》
简介：你是否能从他涨红的脸颊看到他比阿尔卑斯山还强大的内心，让他的病只为你发作。
定价：29.80元

《你是年少的欢喜，喜欢的少年是你》
简介：古风作家吾玉打造都市清风之作，告诉你，如何学着去爱一个人。
定价：29.80元

《余生请对我好一点》
简介：时光回望，今日的纠葛，竟好似还了往日的债。
定价：32.80元

《比心》
简介：暗恋被冷酷拒绝，离开却突然收到女孩的短信，只有一行字，却让他笑了……
定价：32.80元

《从此晚安我自己》
简介：95后作家何家豪青春成人礼童话，将16个故事，说给长成大人的你！
定价：29.80元

《我不愿让你一个人走过青春的荒芜》
简介：写给你深情的告白书，15篇故事，有作者的亲身经历，也有勾勒的世间温暖。
定价：29.80元

《你是久爱，亦是心欢》
简介：青春与梦想，爱和守护的故事，冷酷少女与霸道阔少相爱相杀深情开演。
定价：32.80元

《胭脂将》
简介：魔幻江湖的纷乱，胭脂女将的传奇！
定价：32.80元

《一两江湖之望星记》
简介：古风作家一两打造全新江湖，一醉江湖三十春，尽在《望星记》！
定价：29.80元

《一两江湖之琵琶误》
简介：家仇国恨，爱上不该爱的敌国先锋，如何面对这生死纠缠的爱情？
定价：29.80元

《月光蒲苇①·夜阑时》
简介：阴谋、友情、爱情，上古四神的恩怨，今生能否化解？
定价：32.80元

《世界的另一个你》
简介：18岁少女的奇幻冒险，唯美魔幻的童话世界，寻找世界的另一个你！
定价：32.80元

《绯色黎明》
简介：人类并不孤单，在黑暗种族的环伺下，被掩盖的真相等着你去探寻。
定价：32.80元

《这一杯，我敬的是年少无知》
简介：悬疑作家何慕精心打造的都市心理悬疑成长小说集。
定价：32.80元

《我的人生无须证明给你看》
简介：是选择梦想，还是安于现状？马叛用这些故事告诉你答案。
定价：32.80元

多味之恋
简介：七彩青春，多味之恋，寻找身边错过的小美好。
定价：29.80元/册

十八而志
简介：十八岁之前的远大志向，决定了十八岁之后的梦想人生。
定价：29.80元/册

深夜暖心
简介：青春絮语，灯下最好的陪伴，马叛、张芸欣、冷亦蓝深夜暖心之作。
定价：29.80元/册

初心讲义
简介：初心故事讲给你听，拥有一个又一个的小温暖。
定价：29.80元/册